MW01708924

Le Club des Baby-Sitters

Ce volume regroupe trois titres de la série
Le Club des Baby-Sitters d'Ann M. Martin

Au revoir, Lucy ! (Titre original : *Good-bye Stacey, good-bye*)
Édition originale publiée par Scholastic Inc., New York, 1988

Pour l'honneur de Claudia (Titre original : *Claudia and the middle school mystery*)
Édition originale publiée par Scholastic Inc., New York, 1991

Kristy et la fête des enfants (Titre original : *Kristy and the baby parade*)
Édition originale publiée
par Scholastic Inc., New York, 1991

Le Club des Baby-Sitters

Inséparables

Ann M. Martin

Traduit de l'anglais par Marie-Laure Goupil, Karine Jovelin,
Sophie Merlin et Camille Weil

Illustrations d'Émile Bravo

GALLIMARD JEUNESSE

La lettre de KRISTY

Présidente du Club des Baby-Sitters

Le Club des Baby-Sitters, c'est une histoire de famille. On se sent tellement proches les unes des autres... comme si on était sœurs. Pourtant, il nous arrive parfois de nous chamailler, mais c'est pour mieux nous réconcilier ensuite ! Mais avant de commencer, nous allons tout d'abord nous présenter. Même si nous sommes tout le temps ensemble et que nous nous ressemblons beaucoup, nous avons chacune notre personnalité et nos goûts, dans lesquels vous allez peut-être d'ailleurs vous retrouver. Alors pour mieux nous connaître, lisez attentivement nos petits portraits ! Je vous souhaite de vous amuser autant que nous...

Bonne lecture à toutes !

Kristy

Comme promis, voici le portrait
des sept membres du

Club
des Baby-Sitters...

NOM : Kristy Parker, présidente du club
ÂGE : 13 ans – en 4e
SA TENUE PRÉFÉRÉE : jean, baskets et casquette.
ELLE EST... fonceuse, énergique, déterminée.
ELLE DIT TOUJOURS : « J'ai une idée géniale... »
ELLE ADORE... le sport, surtout le base-ball.

NOM : Mary Anne Cook,
secrétaire du club
ÂGE : 13 ans – en 4ᵉ
SA TENUE PRÉFÉRÉE :
toujours très classique,
mais elle fait des efforts !
ELLE EST... timide,
très attentive aux autres
et un peu trop sensible.
ELLE DIT TOUJOURS :
« Je crois que je vais pleurer. »
ELLE ADORE... son chat,
Tigrou, et son petit ami, Logan.

NOM : Lucy MacDouglas,
trésorière du club
ÂGE : 13 ans – en 4ᵉ
SA TENUE PRÉFÉRÉE : tout,
du moment que c'est à la mode...
ELLE EST... new-yorkaise
jusqu'au bout des ongles,
parfois même un peu snob !
ELLE DIT TOUJOURS :
« J'♥ New York. »
ELLE ADORE... la mode,
la mode, la mode !

NOM : Carla Schafer, suppléante
ÂGE : 13 ans – en 4e
SA TENUE PRÉFÉRÉE :
un maillot de bain pour bronzer
sur les plages de Californie
ELLE EST... végétarienne
cool et vraiment très jolie
ELLE DIT TOUJOURS :
« Chacun fait ce qu'il lui plaît
ELLE ADORE... le soleil
le sable et la mer

NOM : Claudia Koshi,
vice-présidente du club
ÂGE : 13 ans – en 4e
SA TENUE PRÉFÉRÉE :
artiste, elle crée ses propres
vêtements et bijoux.
ELLE EST... créative,
inventive, pleine de bonnes idées
ELLE DIT TOUJOURS :
« Où sont cachés mes bonbons ?
ELLE ADORE... le dessin,
la peinture, la sculpture
(et elle déteste l'école).

NOM : Jessica Ramsey,
membre junior du club
ÂGE : 11 ans – en 6e
SA TENUE PRÉFÉRÉE :
collants, justaucorps
et chaussons de danse.
ELLE EST... sérieuse,
persévérante et fidèle en amitié.
ELLE DIT TOUJOURS :
« J'irai jusqu'au bout de mon
rêve. »
ELLE ADORE... la danse
classique et son petit frère,
P'tit Bout.

NOM : Mallory Pike,
membre junior du club
ÂGE : 11 ans – en 6e
SA TENUE PRÉFÉRÉE : aucune
pour l'instant, elle rêve juste
de se débarrasser de ses lunettes
et de son appareil dentaire.
ELLE EST... dynamique et très
organisée. Normal quand on a sept
frères et sœurs !
ELLE DIT TOUJOURS : « Vous
allez ranger votre chambre ! »
ELLE ADORE... lire, écrire. Elle
voudrait même devenir écrivain.

SOMMAIRE

LE CLUB DES BABY-SITTERS

Au revoir, LUCY !

①

Je rêvais que j'étais au pays des bonbons. Je marchais dans des rues pavées de chocolat, où se dressaient des réverbères en bâtons de réglisse devant des maisons en pain d'épice.

Une rivière de chocolat coulait au milieu de champs de glace à la pistache. Je me suis arrêtée pour goûter une sucette au coca, boire une gorgée de chocolat et avaler une énorme bouchée de glace.

C'est idiot comme rêve, allez-vous me dire, mais c'est l'un de mes préférés. Il faut dire que je souffre de diabète depuis deux ans, ce qui signifie que je dois limiter la quantité de sucre que j'absorbe : pas de bonbons ni d'aliments sucrés. Deux ans sans chocolat, sans chewing-gum, sans aucune friandise ou gâteaux à la crème. Avec les copines, je fais comme si cela ne me dérangeait pas du tout, mais j'avoue que cela me manque parfois. Un bonbon, rien qu'un petit bonbon… Mais non, je n'y ai pas droit. Alors, c'est vrai, il m'arrive de rêver d'être dans un monde entièrement fait en sucreries.

Seulement voilà, j'étais en cours de maths et M. Zeymore me fixait avec surprise. Je me suis redressée brusquement. À l'évidence, il m'avait posé une question, mais laquelle ?

– Heu… ai-je bredouillé bêtement.

D'habitude, je suis plutôt bonne élève, surtout en maths, aussi M. Zeymore a paru embarrassé.

Par chance, la sonnerie a retenti au même moment et j'ai profité du brouhaha qui a aussitôt suivi pour m'échapper dans le couloir.

C'était le dernier cours de la journée, mais l'après-midi était loin d'être fini pour moi. Tout d'abord, je devais garder la petite fille la plus adorable du monde. Ensuite, il fallait que j'aille à une réunion du Club des Baby-Sitters. C'était d'ailleurs grâce au club que j'avais cette garde.

– Lucy ! Lucy !

J'ai tourné la tête tout en essayant d'ouvrir mon casier.

– Salut, Claudia !

Claudia Koshi est ma meilleure amie ici à Stonebrook, dans l'État du Connecticut (j'en ai une autre, Laine Cummings, à New York, où j'habitais avant). Claudia courait vers moi, ses longs cheveux noirs volant au vent.

– Quoi de neuf ? lui ai-je demandé

– Tu ne devineras jamais.

– Quoi ? Raconte !

– Tu es pressée ? a fait Claudia en me voyant fourrer mon

livre d'anglais et une paire de chaussettes de gym sales dans mon sac.

– Oui, je dois garder Charlotte Johanssen à quinze heures. Mais raconte !

– Howie Johnson a demandé à Dorianne O'Hara de l'accompagner à la bibliothèque cet après-midi.

J'ai froncé les sourcils. Même si on ne pouvait pas dire qu'Howie était mon petit ami, il m'avait invitée aux dernières soirées dansantes de l'école. Pourquoi demandait-il à Dorianne d'aller réviser avec lui ?

– Peut-être qu'ils ont un devoir en commun, ai-je fait en essayant de cacher mon trouble.

– Oui. Ce doit être ça, a dit Claudia en me prenant par les épaules. Allez, je vais faire un bout de chemin avec toi. Et de toute façon, on se retrouvera tout à l'heure, à la réunion du club.

Claudia m'a accompagnée jusque devant chez les Johanssen. Cela nous a permis de papoter un peu. En fait, nous n'avons parlé que d'Howie. Et nous en avons conclu que ce garçon ne valait pas une cacahuète.

C'est Charlotte qui est venue m'ouvrir la porte. Elle affichait un large sourire et ses yeux pétillaient. J'adore garder Charlotte et je suis sa baby-sitter préférée. Elle s'est jetée dans mes bras.

– Coucou, Claudia ! Tu sais quoi ? Je suis invitée à une soirée pyjama ! Chez Vanessa Pike. Et avant, on va aller au cinéma. Toutes les quatre : Vanessa, Suki, Merry et moi.

Charlotte était surexcitée. Je lui ai plaqué deux grosses bises sur les joues et je suis allée rejoindre Mme Johanssen dans la cuisine.

Charlotte a laissé sa mère me donner les instructions pour l'après-midi, mais s'est remise à parler dès son départ. Je l'ai écoutée en souriant. Quand je pense qu'il y a un an à peine, c'était une petite fille de sept ans timide et renfermée. Elle n'avait pas d'amie et semblait toujours triste. Maintenant, c'est une enfant pleine de vie, qui change de meilleure amie toutes les semaines. Charlotte va beaucoup mieux depuis qu'elle a sauté une classe. Elle devait s'ennuyer, comme me l'avait expliqué sa mère. D'après Mme Johanssen, j'ai aussi beaucoup contribué au changement. Cela m'a fait drôlement plaisir de savoir que j'avais aidé Charlotte à se sentir mieux dans sa peau.

Nous avons joué aux petits chevaux et fait de jolis dessins. Lorsque j'ai quitté Charlotte, il était presque dix-sept heures trente. J'ai couru droit chez Claudia pour la réunion du club. Les réunions se tiennent toujours chez Claudia, parce qu'elle a sa propre ligne de téléphone.

C'est aussi pour cela qu'elle est la vice-présidente du club. La présidente, c'est Kristy Parker, celle qui a eu l'idée de créer le Club des Baby-Sitters (Kristy a toujours plein d'idées géniales). C'est en voyant sa mère passer un nombre incalculable de coups de fil pour trouver une baby-sitter que Kristy a pensé à fonder un club qui centraliserait tous les appels et proposerait toujours quelqu'un de fiable pour garder les enfants. Grâce à des tracts que nous avons distribués dans les boîtes à lettres du quartier, les gens savent qu'ils peuvent nous joindre les lundi, mercredi et vendredi après-midi entre dix-sept heures trente et dix-huit heures au numéro de Claudia. Comme nous sommes cinq membres permanents, les parents sont sûrs de trouver quelqu'un de disponible. Il y a donc Claudia, Kristy, Mary Anne Cook, Carla Schafer et moi, Lucy MacDouglas.

Mary Anne est la secrétaire du club. Son travail consiste à planifier les rendez-vous et à les noter dans notre agenda. Nous y inscrivons les noms et adresses de nos clients, les informations importantes du club et les horaires de nos baby-sittings. En tant que trésorière, je note ce que chacune de nous gagne dans l'agenda. Je suis aussi responsable de la collecte de nos cotisations. Les cotisations servent à dédommager le grand frère de Kristy, Samuel, qui se charge de l'accompagner et la raccompagner en voiture aux réunions depuis qu'elle a déménagé l'été dernier. Elles servent également à nous acheter de quoi manger (des pizzas par exemple) et des fournitures pour le club.

Carla Schafer est notre suppléante. Sa mission consiste à remplacer l'une d'entre nous lorsque celle-ci ne peut se rendre à une réunion. Autant vous dire qu'elle a souvent dû tenir le rôle de vice-présidente ces derniers temps. Claudia avait manqué réunion sur réunion à cause de sa nouvelle et bizarre amie, Cynthia Hopper. Heureusement, tout est rentré dans l'ordre, Claudia a repris sa place, et Carla est redevenue suppléante.

Quand nous sommes prises toutes les cinq, nous faisons appel à Logan Rinaldi et Louisa Kilbourne, deux membres intérimaires. Ils n'assistent pas aux réunions. Nous ne les appelons que lorsque nous sommes débordées.

J'étais la première à arriver chez Claudia cet après-midi-là, ce qui nous a permis de discuter encore un peu de cet idiot de Howie Johnson. Je suis vraiment contente que Claudia soit ma meilleure amie. Cela fait seulement un an que nous nous connaissons, mais nous sommes très proches. Quand j'ai quitté New York pour emménager à Stonebrook, nous sommes devenues tout de suite amies. Nous sommes très différentes et semblables à la fois. Par exemple, Claudia est américano-japonaise. Ses deux parents sont nés au Japon. Je suis juste américaine, même si je crois avoir de lointaines origines écossaises et françaises. Claudia n'est pas une très bonne élève, mais elle est une grande artiste. Je suis une bonne élève, mais je ne connais rien à l'art.

D'un autre côté, Claudia et moi sommes plutôt évoluées pour notre âge. Nous nous sommes intéressées aux garçons bien avant les autres filles du club, et nous aimons porter des vêtements à la mode. Claudia, peut-être encore plus que moi, mais nous avons les mêmes goûts.

Alors que nous étions en train de convenir que Dorianne O'Hara était tout aussi stupide que Howie, la sonnette a retenti. Quelques instants plus tard, Kristy, Mary Anne et Carla entraient en trombe dans la chambre. Kristy portait sa tenue habituelle jean, pull et baskets. Je l'ai rarement vue porter autre chose. Quant à Mary Anne, sa meilleure amie, elle avait une jupe en jean et un sweat-shirt très large. Kristy et Mary Anne me font penser à deux aimants. Elles s'attirent l'une l'autre, même si elles sont aussi opposées que les deux pôles d'un champ magnétique. Mary Anne est aussi réservée que Kristy est bavarde, elle est aussi timide que Kristy est exubérante. Elles ont aussi beaucoup de points communs. Elles sont toutes deux petites pour leur âge, et manquent parfois de confiance en elles. Mary Anne commence tout juste à s'intéresser à la mode, Kristy en est encore loin. Mary Anne a un petit ami, Logan Rinaldi, notre intérimaire. Kristy n'a jamais eu de petit ami. Je crois qu'elle ne s'est même jamais intéressée à un garçon. Le plus étonnant, c'est que Mary Anne ait le droit d'avoir un petit ami. Son père est tellement strict ! Il faut dire qu'il l'a élevée tout seul (sa mère est morte quand elle n'était encore qu'un bébé).

Carla fermait la marche. C'est notre dernière recrue. Sa mère est venue de Californie s'installer ici avec elle et son frère après son divorce. Carla fait les choses comme elle l'entend et se moque de ce que pensent les autres. C'est la Californienne typique, avec de longs cheveux blonds et de grands yeux bleus.

Comme d'habitude, Kristy s'est installée dans le fauteuil de Claudia, elle a vissé sa casquette sur la tête et a déclaré la réunion ouverte.

– Avez-vous toutes pris le temps de lire les derniers comptes-rendus du journal de bord ?

Le journal de bord est une autre grande idée de Kristy. Nous devons y raconter tous nos baby-sittings sans exception. Puis nous devons lire le journal au moins une fois par semaine pour nous tenir au courant du travail des autres. Cela nous permet de mieux connaître les enfants que nous gardons et de voir comment les autres ont géré telle ou telle situation.

Nous étions toutes à jour, alors j'ai fait le point sur l'état de la trésorerie. Il ne nous restait plus qu'à attendre les appels. Claudia en a profité pour farfouiller dans ses nombreuses cachettes de friandises. Elle a sorti un gros paquet de bonbons et une tablette de chocolat de sous son lit. Moi, je me suis contentée d'une poignée de noisettes et d'amandes.

Le téléphone s'est enfin mis à sonner. C'est le moment que je préfère ! Les gens appellent pour demander des baby-sitters, et nous nous répartissons les gardes selon nos disponibilités. Après ce premier appel, cela n'a pas arrêté et très vite, nous avons toutes eu des gardes à faire. Carla en a même eu deux ! Moi, j'étais aux anges, j'avais encore un baby-sitting programmé chez les Johanssen.

Nos réunions se terminent en général à dix-huit heures, mais, ce soir-là, nous sommes restées un peu plus longtemps. Même Mary Anne qui, d'habitude, se dépêche de rentrer pour préparer le dîner.

À dix-huit heures cinq, le téléphone a de nouveau sonné. « Heureusement que nous sommes encore là », ai-je pensé en décrochant.

– Bonjour, ici le Club des Baby-Sitters… Oh, maman ?!

(Pourquoi ma mère appelait-elle chez Claudia ?)

– Lucy, ma chérie, pourrais-tu rentrer, s'il te plaît ? Tu es en retard.

– Il est seulement six heures cinq, me suis-je défendue.

Même si je n'avais pas traîné comme ce soir, je ne serais pas encore arrivée à la maison à cette heure-ci.

– J'aimerais que tu te dépêches.

Quelque chose dans sa voix m'a glacé le cœur.

– D'accord… J'arrive. À tout de suite.

J'ai raccroché et j'ai sauté sur mes pieds.

– Je dois y aller, les filles. C'était maman. Elle veut que je rentre tout de suite. Je ne sais pas ce qui se passe, mais je sens qu'il y a un problème.

2

Inutile de vous dire dans quel état de stress j'étais en arrivant à la maison. Sur le chemin, j'avais imaginé le pire. Et si grand-père était malade ? À moins que papa n'ait eu un accident... Impossible de chasser ces horribles pensées de ma tête.

C'est avec le cœur battant que j'ai poussé la porte d'entrée. Maman et papa étaient dans la cuisine, en train de mettre la table pour le dîner. Ouf ! Quelle que soit la nouvelle que maman avait à m'annoncer, ce ne devait pas être si terrible, sinon ils n'auraient pas fait comme si de rien n'était.

– Je suis là ! Maman, qu'est-ce qui se passe ? J'ai cru que quelqu'un était mort ou quelque chose comme ça !

– Oh ! Lucy, je suis désolée. Je ne voulais pas te faire peur. Nous avons quelque chose d'important à te dire, c'est tout. Assieds-toi. Le dîner est bientôt prêt.

– Vous n'allez pas m'amener voir un autre docteur, j'espère.

Quand mon diabète s'était déclaré, maman et papa étaient si inquiets qu'ils m'avaient traînée de médecin en médecin en espérant trouver un remède miracle, même s'ils savaient bien que l'on ne guérit pas du diabète. Il y a juste des moyens de le contrôler. Entre mes angoisses et les leurs, j'avais bien cru devenir folle. Cela avait été une période très difficile pour moi. Mes camarades de classe avaient même pensé que j'étais contagieuse ! C'était horrible. Les choses allaient si mal que lorsque le patron de mon père lui a proposé un poste de direction dans une nouvelle filiale à Stamford, dans le Connecticut, il a accepté. Nous avons donc quitté New York pour nous installer à Stonebrook.

Si au début j'ai regretté le rythme de la vie new-yorkaise, je me suis vite intégrée à mon nouvel environnement, grâce surtout à Claudia et aux filles du Club des Baby-Sitters. De plus, mes parents et moi avons fini par nous habituer à vivre avec mon diabète. J'étais heureuse maintenant, alors j'espérais que maman et papa n'allaient pas tout gâcher en s'inquiétant encore exagérément pour ma santé.

– Un autre médecin ? a répété maman avec surprise. Oh, non. Pas du tout.

Elle a déposé un plat de brocolis, de la salade verte et une assiette de cuisses de poulet rôti au centre de la table. Nous nous sommes servis en silence. Mais qu'attendaient-ils pour parler ?

– Maman, tu es enceinte ? ai-je fini par lancer de but en blanc.

Mes parents ont toujours souhaité avoir un autre enfant. Peut-être allais-je enfin être grande sœur.

Papa a esquissé un sourire triste, avant de soupirer :

– J'aurais préféré cela. Mais non. Je crois que je ferais mieux de tout t'expliquer avant que tu ne t'imagines que nous allons en vacances sur la planète Mars.

J'ai pouffé de rire, mais d'un rire nerveux, car papa avait l'air vraiment embêté.

– Comme tu le sais, ma société a ouvert une filiale à Stamford...

– Oui, c'est d'ailleurs pour ça qu'on est venus vivre ici.

Papa a acquiescé d'un signe de tête.

– Eh bien, la nouvelle filiale ne se porte pas bien du tout. La société a décidé de s'en séparer.

– Oh, non ! Tu as perdu ton travail !

– Pas tout à fait, a repris papa. Ils vont fusionner la filiale de Stamford avec celle de Boston. Et je vais être de nouveau muté à New York.

Alors là, je n'en revenais pas ! J'ai laissé tomber mon couteau dans mon assiette, et le silence s'est fait autour de la table. On pouvait entendre les chiens des Marshall aboyer deux maisons plus loin.

– Lucy ? a fait maman avec douceur. Nous savons que ça paraît dur, mais souviens-toi combien New York t'a manqué.

– Je sais, je sais.

Bien sûr, j'adorais New York, malgré les nombreuses visites chez les médecins, les amis qui m'avaient tourné le dos en apprenant ma maladie et mes deux séjours à l'hôpital...

Mais j'adorais tout autant ma vie à Stonebrook. Mes nouvelles amies sont extra et je sais que je peux compter sur elles. Et puis, il y avait le Club des Baby-Sitters et Charlotte Johanssen, une école que j'aimais et une grande maison avec un jardin, au lieu d'un appartement pas si grand que ça au dixième étage d'une tour.

– Pense à tout ce que nous allons retrouver à New York, a renchéri mon père avec entrain. L'Empire State Building et le Metropolitan Museum...

– Central Parc, les librairies... a ajouté ma mère.

– Et toutes les boutiques à la mode, ai-je fait en me laissant gagner par leur enthousiasme.

Maman et papa ont ri de bon cœur, soulagés de me voir conquise.

– Les boutiques aussi, a approuvé maman avant d'ajouter : mange ta salade.

On pouvait compter sur elle pour me rappeler à l'ordre question alimentation.

– Quand déménageons-nous ? ai-je demandé en enfournant une énorme bouchée de salade. Pas avant la fin de l'année scolaire, j'espère.

Mes parents se sont lancé un regard embarrassé.

– J'ai bien peur que nous ne puissions attendre aussi longtemps, a expliqué papa. La fin de l'année scolaire est encore très loin. Nous devons être à New York d'ici quatre ou cinq semaines.

– Quatre ou cinq semaines ?

Pour la deuxième fois de la soirée, j'ai laissé tomber mon couteau dans mon assiette.

– La société veut que je revienne dès que possible, a précisé papa. Je ne peux pas me permettre de les faire patienter plus longtemps. J'aurais très bien pu me faire muter à Boston.

– Nous avons mis la maison en vente aujourd'hui, m'a informé maman, et j'ai contacté une agence immobilière pour nous trouver un appartement à New York. Nous allons essayer de retourner dans notre ancien quartier, comme ça tu seras tout près de chez ton amie Laine. Oh, j'ai aussi appelé la directrice de ton ancienne école pour te réinscrire.

Cela faisait beaucoup d'informations en très peu de temps. J'en avais le tournis.

Devais-je sauter de joie et appeler Laine pour lui annoncer la bonne nouvelle, ou éclater en sanglots et appeler Claudia pour lui annoncer la mauvaise nouvelle ?

– Nous essayons de trouver un plus grand appartement, a enchaîné maman.

– Nous irons ensemble voir plein de spectacles, m'a promis papa.

– Tu pourras inviter Claudia à venir à la maison

– Et tu pourras lui rendre visite aussi, bien sûr.

Plus on en parlait et plus j'étais excitée. J'en oubliais même tous les inconvénients. Je me voyais déjà arpenter les rues pleines de vie de New York. Il s'y passe toujours quelque chose, de jour comme de nuit. J'adorais regarder par la fenêtre de ma chambre. Du haut de notre ancien appartement, j'avais une vue imprenable sur la ville. Le soir, les fenêtres s'illuminaient comme des milliers d'étoiles. Lorsque je regarde par la fenêtre à Stonebrook la nuit, tout est plongé dans le noir le plus total. De plus, il n'y a rien à faire après dix heures. Les rues sont désertes et silencieuses.

– Est-ce que je peux appeler Laine ?

– Après le dîner, ma puce, a répondu maman. Finis ton assiette.

Je n'ai jamais mangé aussi vite de ma vie. J'ai débarrassé la table et j'ai filé à l'étage. Comme Claudia, j'ai un téléphone dans ma chambre, mais pas de ligne privée.

– Allô, Laine, c'est Lucy. Tu ne devineras jamais.

– Quoi ? Raconte.

Je lui ai annoncé la nouvelle.

Elle a hurlé de joie. Puis nous nous sommes mises à faire des tas de projets.

– On sera de nouveau dans la même classe, ai-je déclaré.

Laine a marqué une pause, gênée.

– Ah oui ?

– Ben oui… Ça n'a pas l'air de t'enthousiasmer.

– Mais si, bien sûr… C'est juste qu'il y a Allison Ritz, Val Schirmer et les autres. Et tu sais comme elles sont…

– Oui, elles me détestent.

Mon excitation est retombée d'un coup. Qu'est-ce que je m'étais imaginé ? Les derniers mois à New York avaient été épouvantables. Je n'avais alors qu'une envie : fuir ces filles et leurs remarques détestables. Comment avais-je pu oublier ça ? Ici, il y avait Claudia, Mary Anne, Carla et Kristy, de vraies amies qui m'aimaient et qui se fichaient de savoir si j'avais du diabète ou pas.

– Laine, je dois raccrocher, je te rappellerai bientôt, d'accord ? Merci… Au revoir.

J'ai aussitôt composé le numéro de Claudia.

– Claudia, c'est Lucy…

Mais c'est tout ce que j'ai réussi à dire avant de fondre en larmes.

– Qu’est-ce qui se passe, Lucy ?

Entre deux sanglots, je lui ai annoncé mon déménagement. Claudia s’est mise à pleurer aussi.

– Tu crois que je peux passer chez toi ? ai-je demandé. Il faut que je te voie. Je sais qu’on a classe demain, mais je ne resterai pas longtemps.

– Je vais demander à mes parents.

Dix minutes plus tard, je sonnais à la porte des Koshi.

3

La famille Koshi au grand complet m'a accueillie sur le pas de la porte, ce qui était un peu embarrassant parce que j'avais les yeux rouges et gonflés.

Claudia avait dû leur annoncer la nouvelle. Dès que la porte s'est refermée, la grand-mère de Claudia m'a prise dans ses bras.

– Oh, là, là…, a-t-elle soupiré avec son léger accent. Claudia va manquer. Nous allons tous manquer…

Mimi avait eu une attaque l'été dernier et depuis, elle avait du mal à s'exprimer. Elle avait tendance à confondre certains mots et avait des absences.

– Je n'arrive pas à croire que tu vas retourner à New York, a dit Jane, la sœur aînée de Claudia. Enfin, évidemment, j'arrive à le croire, mais cette nouvelle est tellement inattendue.

Les parents de Claudia m'ont proposé une tasse de thé, et comme nous nous dirigions vers le salon, j'ai lancé un regard insistant à mon amie.

– Maman, papa, Lucy et moi aimerions monter dans ma chambre pour discuter, si cela ne vous dérange pas.

– Bien sûr, allez-y, nous comprenons, s'est empressée de répondre Mme Koshi.

Claudia et moi, nous nous sommes enfermées dans sa chambre. Nous nous sommes assises côte à côte sur son lit avec Lennie, sa poupée de chiffon, entre nous.

– Alors comme ça, tu retournes à New York ? Ce n'est pas une blague ?

– Cela m'étonnerait. Mes parents avaient l'air on ne peut plus sérieux. Et puis, ça ne leur ressemble pas du tout de faire ce genre de blague.

– C'est si soudain ! Je n'arrive pas à croire que dans un mois tu ne seras plus là.

Les yeux de Claudia se sont embués de larmes.

Cela a suffi pour me faire pleurer de plus belle.

– Je n'ai pas envie de partir d'ici. J'aime Stonebrook. J'y suis heureuse. Il n'y a pas de pelouses à New York, pas de jardin, et surtout pas toi, tu n'es pas à New York...

Claudia a crocheté ses jambes avec ses bras et s'est mise à sangloter, la tête enfouie dans ses genoux.

– Ne sois pas si triste. Tu pourras venir me voir et moi, je pourrais revenir ici aussi.

– Ce ne sera pas la même chose, pas la même chose du tout.

Si Claudia n'avait pas explosé en larmes, je me serais remise moi-même à pleurer. Mais la voir dans cet état m'a fait tellement de peine que je n'avais plus qu'une envie, la consoler.

– On pourra se téléphoner.

Mais au lieu de se calmer, elle pleurait de plus belle. C'était le comble, ai-je pensé ! Je devais tout abandonner et c'était elle qu'il fallait réconforter.

– Arrête, Claudia. C'est déjà dur comme ça. Pense à tout ce que je vais devoir quitter. Toi, les filles du club, les enfants, tout. Toi au moins, tu ne seras pas seule.

Claudia a fini par relever la tête. Elle a rejeté ses longs cheveux noirs en arrière, découvrant au passage ses boucles d'oreilles. C'étaient deux petits ours en pendentif.

– Peut-être, mais plus rien ne sera pareil. Lucy, je ne sais pas si je te l'ai déjà dit, mais...

Sa voix s'est étranglée, comme si elle hésitait à poursuivre.

– Quoi ? ai-je dit, soudain inquiète.

– Tu... Tu es la seule véritable amie que j'aie jamais eue. Que vais-je devenir sans toi ?

– Je suis ta seule amie ? Mais on ne se connaît que depuis un an.

Claudia a hoché la tête.

Je n'avais jamais vu les choses sous cet angle. Mais en y pensant bien, ce devait être vrai. À la création du Club des Baby-Sitters, nous n'étions que quatre : Claudia, Kristy, Mary Anne et moi. Claudia, Kristy et Mary Ann habitaient les unes en face des autres et se connaissaient depuis qu'elles étaient toutes petites, mais Kristy et Mary Ann avaient toujours été plus proches. Et si je les aime toutes les trois, j'avoue avoir plus de points communs avec Claudia. Nous sommes devenues presque immédiatement les meilleures amies du monde. J'avais toujours imaginé qu'elle avait eu des tas d'amies avant de me connaître. Moi, par exemple, j'avais eu Laine et, en primaire, Erin Tuki, au jardin d'enfants Missy Manheim, et à la crèche...

– Comment se fait-il que tu n'aies jamais eu d'autre véritable amie ?

Claudia a haussé les épaules.

– Je me suis toujours sentie un peu différente des autres. Plus mûre, peut-être. Tu sais, il n'y a pas si longtemps, Kristy et Mary Anne s'habillaient encore comme des bébés. Je me suis intéressée à la mode dès le cours moyen. J'étais bien la seule.

– Et je suis arrivée.

– Oui. Et tu étais comme moi. On aime les mêmes choses, les mêmes films, les mêmes groupes de musique. Tu comprends toujours ce que je veux dire. Parfois, j'ai l'impression que tu lis dans mes pensées.

– Ah oui ? Alors, à quoi est-ce que je pense en ce moment ?

Claudia a froncé les sourcils, pensive.

– Tu essaies de trouver une solution pour rester à Stonebrook, a-t-elle fini par déclarer.

– C'est vrai !

– Je le savais !

– Claudia, ai-je dit tout à coup en me redressant, peut-être que je pourrais vraiment rester ici.

Son visage s'est éclairé.

– Comment ?

– En convainquant papa de trouver un travail à Stonebrook ou à Stamford. Mes parents aussi sont heureux ici.

– Tu crois vraiment qu'il ferait ça ? s'est exclamée Claudia avec enthousiasme.

J'ai pris une profonde inspiration et j'ai dû me rendre à l'évidence.

– Non.

– Peut-être que ton père pourrait aller à New York tous les jours et vous, vous resteriez ici.

– Non. C'est trop loin. J'ai demandé à mes parents si on pouvait attendre la fin de l'année scolaire pour déménager, mais ils ont dit que c'était trop long. À moins que..

– Quoi ?

– Peut-être que mon père et ma mère pourraient s'en aller et que je pourrais rester ici, au moins jusqu'à la fin de l'année scolaire. Ou peut-être même tout l'été.

– Rester ici…

J'ai vu une lueur briller dans les yeux de Claudia. Elle savait ce que je voulais dire.

– Tu pourrais venir habiter chez nous ! Mais oui, bien sûr ! Quelle bonne idée ! Tu t'installerais dans la chambre d'amis. On pourra faire nos devoirs ensemble.

– Et je serais déjà sur place pour les réunions du Club des Baby-Sitters.

– On pourrait se faire des ateliers de maquillage.

– On pourrait aller faire les boutiques aussi !

– On passerait tout notre temps ensemble !

– Génial !

Claudia s'est levée d'un bond.

– Je vais en parler à mes parents. Je suis sûre qu'ils seront d'accord. Appelle les tiens avec ma ligne. Je parie qu'il ne faudra que quelques minutes pour tout arranger. On discutera des détails plus tard.

– D'accord !

Claudia avait raison. Il n'avait fallu que quelques minutes pour que nos parents respectifs nous opposent un refus catégorique.

– Qu'ont dit tes parents ? m'a demandé Claudia en revenant, l'air maussade.

– Que tu es adorable d'avoir proposé ça, mais qu'ils doivent surveiller mon régime et m'emmener chez le médecin, que tes parents doivent déjà s'occuper de Mimi et qu'en plus, je leur manquerais. Et tes parents ?

– Que ce serait un plaisir de t'héberger, mais qu'avec ton diabète, cela complique les choses, qu'ils sont déjà très occupés avec Mimi, et que tes parents te manqueraient.

J'ai hoché la tête.

– Tant pis...

– Bon, et maintenant, qu'est-ce qu'on fait ? a soupiré Claudia en se laissant tomber sur son lit

Je me suis assise à côté d'elle.

– Mes parents cherchent un appartement plus grand, qui donnerait sur Central Park. Tu pourras venir me voir aussi souvent que tu veux. Il y aura toujours de la place pour toi.

– Tu es déjà allée aux concerts dans le parc ?

– Oui, plusieurs fois. Au Madison Square Garden aussi.

– Quel est ton magasin préféré à New York ?

– Oh, facile, Bloomingdale's. Il y a un choix fou. Je t'y emmènerai quand tu viendras.

– On pourra aller à un concert, aussi ?

– Bien sûr.

– Ce n'est peut-être pas si catastrophique que ça..

– Peut-être… Mais vous me manquerez, toi et les filles.

– La campagne aussi.

– Et le calme et la paix.

– Et le collège de Stonebrook.

– Et… le Club des Baby-Sitters.

Nous nous sommes tournées l'une vers et l'autre et j'ai bien cru que nous allions nous remettre à pleurer.

– Il faudra prévenir Kristy et les autres. Je vais être obligée de quitter le club et vous aurez besoin d'une nouvelle trésorière.

– Le club a besoin de toi, a grommelé Claudia. Nous sommes déjà débordés à cinq, comment allons-nous faire à quatre ?

– Je ferais bien d'appeler Kristy tout de suite, ai-je décidé. Il faut réunir le club de toute urgence. Demain, à l'heure du déjeuner.

Claudia a acquiescé d'un signe de tête. Elle a décroché le téléphone et me l'a tendu.

J'ai composé le numéro d'une main tremblante.

– Allô, Kristy ? C'est Lucy. Réunion du club de toute urgence demain à la cantine.

④

Je me suis débrouillée pour ne rien dire à Kristy, Mary Anne et Carla avant que nous ne soyons assises à notre table habituelle à la cantine.

Ce matin-là, maman m'avait conduite au collège (d'habitude j'y allais à pied avec Claudia et Mary Anne), je n'avais donc vu aucune de mes amies avant le déjeuner.

Kristy était si impatiente de savoir la raison d'une réunion d'urgence, qu'elle a dépassé tout le monde dans la queue et n'a même pas fait de commentaire sur les plats proposés au self. En général, elle prend un malin plaisir à comparer la nourriture avec les pires trucs possible. Je me souviens encore de la fois où elle a déclaré que la salade avait un goût de moisi et que les pâtes dégoulinaient de jus de chaussette sale. Ce qu'elle aimait le plus, c'était de voir nos mines dégoûtées

Je me suis rendu compte soudain que les commentaires de Kristy, aussi infâmes soient-ils, allaient me manquer.

– Alors ? Pourquoi cette réunion, Lucy ? a-t-elle demandé sans même nous dire bonjour.

– J'ai une nouvelle importante à vous annoncer et ça concerne aussi le club.

J'ai regardé tour à tour les quatre visages qui m'observaient attentivement : celui de Mary Anne, très sérieux, celui de Kristy, tout aussi sérieux, celui de Carla, piqué de curiosité, et celui de Claudia, empreint de tristesse parce qu'elle était déjà au courant.

Je me suis éclairci la voix.

– Je dois... vous n'allez pas aimer ces nouvelles.

– Tu es malade ? s'est affolée Mary Anne. Tu dois être hospitalisée ?

– Mais non, l'ai-je rassurée aussitôt. Je..

Ma gorge s'est nouée. Les larmes me sont montées aux yeux.

– Quelque chose est arrivé à tes parents ? Attends ! Non, ne me dis pas qu'ils vont divorcer ? a essayé de deviner Kristy, qui connaissait trop bien ce problème.

Comme ceux de Carla, les parents de Kristy avaient divorcé, seulement cela s'était mal passé et Kristy n'avait jamais revu son père. L'été dernier, sa mère s'est remariée avec Jim Lelland. Kristy, ainsi que sa mère, ses frères aînés, Samuel et Charlie, et son petit frère David Michael, ont emménagé chez lui, dans une grande maison, de l'autre côté de la ville, dans un quartier très chic. Kristy a de la chance parce qu'elle a hérité d'un frère et d'une sœur tout à fait adorables, Andrew et Karen, les enfants que Jim a eus avec sa première femme. Ils vivent chez leur père la moitié du temps (le reste du temps, ils sont chez leur mère).

– Non, mes parents ne vont pas divorcer.

– Est-ce que tu..., a commencé Carla avant que Claudia ne l'interrompe, furieuse.

– Mais laissez-la parler !

– D'accord, d'accord, ont fait les autres, honteuses.

– Nous déménageons, ai-je annoncé d'une voix blanche. Nous retournons à New York dans un mois.

Quand mes parents m'avaient annoncé la nouvelle, j'en étais restée sans voix. Mes amies, au contraire, ont explosé.

– Déménager ! a protesté Kristy. Tu ne peux pas déménager !

– Mais pourquoi ? a fait Carla.

– Ah non, a déclaré Mary Anne en haussant le ton, ce qui ne lui arrivait pratiquement jamais. Ce n'est pas vrai, je ne te crois pas !

– Et pourtant, c'est vrai, ai-je répondu en faisant des efforts pour ne pas pleurer. Papa est muté et c'est définitif. Mes parents aiment Stonebrook, mais ils aiment aussi New York. Ils ont déjà mis la maison en vente et recherchent un appartement là-bas. Tout va aller très vite maintenant.

Si nous n'avions pas été assises au beau milieu de la cantine du collège, je suis sûre que, toutes les cinq, nous nous serions mises à sangloter. Nous sommes restées silencieuses. Mary Anne, qui pleure facilement, a pris sa serviette et s'est essuyé le coin des yeux. Carla a posé sa fourchette et a baissé la tête. Kristy, qui n'est pas genre à verser une larme, s'est mordu les lèvres, le visage crispé. Je suis restée immobile, m'appliquant à éviter de croiser le regard de Claudia, parce que je savais que si je le faisais, j'allais éclater en sanglots. Elle le savait aussi.

– Bon, je vois que cela ne vous fait pas beaucoup d'effet, me suis-je efforcée de les taquiner.

Les filles ont esquissé un sourire. C'était toujours ça de gagné.

– Je n'arrive pas à y croire, tu n'es ici que depuis..., a commencé Kristy.

– Un peu plus d'un an, je sais.

– Où vas-tu aller à l'école ? a voulu savoir Carla.

– Tu crois que vous allez retourner dans l'appartement que vous occupiez avant ? s'est enquis Mary Anne.

– Est-ce que tes parents te laisseront revenir nous voir ? s'est inquiétée Kristy.

J'ai répondu à toutes leurs questions.

Seule Claudia avait gardé le silence.

– Tu te souviens de cette nuit où tu gardais Charlotte et où il y avait eu une coupure de courant ? a lancé Kristy.

– Oh, oui ! ai-je pouffé. Nous avions entendu des bruits dans la cave, et nous étions mortes de peur avant de nous rendre compte que ce n'était que Puppy. (Puppy, c'est le chien de Charlotte.)

– Et tu te souviens quand tu as emmené les cousins de Claudia au cinéma, et qu'ils se sont conduits comme des monstres ? a ajouté Carla.

– Je n'oublierai jamais cet après-midi-là.

– Et quand on a gardé les Pike à la plage, a fait à son tour Mary Anne, et qu'on les a emmenés au golf miniature.

– Affreux ! me suis-je écrié en lançant un coup d'œil en direction de Claudia.

– Tu te souviens de notre rencontre ? a-t-elle réussi à articuler.

– Bien sûr, c'était le premier jour de classe, l'année dernière. J'avais fait tomber mes cahiers et tu avais marché dessus.

– Sans le faire exprès, hein.

– Nous nous sommes regardées, nous étions habillées de la même façon ; je ne savais pas si je devais te détester ou faire de toi ma meilleure amie.

– Moi pareil ! a avoué Claudia.

J'ai regardé ma montre.

– Houla, il faut que j'y aille. Je dois parler à M. Zeymore. Il sait que je vais partir, et il veut que je revoie un peu mes maths. Bon, salut.

J'avais effectivement rendez-vous avec le professeur de maths, mais surtout, j'étais soulagée de couper court à cette réunion. Je voulais qu'on arrête de parler de mon départ, du club et de notre amitié. C'était beaucoup trop dur.

Je ne l'ai appris que beaucoup plus tard par Claudia (elle me dit tout) mais, après mon départ, mes amies ont continué à discuter de mon déménagement.

– Et si on organisait une fête pour le départ de Lucy ? a proposé Claudia.

– Une grande fête, a renchéri Kristy. En tout cas, quelque chose qui sorte de l'ordinaire. Et pas juste avec nous cinq.

– Que faire qui sorte de l'ordinaire ? a murmuré Mary Anne en réfléchissant.

– Une soirée ? a suggéré Carla.

– Avec plein d'élèves de l'école ? a fait Kristy, avant d'ajouter : avec des garçons ?

– Peut-être, a dit Claudia, mais ce n'est pas très original...

– Je sais bien.

– Il y a un petit problème, a objecté Mary Anne.

– Lequel ? a demandé Kristy.

– Eh bien, je ne sais pas pour vous, les filles, mais je n'ai pas beaucoup d'argent. Et je ne crois pas que nous puissions utiliser l'argent de la caisse du club puisque Lucy y verse elle aussi sa cotisation. Ce serait comme si elle payait pour sa propre fête. Je n'ai que cinq dollars.

– Et moi, cinq cinquante, a soupiré Carla.

– J'en ai six, ce qui n'est pas beaucoup mieux, a grommelé Kristy en se tournant vers Claudia.

– Moi, rien du tout, a déclaré celle-ci. Je viens de m'acheter une nouvelle paire de baskets.

– Nous n'irons pas loin avec seize dollars cinquante si nous voulons faire une grande fête, a fait remarquer Carla.

– Et ce n'est pas tout, a repris Kristy. Que va devenir le club sans Lucy ? Je sais que ce n'est pas vraiment le moment d'y penser, mais son départ va poser un gros problème.

– Tu as raison, a convenu Mary Anne à voix basse.

– Nous avons une réputation à tenir. Nous avons promis aux familles qu'il y aurait toujours une baby-sitter de disponible.

– Nous pouvons toujours faire appel à Logan et Louisa pour nous aider, a rappelé Carla. Eh, peut-être que l'un d'entre eux...

– Non. Tu sais bien qu'ils préfèrent leur statut d'intérimaire, l'a interrompue Kristy.

Elles se sont toutes mises à réfléchir.

– C'est un gros problème, a déclaré Kristy en soupirant. Être membre du club prend beaucoup de temps.

– Et nous avons besoin de quelqu'un de responsable comme Lucy, a ajouté Carla.

– Elle ne va pas être facile à remplacer, a convenu Kristy. Cela pourrait bien être le plus gros problème que le club ait jamais connu.

De mon côté, j'ai grimpé les escaliers du bâtiment scolaire deux à deux pour me rendre dans la salle de cours de M. Zeymore. Il m'a fait faire quelques exercices, mais j'avais l'esprit ailleurs. Je ne pouvais m'empêcher de penser au déménagement, à Claudia, à Laine, à l'affreuse Allison Ritz, au club, à Charlotte Johanssen.

Charlotte. Comment allais-je lui annoncer mon départ ? Comment lui dire que sa baby-sitter préférée l'abandonnait ? Ce n'était pas de ma faute, mais tout ce qu'elle verrait, c'est que je ne serais plus là.

Bien sûr, elle avait Puppy et tous ses amis et l'école, qu'elle adorait. Mais je savais que j'allais lui manquer. Et elle aussi me manquerait. Mon père et sa stupide société gâchaient la vie de pas mal de monde.

5

Ce soir, j'ai gardé David Schafer, et nous avons eu une petite discussion. Carla, tu seras particulièrement intéressée, mais j'espère que tu ne seras pas fâchée quand je t'en parlerai demain. La soirée a mal commencé. Dès que ta mère et toi êtes parties, David s'est enfermé dans sa chambre (j'imagine que c'est assez habituel en ce moment). Comme je n'avais pas grand-chose à faire, je me suis baladée dans la maison. J'ai remarqué que le living était en désordre (désolée, mais c'est vrai) et je me suis mise à ramasser les affaires et à les ranger. Il y avait des bouts de papier froissés qui traînaient. J'étais en train d'en lire un quand David est descendu

Le baby-sitting de Mary Anne avait démarré normalement. Ce devait être une garde facile puisqu'il n'y avait qu'un seul enfant et que David est assez grand. Comme il avait classe le lendemain, il avait certainement des devoirs à faire, avait supposé Mary Anne.

Elle était arrivée chez les Schafer avec un peu d'avancc. Carla ne restait pas avec son frère ce soir-là parce qu'elle sortait avec sa mère. Le centre culturel organisait une soirée-débat sur les vieilles maisons et les demeures « hantées » de Stonebrook. C'est un sujet qui fascine Carla. Elle adore lire des histoires de fantômes, et la maison des Schafer, qui est très vieille, possède même un passage secret. Bien entendu, Carla et sa mère avaient demandé à David de les accompagner, mais il avait refusé.

Mary Anne a sonné à la porte des Schafer. Chez les Pike, la sonnerie déclenche un véritable capharnaüm, car les huit enfants se précipitent pour ouvrir. Chez les Perkins, on est accueilli par les aboiements de Shewy, leur chien. Mais chez les Schafer, ce soir-là, il n'y a eu qu'un grand silence. Mary Anne allait sonner à nouveau quand Carla a ouvert brusquement la porte.

– Excuse-moi de t'avoir fait attendre ! Tu es en avance ! Maman et moi étions en haut, en train de nous préparer. Ne me demande pas pourquoi David n'est pas venu ouvrir la porte.

– Il est encore de mauvaise humeur ?

Carla a haussé les épaules.

– Je crois que oui.

Mary Anne a poussé un profond soupir. Elle savait que David avait des problèmes et qu'il était devenu insupportable depuis le début de l'année scolaire.

Quand les parents de Carla ont divorcé, il y a un an, Carla, sa mère et son frère ont quitté la Californie pour s'installer à Stonebrook. La mère de Carla avait grandi ici. Au début, tout allait bien.

Les Schafer étaient contents de leur nouvelle maison, Carla et David appréciaient leur nouvelle école, et Mme Schafer a même trouvé du travail. Vers la fin de l'été, Carla et David sont allés rendre visite à leur père en Californie pour la première fois depuis leur déménagement. Carla a passé des vacances formidables et son frère aussi. Peut-être trop, même.

Quelque temps après leur retour à Stonebrook, David s'est mis à être grognon et à avoir des problèmes de comportement, même à l'école. Récemment, il avait demandé à retourner chez son père.

Mary Anne aimait bien la maison des Schafer. Les pièces étaient petites et sombres, les portes basses, et les escaliers étroits, mais elles étaient chargées d'histoire. On s'attendait presque à voir déambuler des fantômes dans les couloirs.

– Je suis sûre que David ne veut pas que je vienne.

Carla a acquiescé d'un signe de la tête. Ce n'était pas que David n'aimait pas Mary Anne, mais il pensait être trop grand pour avoir besoin d'être gardé. Sa mère était d'accord pour qu'il reste seul à la maison dans la journée, elle refusait cependant de le laisser sans surveillance le soir.

– Mais je suis sûre que ça se passera bien, a repris Mary Anne avec assurance. J'étais venue plus tôt pour savoir si tu avais des idées pour la fête de Lucy, ou si tu avais trouvé un moyen de nous procurer de l'argent.

– J'ai beau y réfléchir, je ne vois pas comment on pourrait

faire, a avoué Carla en fermant le dernier bouton de son chemisier et en attachant une de ses boucles d'oreilles. Et toi ?

– Pas la moindre petite idée, non plus.

– Eh bien, il va falloir nous creuser la tête encore un peu. On finira bien par trouver !

– Carla ? Es-tu prête, chérie ?

C'était Mme Schafer qui descendait les escaliers.

Elle essayait de mettre sa montre en retenant son chignon qui se dénouait. Mary Anne a souri. La mère de Carla, qui était aussi tête en l'air que désorganisée, faisait toujours deux choses à la fois, ce qui revenait à toujours tout faire à moitié.

– Je suis prête.

– Mais tu n'as mis qu'une seule boucle d'oreille, lui a fait remarquer Mary Anne.

– Oh, je sais, a déclaré Carla en portant la main à la petite paire de lunettes de soleil qui oscillait à son oreille droite. C'est tellement plus cool.

Carla n'est pas aussi à la mode que Claudia ou moi, mais elle l'est beaucoup plus que Kristy ou Mary Anne. Cette dernière a fait une moue dubitative, mais si Carla affirmait que porter une seule boucle d'oreille était « tellement plus cool », elle la croyait sur parole.

– Au revoir ! ont lancé Mme Schafer et Carla à l'attention de David.

Elles ne l'ont pas su, car elles étaient déjà sorties, mais il leur a répondu en claquant la porte de sa chambre. Mary Anne est montée le voir.

– David ? C'est moi, Mary Anne. Je vais rester avec toi jusqu'à ce que ta mère et Carla reviennent.

Pas de réponse.

– Dis-moi si tu veux que je t'aide pour tes devoirs.

Pas de réponse.

– Descends quand tu auras fini, je te préparerai quelque chose à manger.

Toujours pas de réponse.

Mary Anne a préféré ne pas insister. Elle est redescendue.

Comme elle avait déjà fait ses devoirs, elle s'est demandé ce qu'elle pouvait bien faire pour s'occuper. Elle a commencé par aller dans la cuisine et s'est plantée un instant devant la cheminée de briques rouges qui datait du XVIIIe siècle. Puis, elle s'est dirigée vers la salle à manger et a passé un moment accoudée à la fenêtre. Enfin, elle est allée dans le salon et s'est rendu compte qu'il était en désordre. Il y avait une assiette sale qui traînait sur le fauteuil, un tournevis et un marteau sur la table basse, et tout un tas de feuilles de papier roulées en boule par terre.

Mary Anne a rangé les outils dans le garage et mis l'assiette dans l'évier de la cuisine avant de retourner dans le salon avec un sac-poubelle. Elle a commencé à fourrer les papiers dans le sac quand son regard s'est posé sur une feuille qui n'était presque pas froissée.

voudrais rester avec toi
Californie c'est chez moi.
plus jamais Carla et maman.
s'il te plaît?
Ce serait formidable.

– Qu est-ce que tu fais ?

Mary Anne a sursauté. David se tenait derrière elle et la

dévisageait les sourcils froncés. Elle ne l'avait pas entendu arriver.

– J'étais juste… en train de ranger.

– Tu ne faisais pas que ranger. Tu as lu mes brouillons. J'essayais d'écrire une lettre. Le courrier, c'est privé, tu sais. Ça ne se fait pas de lire les lettres des autres.

David avait les poings serrés. Mary Anne a cru qu'il allait se mettre à pleurer. Il avait l'air d'un tout petit garçon, avec sa mèche de cheveux blonds qui lui tombait sur les yeux.

– Je suis désolée, a dit Mary Anne. Je voulais seulement ranger un peu. C'est vrai que j'ai lu un de tes brouillons, mais je ne l'ai compris qu'après coup. Je ne voulais pas être indiscrète.

David a arraché la feuille des mains de Mary Anne et il est parti à l'étage en courant.

– Tu sais, a ajouté Lucy en réfléchissant à toute vitesse, Lucy MacDouglas retourne vivre à New York. Elle habitait là-bas avant de venir à Stonebrook.

David s'est immobilisé net. Il a fait demi-tour et a redescendu les escaliers lentement.

– Vraiment ? Et pourquoi ? Ses parents ne divorcent pas, au moins ?

Mary Anne a secoué la tête.

– Elle déménage parce que son père est muté.

– Oh !

David s'est affalé sur le canapé.

– Lucy aime beaucoup New York, a enchaîné Mary Anne. On va lui manquer autant qu'elle nous manquera, mais je crois qu'au fond d'elle-même, elle est heureuse de retourner là-bas.

– Je la comprends, a soupiré tristement David.

– Tu aimerais retourner en Californie ?

David a hoché la tête.

– Tu détestes vraiment vivre ici ?

Il a fait une grimace embarrassée.

– Mon père a besoin de moi et j'ai besoin de lui, a-t-il déclaré après un long silence.

– Ta mère et Carla aussi ont besoin de toi, et toi, tu as besoin d'elles.

– C'est différent. Nous avons laissé papa tout seul en Californie. En plus, maman et Carla sont des filles. Papa et moi sommes des garçons… Je hais les filles ! Elles me traitent comme un bébé. Mon père, non. Carla pourrait rester avec maman et je pourrais vivre avec mon père. Ce sera plus juste.

David fixait Mary Anne avec détermination. Elle a fini par détourner le regard.

– Mon père avait l'habitude de me traiter comme un bébé, a confié Mary Anne, mais je crois qu'il le faisait parce qu'il m'aimait.

– Peut-être…

– Une famille doit rester soudée.

– Et papa, alors ? Il est tout seul.

– C'est ce qui arrive quand les parents divorcent. Mais les enfants doivent rester ensemble.

– Je ne vois pas pourquoi, s'est emporté David. Séparé, c'est séparé. Papa a besoin de moi. Maman aurait toujours Carla. Elle n'a pas besoin de nous deux.

Mary Anne ne savait que penser. Elle comprenait le point de vue de David et celui de Carla aussi. Elle et David ont longuement discuté ce soir-là.

Le lendemain, Mary Anne et Carla en ont reparlé pendant l'étude. Quand la cloche a retenti, Carla a haussé les épaules.

– Je ne sais vraiment pas ce qui va se passer, mais que David reste ou qu'il s'en aille, quelqu'un souffrira.

6

– Je n'arriverai pas… à en mettre davantage !
– Attends, je vais t'aider.
Ma mère était en train d'essayer de fermer un carton de livres. Je me suis assise dessus.

– Lucy, ça marche avec les valises pleines de vêtements, pas avec des cartons pleins de livres, a-t-elle gloussé. Je vais en retirer quelques-uns. Franchement, je pensais qu'on aurait assez de vingt cartons pour tout emballer. Mais je me rends compte qu'il va en falloir beaucoup plus. Comment avons-nous fait pour accumuler tout ça ?

J'ai froncé les sourcils devant la pièce à moitié débarrassée.

– Lorsque nous sommes arrivés, lui ai-je rappelé, nous avons trouvé que la maison avait l'air vide, alors nous avons acheté des choses pour la remplir. Je crois que c'est réussi.

– Un peu trop. Nous ne pourrons jamais tout mettre dans l'appartement.

– Je pensais qu'il serait plus grand que l'ancien.

– Il l'est. Mais il est plus petit que cette maison.

Mes parents avaient trouvé un bel appartement à New York et nous pouvions y emménager dès que nous serions prêts, mais nous avions un petit problème : comment entasser le contenu d'une maison dans un appartement ? Maman avait raison, ce n'était pas possible.

– Tu sais, ai-je dit, il y a probablement beaucoup de choses dont nous n'avons pas besoin. Par exemple, cette table à repasser qui est cassée.

– Je me demande pourquoi je l'ai gardée quand j'ai acheté la nouvelle.

– Et les béquilles dont se servait papa quand il s'était cassé la jambe.

– J'espère que nous n'en aurons plus jamais besoin.

– Et tous mes vêtements trop petits.

– Ça pourrait être utile à quelqu'un. Tu as grandi si vite que tu ne les as presque pas portés.

– Et tous les trucs dans le grenier.

– Que des vieilleries.

– Et si on organisait un vide-grenier ?

– Oh, la, la, non ! C'est beaucoup trop de travail !

– Mais tout le monde en fait ici. Il y a des pancartes partout.

– Je sais bien, mais je ne vois pas comment je trouverais le temps de m'en occuper alors que je dois encore tout mettre en carton, procéder aux changements d'adresse, régler les derniers détails administratifs avec l'agence immobilière, prévenir la compagnie du téléphone, et celle d'électricité, le…

– Et si je m'en occupais ? Je suis sûre que mes amies seraient ravies de m'aider. Et puis, ce serait amusant.

– C'est beaucoup de travail, tu sais. Il faut trier les objets, déterminer leur prix, les indiquer sur des étiquettes, annoncer la vente, faire la mise en place dans le jardin…

– Mais ne t'inquiète pas. Mes amies et moi en sommes capables, j'en suis sûre.

Ma mère, qui était accroupie, porta sa main à son menton pour réfléchir. Elle a glissé une mèche de cheveux rebelles derrière l'oreille et a jeté un coup d'œil à la pièce, aux cartons trop remplis, aux placards pleins de choses qui ne nous serviraient à rien à New York.

Je l'ai laissée réfléchir, sans la brusquer, mais je sentais déjà l'excitation monter en moi.

– Lucy, je serais ravie de me débarrasser des choses dont nous n'avons plus besoin. Si toi et tes amies voulez tout organiser, vous pourrez garder l'argent que vous en tirerez.

J'ai sauté de joie.

– C'est vrai ? Oh, merci ! Oh, la, la, on va se faire une fortune !

– Qui sera bien méritée. Si nous ne nous débarrassons pas de ces choses maintenant, nous devrons le faire lorsque nous serons à New York. Cela ne nous fera que perdre du temps.

– Merci, maman ! C'est génial ! Est-ce que je peux appeler les filles pour leur dire ?

Maman a souri.

– Bien sûr.

J'ai traversé la pièce en courant et je suis montée dans ma

chambre. Qui allais-je appeler en premier ? On était samedi. Toutes mes amies devaient être chez elles.

J'ai composé le numéro de Claudia.

– Devine quoi ! Devine quoi ! ai-je crié dans le combiné sans même lui laisser le temps de dire « allô ». Oh... Mimi ? Pardon, c'est Lucy. J'ai dû me tromper, j'ai cru faire le numéro direct de Claudia... Ah, elle est chez Mary Anne ? D'accord. Je vais l'appeler là-bas. Merci. Au revoir.

J'ai raccroché et j'ai appelé chez Mary Anne.

– Mary Anne ! Mary Anne ! Devine. J'ai une super nouvelle !

– Tu ne pars plus !

J'ai entendu des cris de joie derrière elle.

– Elle ne déménage plus ? Elle reste ?

– C'est vrai ?

– Qui est avec toi ? ai-je demandé. Je sais que Claudia est chez toi, mais qui y a-t-il d'autre ?

– Kristy. Alors comme ça, tu ne déménages plus ?

– Mais qu'est-ce que tu racontes ? Je n'ai jamais dit que je ne déménageais plus. J'ai juste dit que j'avais une super nouvelle à vous annoncer.

– Elle déménage toujours, a rectifié Mary Anne à l'attention de Claudia et Kristy.

Il y a eu un grand silence tout d'un coup à l'autre bout du fil.

J'en ai profité pour leur rapporter ma conversation avec maman et le projet de vide-grenier.

– On pourra garder tout l'argent de la vente et le diviser en cinq.

– Génial ! s'est exclamée Mary Anne.

– Raconte-le aux autres, ai-je fait, j'appelle Carla.

– Oh, ce n'est pas la peine, elle va arriver. Viens nous rejoindre. Ce sera plus simple.

– D'accord.

Sur le moment, j'étais tellement excitée que je ne me suis même pas demandé pourquoi les autres s'étaient réunies sans m'avoir invitée. J'ai sauté sur ma bicyclette et j'ai foncé chez les Cook.

Mary Anne m'a fait entrer et nous nous sommes précipitées dans sa chambre. Kristy et Claudia portaient toutes les deux une casquette à visière et s'amusaient à faire des bulles avec leur chewing-gum. Carla faisait la chandelle dans un coin. Ses cheveux blonds formaient une auréole autour son visage qui virait au rouge écarlate. À mon arrivée, Kristy et Claudia ont fait éclater leur bulle et Carla s'est remise sur ses pieds.

– Ta mère a vraiment dit qu'on pouvait organiser une brocante ? a voulu s'assurer Kristy.

– Ouais, ai-je répondu en m'asseyant avec Mary Anne sur son lit.

– Et qu'on pouvait garder l'argent de la vente ?

Claudia lui a donné un coup de coude.

– Ouais. On pourra tout garder et le partager en cinq parts égales.

– Cela me fait drôle de penser que je vais gagner de l'argent en vendant tes affaires, a rétorqué Mary Anne. Ce n'est pas que je ne pourrai pas utiliser l'argent, mais je ne sais pas si…

– Écoute, mes parents disent que cela leur rendrait drôlement service.

Je leur ai rapporté ma conversation avec maman.

– On devrait bien s'amuser, a déclaré Claudia. J'adore les vide-greniers. Il faudra penser à faire des affiches pour attirer un maximum de monde.

– Moi, j'adore vendre, a ajouté Kristy.

– Super ! Je vais pouvoir dirc à maman qu'on est toutes d'accord. Bon, je ferais mieux de rentrer pour l'aider à trier ce dont elle veut se débarrasser. À plus tard !

Les filles sont restées chez Mary Anne. Claudia m'a raconté plus tard, au cours de l'un de nos marathons téléphoniques, qu'elles s'étaient en fait réunies pour parler de la fête-surprise en mon honneur.

– J'ai beau tourner ça dans tous les sens, a fait Claudia après mon départ, je n'arrive pas à trouver une idée vraiment originale pour la fête de Lucy.

– Moi non plus, ont dit en cœur Kristy, Mary Anne et Carla.

– Et nous avons un autre problème, a repris Mary Anne.

– Ah bon, lequel ?

– Cela ne vous fait pas drôle de gagner de l'argent en vendant des affaires qui ne sont pas à nous ?

– Je comprends ce que tu veux dire, a convenu Carla. À moins que… Oh, que nous sommes bêtes ! Cela résout nos deux problèmes !

– À moins que quoi ? a voulu savoir Kristy. Quels problèmes cela résout et qu'est-ce qui les résout ?

– L'argent que nous gagnerons servira à organiser la fête de Lucy ! Cela résout tous nos problèmes ! D'une certaine façon, l'argent récolté reviendra à Lucy.

Kristy s'est frappé le front.

– Tu as raison ! Nous sommes vraiment bêtes !

– Maintenant qu'on a trouvé l'argent pour faire la fête, quel genre de fête va-t-on faire ? a demandé Claudia.

Pendant qu'elles réfléchissaient, je suis rentrée chez moi. Maman a promis de m'aider les jours suivants, une fois qu'elle aurait bien avancé avec le déménagement.

Comme je n'avais rien à faire excepté mes devoirs, et que je n'avais pas du tout envie de m'y mettre, j'ai appelé Laine.

– Lucy ! Justement, je pensais à toi. Devine quoi ? Pour fêter ton retour à New York, mon père nous a réservé deux places pour *Starmania* !

– Non ! C'est vrai ? C'est super gentil de sa part. Je mourais justement d'envie d'aller le voir. J'ai hâte d'y être. Sinon, ça se passe bien au collège ? Ici, mon prof de maths me donne des cours en plus pour me mettre à niveau en algèbre.

– Comme il n'y a qu'une seule classe d'algèbre, on sera forcément ensemble. C'est chouette, non ?

À peine Laine venait-elle de dire ça, que j'ai senti une hésitation dans sa voix.

– Mais ça veut dire qu'Allison Ritz y est aussi.

– Ah bon ? Est-ce qu'elle a, hum... dit quelque chose à propos de mon retour ?

– Eh bien...

Laine s'est éclairci la voix, visiblement embarrassée. Un long silence a suivi.

– Elle a dit quelque chose comme : « Oh ! Super, la vomisseuse va revenir. »

– Vomisseuse ?

– Ouais. Tu te rappelles quand tu étais malade à la cantine, quand tu avais ces malaises ? Avant que tu ne prennes de l'insuline ? Tu vomissais un petit peu.

J'ai poussé un long soupir. Je ne m'en souvenais même pas. Mais Allison, elle, s'en souvenait et Val Schirmer probablement aussi. Et tous ceux que je connaissais à l'école.

– Peut-être que je ferais mieux de demander à maman et à papa de me changer d'école…

– Oh non, Lucy. Je veux que tu reviennes avec nous.

– Mais Laine…

Toute ma joie et mon excitation se sont envolées d'un coup. Je ne savais plus trop si j'avais vraiment envie de retourner à New York. Enfin, si… parce que j'adore New York. En fait, j'aurais aimé pouvoir me couper en deux et vivre la moitié du temps à Stonebrook et l'autre moitié à New York. La semaine à Stonebrook, et le week-end à New York, comme ça, je n'aurais pas été obligée de retourner à mon ancien collège.

7

Les petits Pike ont inventer un nouveau jeu. Il s'appelle AS, pour «Agent Secret». Jordan est le chef. Adam et Byron sont les meilleurs agent. Les autres sont de simples agent (Mallory ne joue pas, car elle est trop vieille). Le but, c'est d'espionné leurs nouveau voisins. Il viennent juste de s'installer et semble un peu bizarres, mais je suis sûre qu'ils ne sont pas dangeureux. C'est d'ailleurs ce que j'ai essayé de dire aux Pike.

Toutes les filles du club aiment garder les Pike, même s'ils sont huit et parfois intenables. Si vous ne les connaissez pas encore, je vais vous les présenter. La plus jeune, c'est Claire. Elle a cinq ans. Viennent ensuite Margot, sept ans, Nicky, huit ans, Vanessa, neuf ans, les triplés, dix ans : Byron, Jordan, Adam, et enfin l'aînée, Mallory, qui a onze ans.

Mallory n'a pas besoin de baby-sitter. Elle nous aide même à garder ses frères et sœurs. Et l'été dernier, lorsque le club a organisé une halte-garderie, elle nous a secondées très efficacement. Depuis, nous lui demandons parfois de nous donner un coup de main. D'ailleurs, Mme Pike préfère avoir deux baby-sitters. Nous la payons, bien sûr !

Quand Claudia s'est rendue chez les Pike cet après-midi-là, elle n'avait pas la moindre idée de ce qui l'attendait. Elle pensait avoir à faire à une garde comme les autres, un peu plus mouvementée, peut-être, parce que sept enfants, ce n'est jamais de tout repos, même avec Mallory pour lui prêter main-forte. Mais c'était compter sans l'imagination débordante de Jordan. Et Jordan avait inventé AS.

Elle a sonné à la porte. Au lieu de la horde d'enfants surexcités qui l'accueillait habituellement, ce n'était que Mallory, toute seule.

– Où sont les petits monstres ?

– Dans le jardin. Je t'expliquerai.

Claudia est allée dans la cuisine rejoindre Mme Pike. Après un rapide récapitulatif des consignes, Mme Pike est partie.

– Bon, a dit Mallory. Suis-moi.

Elle a conduit Claudia à la porte de derrière.

– Regarde dans le jardin. Qu'est-ce que tu vois ?

– Rien.

– Regarde mieux. Dans l'arbre, par exemple.

Claudia a plissé les yeux. Dans le feuillage, elle a pu distinguer un jean et des cheveux frisés.

– Jordan ?

– Oui.

– Qu'est-ce qu'il fait là-haut ?

– Je vais te le dire. Mais regarde si tu vois quelqu'un d'autre.

Cela a pris un moment, mais Claudia a fini par repérer Claire et Margot accroupies derrière un buisson, Nicky allongé dans l'herbe, Vanessa postée à un angle de l'abri de jardin et Adam et Byron tapis dans la rocaille.

– Qu'est-ce qu'ils fabriquent ? a murmuré Claudia de plus en plus intriguée.

– Ils font le guet. Et ce n'est pas la peine de parler à voix basse. Ils jouent à un jeu appelé AS. Cela veut dire Agents Secrets. On a de nouveaux voisins, et ces imbéciles (Mallory a désigné ses frères et sœurs de la tête) pensent que ce sont des espions étrangers.

La maison des voisins se trouvait juste derrière chez les Pike. Depuis leur poste d'observation dans l'arbre, Adam et Jordan avaient une vue imprenable sur les chambres du premier étage !

– Pourquoi s'imaginent-ils que ce sont des espions ?

– Oh, ils ont un nom bizarre et un accent étranger. Un peu comme ça : « Enchanté te vous rrrencontrer. Merrzi beaucoup pour vot' hospitalité. »

Claudia a pouffé de rire.

– Ils parlent vraiment comme ça ?

– Oui, enfin non, pas vraiment. J'ai du mal à les imiter. Ils roulent les « r » et raccourcissent certains mots, mais cela ne veut pas dire que ce sont des espions.

Claudia reconnaissait bien là Mallory et son sens des réalités. Cela ne voulait pas dire qu'elle n'avait pas d'imagination, loin de là, mais elle la réservait à ses rêveries et aux romans qu'elle écrivait. Elle veut devenir écrivain, mais quand elle nous aide à garder les enfants, elle a les pieds sur terre et un grand sens de l'organisation.

– Nous ferions mieux de sortir et de voir ce qu'ils fabriquent, a suggéré Claudia en ouvrant la porte.

À peine avaient-elles mis un pied dans le jardin, qu'une voix étouffée les a interpelées :

– Psst ! Mallory ! Claudia !

Cela venait de l'arbre. Jordan probablement. L'instant d'après, la tête de Jordan a émergé des feuilles et il leur a fait signe de le rejoindre.

– Qu'est-ce qu'il y a ? ont demandé Claudia et Mallory.

– Venez. Et chut ! Moins de bruit !

– Qu'est-ce qu'il y a ? a de nouveau demandé Claudia, mais en baissant la voix, cette fois.

– Des espions ont emménagé dans la maison d'à côté. Ne te fais pas remarquer, surtout. Il ne faudrait pas qu'ils s'aperçoivent qu'on les espionne.

– Jordan, ce ne sont pas des espions, a soupiré Mallory.

– Qu'est-ce que tu en sais ? Moi, je pense que oui. Il n'y a qu'à voir tout ce qu'ils ont chez eux. Il y a un photocopieur, un fax, deux ordinateurs, une imprimante.

Pour appuyer son affirmation, il nous a montré un carnet à spiral plein de notes gribouillées.

– Comment sais-tu ce qu'ils ont chez eux ? s'est étonnée Claudia.

– Vanessa a regardé par la fenêtre. Elle a gagné un badge jaune pour ça.

– Quoi ?

– Chaque fois que tu récoltes une information, tu reçois un badge, lui a expliqué Mallory. Il y a un code couleur selon l'importance de l'information, du rose au noir. Il y a 10 couleurs en tout. Si tu gagnes les dix badges, tu es nommé meilleur agent, comme Byron et Adam.

– Parlez moins fort ! leur a rappelé Jordan en leur faisant les gros yeux. À cause de vous, on va se faire repérer ! En plus, Nicky est en train de mettre le magnétophone en place.

Claudia a failli s'étrangler.

– Un magnétophone ? Mais pour quoi faire ?

Jordan a levé les yeux au ciel avant de disparaître de nouveau dans le feuillage. Claudia a cru un moment qu'il avait préféré clore leur conversation, mais, à sa grande surprise, il est descendu de son perchoir et les a entraînées vers la maison.

– Nous devons savoir de quoi ils parlent, a-t-il déclaré en mettant sa main devant la bouche d'un air de conspirateur.

– Mais tu n'as pas le droit ! s'est exclamée Claudia. Je crois bien que c'est une atteinte à la vie privée, hein, Mallory ?

– Je ne sais pas, a avoué cette dernière, mais une chose est sûre, vous n'avez pas le droit de mettre les pieds chez eux ou dans leur jardin. C'est une propriété privée.

– On n'a pas l'intention d'aller chez eux, a protesté Jordan d'un ton exaspéré. Nicky va les enregistrer depuis l'arbre, et l'arbre est chez nous.

Jordan ne paraissait plus aussi sûr de lui, mais il n'avait visiblement pas l'intention de renoncer à son projet.

– Nicky va essayer de se rapprocher le plus possible de chez eux. Il gagnera un badge vert s'il fait du bon travail. Cela dit, j'ai besoin d'aide. Je ne peux pas distribuer les missions, aider mes agents sur le terrain et prendre note de ceux qui gagnent un badge.

Jordan a tendu son carnet à Mallory.

– Note à chaque fois qu'un agent gagne un badge.

Puis il a ajouté à l'intention des deux filles :

– Restez là et je compte sur vous pour être discrètes.

Il ne leur a pas laissé le temps de répondre, il a tourné les talons et il est allé se repositionner dans l'arbre.

Mallory et Claudia se sont assises sur les marches du perron et ont feuilleté le petit carnet. En haut de chaque page était inscrit le nom d'un des « agents », suivi des dix couleurs : rose, blanc, jaune, orange, rouge, violet, vert, bleu, marron et noir. Il y avait des croix à côté des couleurs, selon les prouesses des agents. Aux pages attribuées à Adam et Byron, toutes les couleurs étaient cochées.

– Tiens, Jordan n'est sur aucune page. Le grand chef des espions est hors compétition, s'est moquée Mallory. Il se contente de donner des ordres. Ça ne m'étonne pas de lui.

Claudia a gloussé.

– Je crois qu'on devrait surveiller Nicky. Je n'ai pas envie qu'il tombe et se casse quelque chose.

Nicky était en train de s'avancer sur une branche qui s'étirait à quelques mètres seulement de la fenêtre des nouveaux voisins. Il avait l'air plutôt à l'aise, mais les filles lui intimèrent de rester là où il était, de peur que la branche ne se casse sous son poids.

– Voyons maintenant ce que font les autres, a lancé Claudia.

Au même moment, Claire s'est plantée devant elles.

– Donne-moi un badge blanc ! Donne-moi un badge blanc !

Du haut de l'arbre, Jordan lui ordonna de baisser la voix.

– J'ai fait le tour de leur maison, a-t-elle repris en murmurant. Puis j'ai sonné et me suis cachée. Jordan dit que j'ai droit à un badge blanc pour ça.

– D'accord, a dit Mallory en cochant la case « blanc » à la page de Claire.

– Que s'est-il passé quand ils ont entendu sonner ? a voulu savoir Claudia.

– La dame est venue ouvrir. Elle a de longs, très longs cheveux bruns. Ils sont encore plus longs que ceux de Carla. Et elle a regardé autour d'elle et dit : « Hé ? Qui est làààà ? » avec son drôle d'accent. Elle a attendu un instant et elle est rentrée.

Claudia et Mallory se sont consultées du regard et ont haussé les épaules.

Leur jeu a duré tout l'après-midi. Quand Margot a été à son tour sonner à la porte des voisins, Claudia a décidé qu'il était temps d'arrêter ce petit manège. La pauvre voisine. Ce ne devait pas être drôle pour elle !

Vanessa avait repéré une fenêtre qui donnait sur leur sous-sol et s'était allongée dans l'herbe à la limite du terrain des Pike pour observer ce qui s'y passait avec des jumelles. La pièce étant plongée dans l'obscurité, elle n'a rien vu, mais Jordan a déclaré qu'elle méritait un badge jaune pour son initiative. Nicky a sauté au pied de l'arbre en brandissant le magnétophone.

– Venez, on va écouter ce qu'ils ont dit, a-t-il proposé à ses frères et sœurs en se dirigeant vers la maison.

– Mais, tu ne le sais pas déjà ? a rétorqué Mallory.

– Non. Je me suis endormi.

Les enfants ont suivi Nicky et ils se sont installés dans le salon. Pendant toute la première partie de l'enregistrement, il n'y avait que le piaillement des oiseaux et le bruit du vent dans les feuilles. Les enfants ont éclaté de rire en entendant Nicky bâiller. Ce n'est qu'au bout d'un long moment qu'une voix de femme a dit : « J'ai fait tu frrromage de tête pour le souper. »

– Mais qu'est-ce que c'est comme accent ? a gloussé Claudia.

– Du fromage te tête ? s'est affolée Margot.

– Des têtes d'enfants hachées ? a renchéri Nicky, terrifié.

Panique à bord ! Les nouveaux voisins n'étaient pas seulement des espions, c'était des ogres mangeurs d'enfants. Heureusement que Mallory a eu la bonne l'idée de regarder dans un livre de cuisine.

– Le fromage de tête est une charcuterie faite à base de petits morceaux de porc, a-t-elle expliqué.

Claudia a poussé un soupir de soulagement. Sans Mallory pour sauver la situation, cela aurait l'hystérie générale !

Claudia m'a confié qu'en rentrant chez elle ce soir-là, elle n'avait pas arrêté de penser à mon départ. Elle se demandait qui allait bien pouvoir me remplacer au club. Son après-midi chez les Pike lui a fait penser à Mallory. Mais serait-elle de taille ? Mallory savait se débrouiller avec les enfants, mais elle avait deux ans de moins que nous. Être membre du club demandait beaucoup de temps et d'énergie. Et Mallory était loin d'avoir mon expérience. Comme Kristy l'avait dit, j'allais être difficile à remplacer.

8

Besoin d'un grille-pain?
Besoin d'une carafe à vin?
Pas d'histoire,
Venez nous voir!
Besoin d'un seau?
Ou d'un escargot?
Pas de souci,
Venez chez Lucy!

– Qu'en pensez-vous ? a demandé Claudia en nous montrant l'affiche qu'elle avait réalisée pour notre vente.

J'ai répondu avec le plus de tact possible :

– C'est original… J'aime bien les illustrations. Surtout l'escargot avec sa maison sur le dos. Mais..

– Mais quoi ?

Je me suis tournée vers les autres, cherchant désespérément de l'aide.

– Le texte est nul, a déclaré Kristy sans prendre de gants. Et c'est quoi cette histoire d'escargot ? On ne vend pas d'escargot.

– Parce que tu as quelque chose de mieux à proposer ? a riposté Claudia, vexée.

– Non, mais n'empêche que le texte est nul. Tu nous as demandé notre avis, non ? Je te donne mon avis.

Les filles s'étaient réunies chez moi pour le troisième après-midi consécutif, afin de préparer la vente. Maman avait raison, cela représentait beaucoup de travail.

– Ne nous énervons pas, les filles ! suis-je intervenue. Nous n'avons pas de temps à perdre en discussions inutiles.

– Mais Kristy n'a pas à dire que mon texte est nul. Elle a le droit de ne pas aimer, mais qu'elle le dise gentiment, s'est plainte Claudia.

– Je suis désolée, a fait Kristy, l'air penaud. Vraiment. Pourquoi ne pas se partager le travail en fonction des compétences de chacune ? Carla et moi nous chargerions du texte, Mary Anne et Lucy de la mise en page et Claudia, tu illustrerais les textes… Personne ne dessine aussi bien que toi.

Claudia a acquiescé d'un signe de tête.

– Et quand nous aurons bien avancé avec les affiches et les tracts, ai-je repris, nous ferions bien de mettre des étiquettes de prix sur tout le bric-à-brac de la cave.

Nous nous sommes mises aussitôt au travail. Une dizaine de minutes plus tard, Kristy a brandi une feuille

– Ça, c'est du texte ! Écoutez.

Nous repartons à New York, en ville !
Ce n'est pas que ça nous chante
Mais tout sera moins difficile
Si vous venez à la brocante

– Pas mal, ai-je convenu. J'aime bien. Allez, Mary Anne, à toi de jouer maintenant avec la mise en page.

– D'accord, a-t-elle fait en s'installant devant l'ordinateur.

– Dites-moi ce que vous pensez de ça, a dit à son tour Carla.

Elle a écarté une mèche de cheveux de ses yeux. Puis, comme si elle allait réciter un poème en classe, elle s'est levée, a croisé les mains derrière son dos et a énoncé d'une voix solennelle :

– Rouges sont les roses, bleues sont les mers... Venez nous aider à vider notre grenier. S'il vous plaît, s'il vous plaît !

Un grand silence a suivi. Je crois qu'on s'est toutes demandé si c'était une blague, mais personne n'osait rien dire de peur de blesser Carla. Puis, en voyant qu'elle se mordait les lèvres pour garder son sérieux, nous avons éclaté de rire.

– Très drôle, ai-je grimacé une fois le calme revenu. Au fait, vous voulez boire quelque chose ?

– Seulement si c'est un truc plein de sucre, de caféine et colorants artificiels, a déclaré Kristy, sans oublier le citrate de sodium, bien sûr !

J'ai souri.

– Nous devons avoir une bouteille de soda bien chimique au frais. Moi, je prendrai un thé glacé.

– Moi aussi, a dit Carla, qui était devenue verte en entendant parler de colorants artificiels.

– Va pour le citrate de sodium, a fait Claudia, qui n'a jamais fait attention à ce qu'elle mange.

– La même chose pour moi, a annoncé Mary Anne.

Claudia m'a suivie dans la cuisine et m'a aidée à remplir cinq grands verres. Je me suis rendu soudain compte que lorsque nous étions avec les autres, nous étions gaies et plaisantions. Mais dès que nous n'étions plus que toutes les deux, nous restions sombres et silencieuses. Nous n'étions pas fâchées, nous avions juste des « dernières choses » à nous dire et nous ne savions pas comment nous y prendre. Sans doute était-ce ce qu'il y avait de plus triste dans ce départ.

– Tu sais, ai-je commencé, je n'ai pas encore prévenu Charlotte que je partais.

Claudia m'a dévisagée d'un air étonné.

– Qu'est-ce que tu attends ? Tu ne veux pas le lui dire ?

J'ai secoué la tête.

– Si, bien sûr, mais comme je ne sais pas comment le lui annoncer, je repousse toujours à plus tard.

– Tu ferais bien de la prévenir rapidement. Avec les affiches que l'on a placardées un peu partout dans le quartier, elle va vite être au courant. Tu ne penses pas qu'il vaut mieux qu'elle l'apprenne de ta bouche plutôt que par un poème qui parle de roses rouges et de mers bleues ?

J'ai pouffé de rire malgré moi.

– Je sais, mais cela ne va quand même pas être facile.

– Non, j'imagine très bien... ce qu'elle pourra ressentir.

J'ai attendu que Claudia précise sa pensée, mais elle s'est tue.

– Bon, ai-je fini par bredouiller, on ferait mieux de se dépêcher, les filles vont mourir de soif.

Claudia s'est contentée de hocher la tête. Je crois qu'elle était au bord des larmes, mais elle s'est ressaisie et avait retrouvé le sourire une fois de retour dans ma chambre.

Nous avons travaillé en sirotant nos boissons. Les textes peaufinés et les illustrations mises en page, nous nous sommes senties plutôt fières.

– Et maintenant, ai-je dit, descendons à la cave. Je vais vous montrer ce que maman a acheté ce matin.

– C'est quoi, c'est quoi ? ont voulu savoir mes amies.

– Vous verrez bien, ai-je fait d'un air malicieux.

Quand j'ai allumé la lumière de la cave, les filles ont découvert tout ce qu'il y avait à vendre, posé pêle-mêle sur, au-dessous, et autour de la table de ping-pong. Mes parents l'avaient achetée l'hiver précédent et, bien entendu, il était hors de question que nous l'emmenions à New York avec nous !

– Voilà, ai-je repris en tendant deux sacs du supermarché.

– Qu'est-ce que c'est ? a demandé Mary Anne.

– Des étiquettes vierges. Certaines sont autocollantes et d'autres sont à attacher avec une petite ficelle.

– Oh, génial, s'est exclamée Kristy. Nous allons avoir l'air très pro ! Commençons l'étiquetage tout de suite.

– D'accord.

J'ai pris un pull dans la pile de vêtements trop petits pour moi.

– Qu'en pensez-vous les filles, quarante dollars ?

– Quarante ! s'est étranglée Claudia. Tu plaisantes ?

– Ma mère l'a payé cher et je l'ai à peine porté. À quarante dollars, c'est une affaire.

– Pas dans un vide-grenier, a objecté Mary Anne.

– Ah bon ? a fait Carla.

– Carla, tu as déjà fait un vide-grenier, non ? lui a demandé Kristy.

– Non, je n'en ai jamais vu en Californie.

– Eh bien, essaie de mettre une étiquette à quarante dollars sur ce pull, et tu verras comme les gens vont nous rire au nez.

Après une longue discussion, le prix est tombé à trois dollars cinquante. Je n'en revenais pas.

– Comment allons-nous faire pour gagner de l'argent ?

– Ne t'inquiète pas Lucy, m'a rassurée Kristy. Fais-nous confiance. Si les prix sont trop élevés, on ne vendra rien.

Vu le temps que nous avions passé à déterminer le prix d'un pull, j'avais peur que l'étiquetage n'en finisse pas, mais une fois le principe compris, nous avons avancé relativement vite. Nous en étions au tiers quand Kristy s'est soudainement immobilisée. Elle nous a regardées, les yeux pétillants.

– Eh… nous appela-t-elle doucement.

À sa voix et à son regard, je savais qu'elle avait encore une de ses idées géniales.

– Quoi ?

– Et si on faisait de cette vente quelque chose de plus original, de plus convivial. On pourrait vendre de la citronnade…

– Et des gâteaux ! s'est enthousiasmée Claudia. Je pourrais en faire.

– On pourrait aussi vendre des choses que l'on fabriquerait, ai-je suggéré.

– Comme des poteries et des écharpes, a proposé Mary Anne.

– Et des plantes, a renchéri Carla.

– Oh oui !

Pour avoir des idées géniales, on pouvait compter sur Kristy !

– Ce vide-grenier va être le plus grand événement de toute l'histoire de Stonebrook, ai-je déclaré avec fierté.

– Le plus réussi surtout, a ponctué Kristy.

9

Ce que je vais écrire dans le journal de bord n'est pas une plaisanterie. Si vous ne me croyez pas, vous n'aurez qu'à demander à Karen et Andrew. Ou encore à Morbidda Destiny elle-même (mais je sais que vous ne le ferez jamais).

J'ai gardé Karen et Andrew cet après-midi. Leur mère était coincée dans un embouteillage et avait besoin que quelqu'un s'occupe d'eux après l'école. Jim m'a demandé si cela ne me dérangeait pas de m'en charger. Vous vous doutez bien que j'ai tout de suite accepté. Karen et Andrew sont pratiquement comme ma sœur et mon frère. Quelque chose me disait cependant que ça n'allait pas être de tout repos. Et j'avais raison... Amateurs de sensations fortes, lisez la suite!

Pour des sensations fortes, Kristy a été servie ! Sa garde s'est déroulée de façon si étrange et si inquiétante que j'en ai la chair de poule rien que d'y penser.

L'après-midi a commencé dans la pagaille la plus totale. Normal, il y avait Andrew, Karen, David Michael (le petit frère de Kristy, qu'elle devait aussi garder), Boo-Boo, le chat de Jim, et Louisa, le chien de David Michael. Pour couronner le tout, Amanda et Max Delaney, ainsi que Cornélia et Lenny Papadakis étaient venus jouer chez les Parker-Lelland.

Karen et Andrew ont six et quatre ans, David Michael a sept ans. Amanda et Max ont six et huit ans. Ce sont des amis de Karen, et ils ne s'entendent pas toujours très bien avec David Michael. Cornélia et Lenny, qui sont aussi des amis de Karen, ont également six et huit ans. Les petits Papadakis sont adorables, ils s'entendent avec tout le monde… sauf avec Amanda et Max, qui ne les aiment pas non plus. Il y avait donc pas mal de tension dans ce petit groupe d'enfants. Mais Kristy les connaissait bien et c'est une baby-sitter expérimentée. Elle avait décidé qu'ils joueraient tous dans le jardin. Comme personne ne se chamaillait, Kristy en a profité pour s'installer dans une chaise longue de jardin.

David Michael, Lenny et Andrew avaient entrepris de faire des exercices de sauts à Louisa. Ils lui avaient même préparé un parcours avec des chaises, des cerceaux et des cailloux. Kristy doutait que le chien se prête au jeu, mais elle n'a rien dit pour ne pas contrarier les garçons.

Les filles et Max chassaient le pauvre chat dans tout le jardin. Boo-Boo est un vieux gros patapouf caractériel. Les

Parker avaient emménagé chez Jim depuis déjà plusieurs mois, et Kristy n'avait encore jamais réussi à le caresser une seule fois. Elle espérait que les enfants le fatigueraient suffisamment pour qu'il aille se réfugier et dormir dans la maison. (Kristy préfère Boo-Boo endormi qu'éveillé.)

– Boo-Boo ! Boo-Boo ! criait Amanda.

Le chat reprenait son souffle à côté d'un rosier. Amanda a sauté dessus et il s'est précipité en haut d'un arbre.

– Eh, je crois qu'on a jeté un sort à Boo-Boo, a déclaré Karen.

Kristy a secoué la tête. Karen n'allait pas recommencer avec ses histoires de sorcières, quand même !

– Un sort ? a répété Cornélia en se tournant lentement vers la maison voisine, celle de Mme Porter, que Karen avait surnommée Morbidda Destiny.

C'était une vieille bâtisse de style victorien avec des pignons et des tourelles. Elle était sombre et délabrée, une vraie maison d'Halloween.

– Oui, a acquiescé Karen. J'ai vu Morbidda Destiny avec des flacons et des bouteilles le week-end dernier. Je pense qu'elle préparait encore des potions.

Kristy se demandait si elle devait mettre un terme aux histoires de sorcières. Karen faisait peur aux plus petits et se prenait souvent au jeu. David Michael, Lenny et Andrew écoutaient aussi à présent, et ils semblaient tous fascinés. Si les histoires de Karen pouvaient empêcher les Papadakis de se disputer avec les Delaney et les Delaney d'être désagréables avec David Michael, eh bien…

Kristy a laissé Karen continuer.

Que je vous explique, Karen pense que la vieille Mme

Porter, qui vit seule dans sa maison, est en fait une sorcière appelée Morbidda Destiny, et qu'elle prépare des potions et des philtres, lance des sorts et vole sur un balai pour se rendre à des réunions de sorcières. Mme Porter est certes un peu étrange et elle porte toujours de longues robes noires, mais de là à dire que c'est une sorcière, il y avait un monde !

– Quel genre de potions fabrique-t-elle ? s'est enquis Max.

– Des potions magiques.

– Tu veux dire... ? a chuchoté Cornélia.

– Oui. Des potions capables de transformer n'importe quel animal et même les personnes en crapaud. Elle va tout faire pour nous transformer en crapauds baveux.

– C'est vrai ? s'est affolée Amanda. Mais comment elle va se débrouiller pour nous faire boire ses potions ?

– C'est une sorcière, elle peut nous faire faire ce qu'elle veut, a rétorqué Karen.

– Qu'elle essaie de me faire boire quelque chose, a claironné Max.

Karen l'a toisé d'un air de dire qu'il ne comprenait décidément rien à rien.

– Les sorcières ont leurs méthodes.

Les sept enfants tournèrent alors des yeux emplis de terreur vers la maison de Mme Porter, comme s'ils s'attendaient à voir une chauve-souris sortir par une fenêtre. Bien entendu, rien de semblable ne s'est produit.

David Michael a fini par rompre le silence :

– J'ai soif. Kristy, est-ce qu'il y a de la citronnade ?

– Non, je ne crois pas.

– Et si on en faisait une ? a suggéré Cornélia. Avec des citrons, de l'eau, du sucre, et de la glace.

– Ce serait amusant, a convenu Kristy, mais il va nous falloir beaucoup de citrons pour faire de la citronnade pour huit personnes. Cela m'étonnerait qu'on en ait plus de deux ou trois. On en utilise rarement.

– Zut ! a grommelé Karen.

– J'ai plein de citrons chez moi, est intervenue une voix rauque. Venez les enfants, je vais vous montrer comment on fait une vraie citronnade.

Huit paires d'yeux écarquillés se sont tournées vers la maison d'Halloween. Mme Porter se tenait sur le seuil, en longue robe noire, dont les manches couvraient les mains jusqu'au bout des doigts, ne laissant apparaître que ses grands ongles courbés.

Kristy a craint un moment que ce ne soit la panique chez les enfants. Qu'aurait pensé Mme Porter si elle avait été accueillie par des cris et des larmes ? Cela n'aurait pas été très poli.

– Allons, ne soyez pas gênés ! a insisté leur voisine devant leur silence consterné. J'ai si rarement de la visite.

Le regard de Kristy est passé des enfants à la vieille dame. Elle s'est alors souvenue avec effroi du jour où Mme Porter avait apporté une souris morte à la maison en prétendant que Boo-Boo l'avait tuée et qu'il l'avait déposée sur le pas de sa porte. D'un autre côté, cette même vieille dame étrange avait fait un joli cadeau de mariage à sa mère et Jim. Et le ton avec lequel elle venait de dire : « J'ai si rarement de la visite » laissait penser qu'elle se sentait bien seule.

– Venez les enfants ! a encouragé Kristy de sa voix la plus enjouée. On a de la chance, de la vraie citronnade ! Merci, Mme Porter.

La vieille dame a esquissé un sourire, mais on aurait dit une grimace.

– Le plaisir est pour moi, les enfants. Venez toquer dans cinq minutes, j'aurai tout préparé.

Ayant dit cela, elle a tourné les talons et a refermé la porte derrière elle.

– Kris-tyyy, a gémi Karen. On ne va pas aller chez elle, quand même ?

– Mais si, voyons. Vous vouliez de la citronnade, non ? Mme Porter va nous en préparer une.

– J'ai pas soif, a rétorqué Amanda. Viens Max, on rentre à la maison.

Puis, elle a ajouté

– Kristy, tu ne peux pas nous obliger à aller chez la sorcière. Tu n'es pas notre chef.

– C'est vrai, a admis Kristy. Mais je suis sûre que les autres penseront que vous êtes des poules mouillées si vous partez maintenant.

– Nous ne sommes pas des poules mouillées ! s'est indigné Max.

– Prouvez-le, l'a défié Kristy.

– D'accord !

– Kristy, a fait Karen d'une petite voix. Nous non plus.. Nous ne sommes pas des poules mouillées.

Son « nous » englobait apparemment Andrew, David Michael, Lenny et Cornélia, qui acquiesçaient vigoureusement de la tête.

– Bien sûr que non. Je n'ai jamais dit ça. Bon, ça fait cinq minutes maintenant. Ne faisons pas attendre Mme Porter. Qui vient avec moi ?

Bien qu'à contrecœur, les enfants l'ont suivie. Ils ont toqué et ont attendu dans un silence nerveux. Mme Porter est venue leur ouvrir avec un pichet de citronnade dans une main et une pile de gobelets en carton dans l'autre.

– Voilà, a-t-elle dit en tendant les gobelets à Kristy.

Karen semblait sur le point de s'évanouir, mais Mme Porter lui a adressé un petit sourire (Kristy aurait juré qu'elle lui avait fait un clin d'œil).

– Je pensais que vous alliez nous montrer comment la faire, a dit Karen d'une voix tremblante.

– Ah oui ? a fait Mme Porter avant de disparaître un instant dans sa maison.

Quand elle est revenue sur le perron, elle a posé un balai contre la porte d'entrée.

Karen a fixé le balai sans ciller. Kristy a bien cru qu'elle allait s'évanouir.

Lenny s'est éclairci la voix et a demandé tout en gardant un œil sur le balai :

– Qu'est-ce que... Qu'est-ce qu'il y a dans cette citronnade ?

– Juste beaucoup de citrons... s'est mise à expliquer Mme Porter.

Toute concentrée à regarder la vieille dame remplir les verres, Kristy a perdu le fil de la conversation. Les enfants avaient tous un gobelet en main, mais personne n'osait en prendre une gorgée.

– Buvez donc, les a encouragés Mme Porter. Cela ne vous tuera pas.

– Vous en êtes sûre ? a laissé échapper Karen.

Kristy savait qu'il fallait qu'elle montre l'exemple. Elle a porté le verre à ses lèvres. La boisson sentait le citron, tout simplement.

– C'est délicieux, a-t-elle déclaré très sincèrement.

– C'est vrai ? ont fait Max, Andrew et David Michael encore dubitatifs.

– La meilleure citronnade que j'aie jamais bue.

Prudemment, les enfants ont trempé leurs lèvres.

– C'est vrai que c'est bon, a fait Karen.

Kristy savait que sa demi-sœur s'attendait à ce que l'un d'entre eux s'envole en fumée, ou se transforme en crapaud baveux. Mais personne ne s'est transformé en quoi que ce soit.

Pendant qu'ils se désaltéraient, Mme Porter s'est installée dans un fauteuil et un chat noir est venu se lover sur ses genoux. On aurait dit qu'elle s'amusait beaucoup.

– Kristy ! a fait soudain Andrew en la tirant par le bras. J'ai besoin d'aller aux toilettes.

– C'est le sort qui…, a bredouillé Karen tout bas.

Andrew a levé les yeux au ciel.

– Non, j'ai juste envie d'aller aux toilettes. Kristy, c'est urgent…

Oh-oh, a pensé Kristy. Mieux valait ne pas demander à Andrew de se retenir. Elle en savait quelque chose, croyez-moi !

– Madame Porter, je suis vraiment désolée, mais est-ce qu'on peut aller dans vos toilettes ?

– Bien sûr. Au fond du couloir, après la cuisine, la première porte sur la gauche.

Kristy a pris Andrew par la main et ils sont entrés dans la maison. Karen leur a emboîté le pas.

– Je ne reste pas seule avec elle.

David Michael les a suivis aussi.

– Moi non plus.

– Moi non plus, ont fait Cornélia, Lenny, Amanda et Max en même temps.

Kristy a soupiré. C'est ainsi qu'ils sont tous entrés dans la maison de Morbidda Destiny… Euh, pardon, de Mme Porter.

Il y avait peu d'ouvertures, les pièces étaient plongées dans l'obscurité et sentaient le moisi. Mais rien n'indiquait que la maison était hantée. Karen a attrapé la main libre de Kristy et s'y est agrippée de toutes ses forces.

– Je suis sûre que c'est plein de fantômes et de monstres.

Kristy a préféré ne pas répondre.

Ce n'est qu'en repassant devant la cuisine pour sortir que Kristy a vu deux boîtes de citronnade surgelée vides sur le plan de travail. Elle n'en a rien dit aux enfants, mais elle a compris alors que sa voisine n'était qu'une vieille dame solitaire qui cherchait de la compagnie. « Même si, évidemment, a-t-elle pensé en voyant Mme Porter, avec le chat noir et le balai, on ne peut jamais être sûr de rien. »

10

Mon cœur battait la chamade et j'avais la bouche sèche. Je n'étais pas malade, non, j'étais simplement nerveuse.

J'allais garder Charlotte Johanssen, et j'avais décidé qu'il était temps de lui dire que je partais. Les mains tremblantes et moites, j'ai serré mon coffre à jouets contre moi.

Le coffre à jouets, c'est encore une des idées géniales de Kristy. Chaque baby-sitter en a un. Ce sont des boîtes qu'on a décorées nous-mêmes pour qu'elles soient jolies. On les a remplies de jouets, de jeux, de livres, d'albums de coloriage et de livrets d'activités qu'on achète avec l'argent de nos cotisations. Les enfants adorent, leurs parents aussi, c'est vraiment pratique. Charlotte en a toujours été folle, surtout à cause des livres. Elle adore lire.

Je suis restée un instant devant le pas de la porte avant d'appuyer sur la sonnette.

J'ai entendu les pas de Charlotte qui se précipitait pour m'ouvrir.

– Salut, Lucy ! Salut, Lucy ! J'ai gagné trois images aujourd'hui à l'école ! Ça m'en fait vingt et une, en tout. Et quand on en a vingt-cinq, on a le droit d'aider la maîtresse toute une journée.

– C'est merveilleux, Charlotte ! Je suis fière de toi !

– Merci. Tu te souviens l'année dernière comme je détestais l'école ? Aujourd'hui, je trouve qu'il n'y a rien de plus amusant. Et devine qui est ma meilleure amie ?

– Hum… je donne ma langue au chat.

– Valérie Namm. Tout le monde l'adore au cours moyen. Moi, je n'ai que huit ans. En fait, je devrais être seulement en cours élémentaire, donc..

– Charlotte, l'a interrompue sa mère, qui se tenait juste derrière elle. Fais donc entrer Lucy. Et laisse-moi lui parler quelques instants, d'accord ? Vous aurez l'après-midi entier pour bavarder.

– D'accord, a soupiré la petite fille.

– Et si tu allais chercher la carte de la Terre que tu as dessinée ? Je suis sûre que ça intéressera Lucy.

– D'accord, a fait Charlotte en courant dans sa chambre.

Dès qu'elle s'est éloignée, le Dr Johanssen et moi avons repris la parole en même temps. Cela nous a fait éclater de rire.

– Allez-y, je vous en prie, ai-je alors dit.

– Eh bien.

Le Dr Johanssen paraissait mal à l'aise, comme si elle

avait quelque chose d'important à dire, mais qu'elle ne savait pas comment le formuler. Elle s'est éclairci la voix.

– J'ai cru comprendre que… ta famille déménageait. Je suis passée devant chez toi et j'ai vu le panneau de mise en vente.

– C'est justement de ça que je voulais vous parler. Nous allons déménager. Je pensais l'annoncer à Charlotte aujourd'hui, si vous êtes d'accord.

– Oh ! c'est bien, Lucy. Merci. J'aurais dû me douter que tu ne serais pas partie sans prévenir Charlotte. Tu es si responsable. Sache que tu vas beaucoup nous manquer !

– Croyez-moi, vous allez aussi me manquer.

Le Dr Johanssen s'est approchée pour me serrer dans ses bras mais, en entendant Charlotte revenir, elle s'est contentée de me déposer un rapide baiser sur la joue en chuchotant :

– Bonne chance.

Puis, d'une voix claire elle a ajouté .

– Au revoir, Charlotte. Je pars au travail. Papa sera de retour vers six heures.

– D'accord ! Au revoir maman !

Dès que la porte s'est refermée derrière sa mère, Charlotte s'est jetée sur le coffre à jouets.

– Je n'ai pas trouvé la carte. Qu'est-ce que tu as mis dans le coffre à jouets, aujourd'hui ?

Elle m'a entraînée dans le salon. C'était notre petit rituel. Nous nous installons toujours dans le salon, par terre pour ouvrir le coffre.

– Plus ou moins la même chose que la dernière fois, mais j'ai ajouté un nouveau livre.

– Un nouveau livre ? Tu as bien fait.

Charlotte a vidé le coffre à jouets et, comme je l'espérais, a mis de côté son contenu à l'exception du livre qu'elle ne connaissait pas.

– Quelle drôle de couverture. Qu'est-ce que ça raconte ?

– Eh bien, c'est l'histoire d'une famille qui déménage.

Charlotte semblait pensive.

– La dernière fois que j'ai déménagé, j'avais deux ans. Je ne m'en souviens pas du tout.

– Et moi, la dernière fois que j'ai déménagé, c'est quand je suis venue vivre ici. Cela fait juste un an. Un an et deux mois.

– Je suis contente que tu sois venue ici, a déclaré Charlotte en venant s'asseoir sur mes genoux et en ouvrant le livre à la première page.

– Moi aussi, mais... (je devais me décider à parler) J'ai quelque chose à te dire, Charlotte. Mes parents et moi allons redéménager.

La fillette s'est raidie et s'est tournée vers moi.

– Quoi ?

– Nous retournons vivre à New York dans quelques semaines.

– Tu veux dire que tu vas quitter Stonebrook ? Tu vas me quitter ?

J'ai acquiescé d'un signe de tête. Les yeux de Charlotte se sont embués de larmes et elle a laissé le livre tomber par terre. Elle s'est mise à pleurer toutes les larmes de son corps, le visage enfoui dans ses mains.

– Je suis vraiment désolée, Charlotte. Je ne souhaite pas m'en aller. Nous devons partir à cause du travail de mon père.

Je l'ai serrée contre moi, mais au lieu de se calmer, elle s'est subitement dégagée de mon étreinte et s'est mise à crier :

– Je te déteste ! Je te déteste ! Tu es méchante ! Je croyais que tu aimais t'occuper de moi.

– Mais j'adore m'occuper de toi. Cela n'a rien à voir avec mon déménagement. C'est pour le travail de mon père, je viens de te le dire. J'aimerais pouvoir rester ici.

J'ai cru que Charlotte allait s'enfuir dans sa chambre, mais elle est revenue lentement vers moi et s'est jetée dans mes bras.

– J'ai une idée, ai-je dit en m'efforçant d'avoir l'air joyeux, alors que je n'avais qu'une envie : pleurer. Et si on allait chez moi ?

Je me suis dit que cela pourrait l'aider à accepter l'idée de mon départ.

– D'accord. Mais pour quoi faire ?

– Pour te montrer ce qui se passe là-bas. Tu trouveras peut-être ça intéressant. Nous devons tout mettre dans des cartons.

– Des cartons ? Et d'où ils viennent, ces cartons ?

– Ce sont les déménageurs qui nous les donnent. Tu verras, il y en a déjà qui sont remplis. Allons-y.

J'ai griffonné un mot à l'attention du Dr Johanssen, et nous sommes parties, main dans la main. Charlotte n'a pas de camarades dans ma rue, aussi ne vient-elle que très rarement par ici. C'est pour cela qu'elle n'avait pas vu l'écriteau de mise en vente dans le jardin.

– Ta maison n'a pas changé, a-t-elle fait remarquer.

– De l'extérieur non, mais attends d'être à l'intérieur.

Quand nous sommes entrées, ma mère était debout au milieu d'une montagne d'affaires, l'air complètement découragée.

– Hum, bonjour maman !

Ma mère a sursauté, elle ne nous avait pas entendues arriver.

– Lucy ! Tu m'as fait peur !

– Pardon. Maman, j'ai emmené Charlotte pour lui montrer comment se passe un déménagement.

– Oh, bonjour, ma puce. As-tu déjà vu un pareil désordre ?

Charlotte a secoué timidement la tête.

– Viens, ai-je dit en l'entraînant à l'étage. Je vais te montrer ma chambre.

Je n'y avais pratiquement pas touché, c'était moins impressionnant, ai-je pensé. J'avais mis de côté quelques bricoles pour la brocante et rangé les livres dans un carton. Mais à part ça, rien n'avait changé.

– Elle est comme avant, a fait Charlotte en fronçant les sourcils.

– Je sais. Maman n'arrête pas de me répéter de me dépêcher. Viens voir la chambre de mes parents. Ça n'a rien à voir.

Charlotte a étouffé un cri de surprise en découvrant les murs nus, les étagères vides et la série de cartons alignés devant la grande armoire.

– Il y en a des cartons ! s'est-elle exclamée. J'espère que tu vas dans une grande maison.

– Malheureusement non, ai-je soupiré.

Je lui ai alors parlé de notre futur appartement. Puis du vide-grenier que nous allions organiser.

– C'est comme une brocante ? a-t-elle voulu savoir. J'adore ça. Nous avons acheté ma commode dans une brocante. Cela nous a coûté seulement sept dollars. Et j'ai aussi acheté une

Barbie et une maison de poupée, et tu sais combien j'ai payé le tout ? Deux dollars seulement. Mon père a dit que c'était pas cher.

J'ai éclaté de rire.

– Viens à la cave. Tu verras tout ce que nous avons préparé pour la vente. S'il y a quelque chose qui te plaît, je te le mettrai de côté.

Charlotte avait retrouvé tout son entrain. Elle s'est précipitée vers les escaliers. Si j'avais su qu'elle aimait tant les brocantes, je lui en aurais parlé bien avant de la mettre au courant du déménagement.

– Kristy, Claudia, Carla, Mary Anne et moi allons vendre toutes ces affaires. Tu vois, nous avons mis des étiquettes de prix sur les objets. Nous avons fait des affiches, aussi. Dans un jour ou deux, nous allons les coller sur les arbres autour d'ici, et un peu partout en ville.

– Il y a beaucoup de choses, a dit Charlotte, intimidée.

Elle a commencé à fouiller dans une pile de vêtements avant de voir un tas de mes vieux jouets.

– Oh, un Boggle ! s'est-elle exclamée, et un Risk !

Puis, elle est tombée sur un livre, La Belle au bois dormant. En général, je garde mes livres, mais j'avais reçu celui-ci en double. Il était encore tout neuf. Kristy l'avait évalué à cinquante cents.

– On l'avait lu ensemble ! s'est écriée Charlotte. Tu te rappelles ?

– Bien sûr. C'était un soir, juste avant de te coucher.

– Tu peux me le mettre de côté ? C'est ce livre que j'aimerais acheter.

– Je vais faire mieux que ça.

J'ai retiré l'étiquette, j'ai attrapé un stylo et j'ai écrit sur la page de garde :

À Charlotte, ma petite préférée, de la part de Lucy, sa baby-sitter préférée.

Puis, je lui ai tendu le livre.

– C'est pour toi. En souvenir de moi.

Charlotte a pris le livre et l'a ouvert à la page de la dédicace. Elle l'a fixée longuement avant… de fondre en larmes.

11

Buddy et Liz Barrett ont vu les affiches de notre vide-grenier et ont décidé de faire la même chose avec leurs vieilles affaires. J'espère que notre vente se passera mieux que la leur, parce que cela a été un véritable fiasco, les pauvres...

Tout a commencé quand Mme Barrett a dit à ses deux aînés, Buddy, huit ans, et Liz, cinq ans, de ranger leur chambre et de trier ce qui devait être jeté. Vous devinez que cela ne s'est pas fait sans peine et sans récriminations. Les enfants n'aiment pas ranger, en particulier leur chambre. Buddy avait vu les affiches pour le vide-grenier et cela lui avait donné une idée. Il a demandé à sa mère si Liz et lui pourraient vendre ce dont ils ne se servaient plus, au lieu de se contenter de les jeter. Mme Barrett a accepté, à condition qu'ils attendent mercredi après-midi, quand Carla viendrait les garder. M. et Mme Barrett sont divorcés et Mme Barrett travaille à mi-temps.

Cela ressemblait bien à Mme Barrett de ne pas avoir prévenu Carla avant. Mme Barrett est gentille, mais elle est toujours débordée. Elle oublie la plupart du temps d'informer les baby-sitters des choses importantes. Après avoir mis Carla devant le fait accompli, elle lui a promis qu'elle la payerait un peu plus.

C'est donc dans le salon, devant une montagne de vieux jouets que Carla a trouvé Buddy et Liz ce jour-là. Les enfants étaient surexcités. Maud Barrett, leur petite sœur de deux ans, rouspétait dans sa chaise haute. Fred, le chien, faisait le fou dans la cuisine.

– Tu sais où se trouvent les numéros de téléphone, a lancé Mme Barrett. Oh ! Au fait, j'ai dit à Buddy et à Liz qu'ils pouvaient organiser une brocante dans le jardin aujourd'hui. À tout à l'heure, six heures. Au revoir les enfants !

– Mais... a fait Carla en lui courant après. Que vont-ils vendre ?

– Tout ce qui est par terre dans le salon ! lui a répondu Mme Barrett en refermant la porte du garage derrière elle.

Carla l'a suivie.

– Est-ce que les prix sont indiqués ?

– Non, mais tu peux les aider à le faire.

Mme Barrett est montée dans sa voiture. Carla a dû frapper à la vitre.

– Sur quoi allons-nous poser les objets ?

– Oh, il y a une petite table dans le débarras de l'entrée.

– Que dois-je faire de Maud ? a crié Carla alors qu'elle démarrait déjà la voiture.

– Mets-la dans son parc. Il est plié dans la salle de jeux. Amusez-vous bien !

Et voilà, elle était partie, laissant Carla sans voix, plantée dans le garage.

Quand Carla est retournée dans le salon, Buddy et Liz étaient au bord de l'hystérie. Ils couraient dans tous les sens.

– Qu'est-ce que tu faisais, Carla ? On t'attend ! a lancé Buddy sans pour autant s'arrêter de courir.

– Donne-moi encore une minute, d'accord ?

Après avoir fait sortir Fred dans le jardin, Carla a pris Maud dans ses bras.

– Tu es trempée, ma belle. Et je suis sûre que tu aimerais jouer dehors, pas vrai ?

– Non, a répondu la petite fille avec un large sourire.

Maud passait par une phase où elle répondait non à toutes les questions, mais elle se laissait faire sans rechigner.

Carla a changé sa couche et l'a reposée dans sa chaise haute le temps de monter son parc sur la pelouse devant la maison. Elle l'y a installée avec quelques jouets et un biscuit. Puis, elle a aidé Buddy et Liz à préparer la table avec tout le bazar dessus.

– Bon, les enfants. La vente peut commencer.

Mais elle savait déjà que cette brocante était vouée à l'échec.

– Par quoi faut-il commencer ? s'est enquis Liz.

– Tout d'abord, il faut trier vos affaires et les présenter comme dans un magasin. Mettez-vous à la place des clients. Il faut leur donner envie d'acheter. Faites une pile avec les boîtes de jeux, mettez toutes les petites voitures ensemble, par exemple.

Pendant que les grands s'affairaient, Carla a joué à « Pouce es-tu là ? » avec Maud.

– Ça y est ! a annoncé Liz quelques minutes plus tard. Nous avons fini de ranger. Où sont les clients ?

Il y avait bien quelques voitures qui passaient dans la rue, mais c'était tout.

– Je crois que vous devriez mettre une pancarte, leur a conseillé Carla.

Buddy est allé chercher un bout de carton et il s'est appliqué pour écrire :

Vente de jouets
Venez nombreux

Il a posé le carton sur le devant de la table. D'autres voitures sont passées. L'une d'elles a même ralenti, mais elle ne s'est pas arrêtée.

– Il faut les encourager, a suggéré Carla.

Une voiture s'est approchée et Buddy s'est mis à hurler :

– Vente de jouets ! Vente de jouets ! Venez acheter nos jouets !

Liz a aussitôt enchaîné :

– Eh, ralentissez ! Arrêtez-vous !... Arrêtez-vous !

Le conducteur a souri, leur a fait un signe de la main, mais il a passé son chemin.

– Je crois que le problème, c'est que personne n'a été prévenu, leur a expliqué Carla.

– Mais si, j'en ai parlé aux Pike, a riposté Buddy.

Au même moment, trois des petits Pike ont fait leur apparition.

– Vous voulez acheter quelque chose ? leur a demandé Liz pleine d'espoir.

– Bien sûr, a répondu Vanessa Pike. Je suis venue pour ça. J'ai exactement cinquante cents.

– Margot et moi n'avons pas d'argent, a annoncé Claire. Nous sommes juste venues voir.

Après avoir farfouillé, Vanessa s'est décidée :

– Je crois que je vais prendre le camion. Je pourrai l'offrir à Nicky pour son anniversaire. Combien coûte-t-il ?

– Deux dollars, a dit Buddy.

– Cinq cents, a corrigé Liz.

– Combien ? a redemandé Vanessa.

Buddy et Liz se sont tournés vers Carla pour qu'elle leur vienne en aide.

– Je pense que vous devriez le vendre dix cents, leur a-t-elle conseillé, forte de son expérience récente chez moi.

– Dix cents, a donc annoncé Buddy.

Les petits Barrett n'ont réussi à vendre que ce petit camion cet après-midi-là. Les Pike sont restées un moment, et une fois qu'elles sont parties, personne d'autre n'est venu à la vente.

À cinq heures, Buddy et Liz en ont eu assez. En fait, ils avaient l'air tellement déçus que Carla a préféré mettre fin à leur calvaire.

Une fois tout rangé, elle a décidé de leur parler de notre propre vente. Elle pensait que cela les aiderait de savoir qu'il faut faire de la publicité et s'organiser. Elle leur a même proposé de venir nous donner un coup de main.

Les petits étaient ravis, mais en fait, ils semblaient plus intéressés par mon déménagement que par la vente elle-même.

– Est-ce que Lucy va te manquer ? a voulu savoir Buddy.

– Oui, bien sûr. Elle va manquer à tous ses amis. Nous allons donner une grande fête avant son départ.

– Une fête ! Est-ce qu'on pourra venir ? a demandé Liz.

Le visage de Carla s'est soudain éclairé. En voilà une bonne idée ! Mais oui, bien sûr, voilà quel genre de fête les filles du Club devaient donner en mon honneur. Après sa garde, elle a foncé chez elle pour téléphoner à Kristy.

– Ça y est ! J'ai trouvé ! J'ai trouvé une idée originale, une idée formidable pour la fête de Lucy.

– Super ! Je commençais à désespérer. Raconte !

– Eh bien, on va inviter tous les enfants que l'on garde. Je suis sûr que ça lui fera plaisir.

– Génial ! J'appelle Mary Anne, tu appelles Claudia. Il faut nous réunir, sans Lucy, le plus vite possible. Peut-être demain avant la réunion du club.

– D'accord.

Carla affichait un grand sourire en raccrochant et elle savait qu'il en était de même pour Kristy.

12

Le samedi matin, je me suis réveillée avec l'estomac noué. C'était le jour de notre vide-grenier.

J'ai sauté de mon lit avec excitation. Le soleil perçait à travers les volets fermés. La journée promettait d'être radieuse.

Il était sept heures et demie. La vente devait se dérouler de dix heures à seize heures trente. Claudia, Kristy, Mary Anne et Carla devaient arriver à huit heures et demie pour tout transporter et installer sur la pelouse devant la maison. Pendant une heure, j'ai couru dans tous les sens, pour m'habiller, avaler mon petit déjeuner, vérifier des milliers de choses. Mes parents ont cru que j'allais faire une crise cardiaque.

– Calme-toi, a dit mon père.

– Mais je viens juste de me rendre compte que nous n'avons pas de monnaie ! Que va-t-on faire si un client nous donne un billet de cinq dollars pour un jouet de cinquante cents ?

– Ne t'en fais pas. Je vais te donner dix dollars en petite monnaie, m'a rassurée mon père. Tu me rembourseras quand la vente sera finie.

– Oh, merci ! Tu nous sauves la vie, papa !

Mes amies sont arrivées à l'heure. Elles étaient aussi excitées que moi. Mary Anne se tordait nerveusement les mains.

– Nous n'avons qu'une heure et demie pour la mise en place ! On n'y arrivera jamais !

– Ne dis pas de bêtise, l'a tancée Carla, qui enroulait et déroulait une mèche de cheveux autour de son index. Je suis déjà bien assez angoissée comme ça.

– Du calme, les filles, suis-je intervenue. Trêve de bavardage et au travail !

Nous avons toutes poussé un long soupir.

– Commençons par disposer les tables, a ordonné Kristy. On a bien tout ce qu'il faut ?

La veille, mes amies avaient apporté quatre tables d'appoint, des chaises pliantes, des pancartes où elles avaient soigneusement écrit : « Bijoux, Jouets, Livres, Vêtements, Divers », des gâteaux préparés par Claudia, une série de petits pots de fleurs préparés par Carla, quelques réalisations de Mary Anne (des étuis à lunettes en feutrine, des écharpes de laine, des ceintures et des cache-pots), de la citronnade et des jus de fruits. Buddy et Liz Barrett avaient aussi apporté leurs jouets. Ils allaient en profiter pour retenter leur chance.

– Les tables pliantes sont dans le garage, ai-je dit.

– Bon, a lancé Kristy, installons-les.

Elle prenait tout en main, comme d'habitude, et je l'ai laissée faire, parce qu'elle est douée pour ça. Nous avons placé les quatre tables, ainsi que deux autres qu'on avait trouvées dans notre garage, dans l'allée.

– Maintenant, la marchandise, a poursuivi Kristy. Sortons d'abord les choses du sous-sol. On s'occupera ensuite des plantes et de la nourriture.

Nous avons fait de notre mieux pour disposer le tout joliment. Mon père nous a aidées à sortir les objets encombrants du sous-sol jusque dans l'allée.

Il y avait la table de ping-pong, un aspirateur, un ordinateur que mon père n'avait jamais utilisé, tous nos outils de jardin, un énorme ventilateur, des jardinières, un figuier dans son pot et une statue que ma mère avait achetée pour le jardin.

J'ai consulté ma montre.

– Il est neuf heures et demie ! Les gens vont arriver dans vingt-cinq minutes ! Il faut préparer la table avec la nourriture et les boissons. Claudia, coupe les gâteaux ! Où sont les nappes ? Et qui va se charger de la vente ?

Voyant que je me mettais à paniquer, ma mère a proposé de nous donner un coup de main. Avec son aide, tout était mixé, coupé, et prêt à dix heures moins dix. Les petits Barrett avaient même fini de préparer leur table. Heureusement, car Mme Prezzioso et sa fille, Jenny, arrivaient déjà.

– Bonjour !

– J'espère que nous n'arrivons pas trop tôt. Nous aimons être les premiers pour pouvoir profiter des bonnes affaires !

Kristy, qui s'occupait de la table des jouets et des livres, s'est tournée vers moi tout excitée.

– J'ai toujours aimé jouer à la marchande et là, on va gagner de l'argent pour de vrai. C'est pas génial ?

Kristy n'a pourtant pas besoin d'argent avec le beau-père qu'elle a. Jim Lelland est millionnaire ! Mais cela n'empêche qu'elle est très douée en affaires.

Jenny traînait sa mère de table en table et s'est arrêtée devant celle de Kristy pour regarder les jouets. Mme Prezzioso en a profité pour examiner la statue.

– Oh, charmant ! Ça rendrait bien dans le patio...

Sont ensuite arrivés les Newton au grand complet et M. Cook, le père de Mary Anne. Puis, il y a eu M. Marshall avec Nina et Eleanor, suivis des Perkins. La grossesse de Mme Perkins se voyait tellement que je me demandai ce qui se passerait si elle se mettait à avoir les premières douleurs.

Les questions ont fusé.

– De quelle année est cet ordinateur ?

– Cette statue est-elle en marbre ?

– Est-ce que vous vendez les raquettes avec la table de ping-pong ?

Je ne savais plus où donner de la tête.

– Maman, je peux avoir cette poupée ? a demandé Jenny.

Au moins était-ce une question qui ne m'était pas adressée.

Mme Prezzioso a haussé les sourcils d'un air catastrophé.

– Cette horreur ?

« Cette horreur », c'était Amelia Jane, une poupée qui avait dix ans et que j'avais beaucoup aimée. J'allais dire à Mme Prezzioso qu'en réalité elle n'était pas à vendre, et qu'elle avait été mise là par erreur, quand une femme que je ne connaissais pas a demandé à Carla :

– Les nappes sont-elles à vendre ?

Carla m'a consulté du regard, sans comprendre de quoi parlait la dame.

– Quelles nappes ?

– Les nappes qui sont sur les tables.

J'ai réprimé un sourire et j'ai laissé Carla répondre.

– Je suis désolée, mais elles ne sont pas à vendre.

– Je vous en donne soixante-quinze dollars.

– Soixante-quinze dollars ! a failli s'étrangler Carla.

J'ai cru bon intervenir :

– Je vais en parler à mon père.

– Non, elles ne sont pas à vendre, a déclaré papa, qui avait tout entendu.

Carla et moi avons haussé les épaules.

– Désolées.

La femme a acheté un pull à trois dollars pour sa fille et elle est repartie.

– Maman, je veux cette poupée ! insistait Jenny.

– D'accord... mon petit ange. (Mme Prezzioso ne savait pas dire non à sa fille.) Mais ensuite nous rentrons à la maison.

Mme Prezzioso a également acheté la statue et maman lui a proposé de l'aider à la transporter chez elle.

J'ai regardé autour de moi. La vente avait commencé depuis une demi-heure et cela marchait vraiment bien. Les gens étaient venus nombreux. Ils allaient et venaient parmi les tables en bavardant joyeusement. Il y avait une super ambiance.

Claudia servait des boissons et des gâteaux. On avait vendu deux plantes ainsi que quelques objets confectionnés par Mary Anne, qui était aux anges. Les petits Barrett avaient écoulé une bonne partie de leurs jouets. Ils affichaient un sourire jusqu'aux oreilles.

Avec mes amies, nous allions et venions, répondant aux nombreuses questions que l'on nous posait et nous empruntant de la monnaie les unes aux autres.

Cinq des petits Pike sont arrivés au moment où les Perkins repartaient avec la table de ping-pong.

– Merci, papa ! chantonnaient Myriam et Gabbie.

M. Marshall m'a montré une corde.

– Combien ça coûte ?

– Eh bien ça n'est pas vraiment à v...

– Je vous en donne cinquante cents.

En fait, ce n'était pas à vendre. C'était une vieille corde qui traînait là. Elle ne valait rien.

– Ça, c'est de la vente ! ai-je gloussé en lançant un clin d'œil à Carla.

La journée a filé à une de ces vitesses ! J'ai jeté un œil à la caisse. Elle était pleine ! Et nos tables se vidaient. Les gâteaux et les plantes étaient partis depuis longtemps.

Logan Rinaldi (un des membres intérimaires du club) et Trevor Sandbourne (un ancien petit ami de Claudia) sont venus aussi. Puis il y a eu Howie Johnson et Dorianne O'Hara. Je n'avais aucune envie de les voir, surtout ensemble.

Howie voulait acheter une bague de turquoise qui m'avait appartenu pour l'offrir à Dorianne. J'ai demandé à Mary Anne de s'en occuper. Il était seize heures quand je me suis rendu compte soudainement que je n'avais toujours pas vu Charlotte. J'allais en parler à Claudia, quand un homme avec un gros cigare a voulu savoir combien nous vendions notre voiture !

– Mais elle n'est pas à vendre. Nous en avons besoin.

Il m'a jeté un regard dédaigneux et s'en est allé.

Vraiment, il y a des gens qui ne savent pas ce que c'est un vide-grenier !

– Lucy ? a fait une toute petite voix.

Je me suis retournée.

– Charlotte ! Comme je suis contente de te voir.

Je me suis baissée pour la serrer dans les bras.

– Lucy. Tu sais comme j'aime les brocantes…

– Bien sûr.

– Mais je n'avais pas très envie de venir. Je ne voulais pas te voir vendre tes affaires. C'est pour ça que j'ai attendu la fin pour venir. Et je ne veux rien acheter. Je veux juste te donner ça.

Elle m'a tendu un paquet et a aussitôt tourné les talons.

Même s'il y avait encore des clients, j'ai défait le papier cadeau. À l'intérieur, il y avait un livre que Charlotte avait fait elle-même. L'histoire s'appelait « La fille qui déménageait ». Il y avait une dédicace à la première page : « Pour ma baby-sitter préférée, de la part de sa petite préférée. En souvenir de moi. »

Je me serais mise à pleurer si un homme ne s'était approché de moi pour me demander le prix des tables pliantes.

Je lui ai répondu qu'elles coûtaient six millions de dollars…

Il était temps d'arrêter la vente. De toute façon, il n'y avait plus grand-chose sur les tables et les gens commençaient à rentrer chez eux.

À l'heure du dîner, tout était rangé. Les choses que nous n'avions pas vendues étaient dans des cartons (il ne restait que quelques bricoles). Les petits Barrett étaient partis, contents de l'argent qu'ils avaient gagné.

Le plus amusant pour mes amies et moi restait à faire : les comptes. Lorsque j'ai annoncé la somme récoltée, Kristy a fait mine de s'évanouir.

– Nous sommes pratiquement millionnaires !

Je devais l'admettre. Même après avoir partagé en cinq et remboursé à mon père les dix dollars qu'il nous avait prêtés, cela représentait une belle somme.

Mes amies étaient surexcitées. D'accord, cela faisait pas mal d'argent, mais pourquoi toute cette agitation ? Je l'ignorais, mais elles pensaient à la fête qu'elles allaient pouvoir m'offrir. Avec la fortune gagnée ce jour-là, elle promettait d'être véritablement exceptionnelle.

13

J'adore les fêtes. Aussi, lorsque j'ai reçu l'invitation, quelques jours après la vente, j'étais aux anges.

Elle venait des autres membres du club qui m'invitaient à venir à une fête d'adieu donnée en mon honneur chez Kristy, à quatorze heures, le samedi suivant.

Bien que très impatiente (et touchée), je trouvais certaines choses bien étranges. Pour commencer, mes amies et moi n'avons jamais envoyé d'invitations écrites. Nous nous sommes toujours contentées de décrocher le téléphone pour nous prévenir les unes les autres. Même quand il y avait d'autres gens invités que les membres du club, nous les informions de vive voix.

Et puis, deux heures de l'après-midi, quelle drôle d'heure

pour une fête ! En général c'était le vendredi ou le samedi soir. Une autre chose m'intriguait, l'invitation disait : « Vieilles tenues exigées ! » Qu'allions-nous faire ? De la peinture ?

Lorsque j'ai appelé Kristy pour lui annoncer que, bien naturellement, je viendrais à ma fête, je lui ai aussi demandé de m'expliquer cette histoire de vieux vêtements, mais elle n'a rien voulu me dire. Il y avait quelque chose dans l'air, je le sentais.

Le samedi, j'ai enfilé un pantalon bleu en toile et un pull blanc avec des étoiles.

Kristy m'a appelée à une heure.

– Qu'est-ce que tu portes ?

Je lui ai décrit ma tenue.

– Beaucoup trop sophistiqué. Mets plutôt un jean et ton sweat-shirt gris s'ils ne sont pas déjà dans un carton.

– Ces vieux trucs ?

– Ils sont déjà emballés ?

– Non.

– Alors, fais-moi confiance. Mets-les.

Lorsque mon père m'a déposée chez Kristy, une heure plus tard, je portais le jean et le sweat-shirt en question. On aurait dit que j'allais faire du jardinage ou de la peinture. J'ai sonné à l'imposante porte des Lelland. Lorsque Kristy est venue ouvrir, j'ai fait un signe de la main à mon père pour lui dire qu'il pouvait y aller.

Kristy portait un jean et un sweat-shirt bleu.

– C'est bien la première fois qu'on m'invite à une fête où il faut être mal habillé ! ai-je plaisanté.

Elle m'a souri d'un air mystérieux et m'a fait entrer dans la maison en passant par la porte de derrière.

– Maintenant, ferme les yeux, a-t-elle fait, la main sur la poignée.

Je me suis demandé pourquoi tout ce cérémonial alors que je savais déjà qui j'allais trouver dans le jardin : Claudia, Mary Anne, Carla, Logan Rinaldi et Louisa Kilbourne. Peut-être y aurait-il Peter Black, Rick Chow peut-être, Trevor Sandbourne et Emily Bernstein. J'espérais en tout cas que Howie Johnson et Dorianne O'Hara n'avaient pas été invités. Claudia s'y était sûrement opposée.

– SURPRISE !

J'en suis presque tombée à la renverse.

Les invités n'étaient pas du tout ceux que je m'attendais à trouver. Claudia, Mary Anne, Carla, Logan, et Louisa étaient là, bien sûr, mais tous les autres invités étaient des enfants… tous les enfants (sauf les bébés) que nous gardons. Il y avait les Pike : Mallory, Byron, Jordan, Adam, Vanessa, Nicky, Margot et Claire ; Simon Newton ; Myriam et Gabbie Perkins ; Charlotte Johanssen ; Buddy et Liz Barrett ; le frère de Carla, David, le frère de Kristy, David Michael, ainsi qu'Andrew et Karen ; Nina et Eleanor Marshall ; Jackie, Richie et Archie Rodowsky ; Cornélia et Lenny Papadakis ; Amanda et Max Delaney ; et même Jenny Prezzioso (je suppose qu'il aurait été difficile de ne pas l'inviter).

Le jardin était décoré de petites lumières dorées, de lanternes et de ballons. C'était magnifique. J'en avais le souffle coupé.

– Tu t'y attendais ? Tu t'y attendais ? s'est écriée Karen en faisant des bonds.

– Non, bien sûr.

Charlotte s'est avancée vers moi et m'a tendu un petit bouquet de violettes. Kristy l'a aidée à l'épingler sur mon sweat-shirt.

– Ces quelques fleurs sont pour toi, a déclaré Charlotte en récitant visiblement quelque chose qu'elle avait appris par cœur. Aujourd'hui, c'est un grand jour. Nous sommes tous réunis pour toi, pour te dire au revoir, et...

Elle s'est tournée vers les autres.

– Pour s'amuser ! ont-ils hurlé d'une seule voix.

Je me suis demandé s'il fallait que je dise quelque chose, mais Kristy a pris la parole :

– C'est une fête non seulement pour Lucy mais pour tous ceux qui sont réunis ici. Et tout le monde va s'amuser. Je vous le garantis. Que les festivités commencent !

– À quoi on joue ? s'est enquis Karen.

– À une course-relais avec un œuf, a répondu Kristy.

Je me suis demandé comment mes amies allaient organiser un relais avec tant d'enfants, mais elles avaient déjà tout prévu. Elles ont rapidement formé cinq équipes (inégales en nombre, mais égales en force), et elles ont distribué les œufs et les cuillères.

Les premiers participants se sont élancés à travers le jardin sous les encouragements des baby-sitters. Jenny a trébuché et son œuf s'est écrasé sur le sol. Son équipe a été éliminée, malgré les protestations.

Buddy Barrett et David Michael se sont cognés l'un dans l'autre. Leurs œufs ont éclaté et ils en ont eu partout sur eux.

– Je comprends maintenant pourquoi nous devions porter de vieux vêtements, ai-je murmuré à Mary Anne.

Il ne restait que deux équipes en lice et la victoire allait se jouer sur le fil. Myriam Perkins et Simon Newton avançaient à la même vitesse. Mais à quelques mètres de l'arrivée, l'œuf de Simon a comme sauté par terre

– J'ai gagné ! J'ai gagné ! a fait Myriam alors qu'elle venait d'atteindre la ligne d'arrivée avec son œuf intact.

– Tu veux dire que nous avons tous gagné, a rectifié Karen, qui était dans son équipe.

– Félicitations, leur a dit Claudia. L'équipe de Myriam a gagné un prix.

Mais avant de leur remettre la récompense, elle a donné à chaque enfant des petits œufs en sucre. Les prix étaient dans une grosse boîte. J'y jetai un œil : elle était pleine de jouets !

– Comment avez-vous trouvé l'argent pour acheter tout ça ?

– À ton avis ? a gloussé Carla. En fait, c'est toi que nous devrions remercier. C'est grâce à ton vide-grenier que nous faisons la fête !

– Vous avez dépensé tout votre argent pour la fête ?

– Jusqu'au dernier cent.

– Vous êtes trop… ai-je articulé la gorge nouée par l'émotion.

J'étais sur le point de pleurer quand, heureusement, Kristy a annoncé qu'il était temps de passer à un autre jeu. Et elle ne plaisantait pas.

C'était à nous, les baby-sitters, de faire une course à l'œuf. Ensuite, les enfants ont joué à la couverture musicale (plus facile que la chaise musicale lorsqu'il y a beaucoup de participants), ainsi qu'à « rendez son bébé à la baby-sitter ». Pour ce jeu, Claudia avait fait un dessin de moi tenant un bébé et vingt-huit bébés qui pleuraient, supposés aller également dans mes bras !

Nous avons tous joué à « Jacques a dit ». Le gagnant ou les gagnants de chaque jeu recevaient un joli petit cadeau : une figurine, un album d'images à coller, un paquet de bonbons.

– Il est temps de les calmer, a fait remarquer Kristy alors que le niveau sonore atteignait des records. Mary Anne, peux-tu m'aider ? Carla et Lucy, pouvez-vous emmener les enfants devant la maison ? Conduisez-les dans l'allée.

Nous avons suivi les instructions de Kristy. Il y avait tellement d'enfants qu'on se serait cru en camp de vacances. J'avais l'impression d'être une monitrice et je dois avouer que c'était plutôt agréable.

Une fois les enfants rassemblés dans l'allée, et calmés, Kristy et Mary Anne ont déroulé un grand rouleau de papier kraft avant de sortir plusieurs paquets de crayons de couleur.

– C'est pour quoi faire ? a demandé Gabbie Perkins.

– Eh bien, lui a expliqué Claudia, Lucy part pour New York, mais nous ne voulons pas qu'elle oublie Stonebrook, n'est-ce pas ?

– Non ! ont crié les enfants.

– Alors, nous allons dessiner notre ville. Nous pouvons représenter nos rues, nos maisons et nous aussi, bien sûr, pour que Lucy ne nous oublie jamais.

Les enfants se sont aussitôt mis à l'ouvrage. Les fous rires et autres commentaires amusants se sont succédé.

– Je n'ai pas les cheveux verts !

– Ta maison est ici, pas là !

– Pourquoi tu as dessiné une mare ? Il n'y a pas de mare dans notre jardin.

Je dois avouer que la fresque des enfants ne ressemblait en rien à Stonebrook. Mais ça n'avait pas d'importance. C'était magnifique.

Kristy a eu beaucoup de mal à l'enrouler. Elle a noué un ruban rouge autour et a demandé à Lenny Papadakis de me la remettre. C'était un des plus beaux cadeaux que j'ai reçus de toute ma vie. Jamais je ne m'en séparerai !

– Et maintenant, a enchaîné Kristy, qui adorait tout prendre en charge, on retourne dans le jardin, et toi Charlotte, tu bandes les yeux de Lucy, d'accord ?

Charlotte a acquiescé, fière qu'on lui ait confié une mission aussi importante.

J'avais les yeux bandés si fort que je ne pouvais plus voir la lumière. Un silence a suivi.

Puis j'ai entendu vingt-huit petites voix entonner à l'unisson avec mes amis, sur l'air de Joyeux Anniversaire : « Adieu à toi, Lucy. Adieu à toi, Lucy. Adieu à toi, chère Lucy. Adieu et puis bonne chance ! »

Puis on m'a retiré le bandeau.

Et, comme par magie, une table était apparue, avec des assiettes en papier, des serviettes, des verres, une carafe pleine de jus de fruits et deux gâteaux. L'un d'eux était décoré de fleurs roses. Dessus on avait écrit en bleu :

Au revoir Lucy, au revoir !

L'autre gâteau était petit et on pouvait lire :

Lucy

– Le petit est pour toi, m'a expliqué à l'oreille Claudia. Le pâtissier l'a fait spécialement sans sucre. L'autre est pour nous.

– Vous êtes adorables, ai-je bredouillé en la prenant dans mes bras. Vous avez vraiment pensé à tout. Je ne pouvais espérer mieux comme fête d'adieu.

Les gâteaux ont été engloutis en un rien de temps. Puis Mary Anne a trouvé toute une série de raisons pour remettre un cadeau à ceux qui n'en avaient pas gagné (elle a récompensé celui qui avait fait le dessin le plus original, ou qui avait mangé le plus proprement, etc.). Quelques minutes plus tard, les parents ont commencé à venir chercher leurs enfants couverts de feutre, d'œuf ou de gâteau. Avant de partir, chaque petit m'a remis une carte qu'il avait faite lui-même la semaine précédente.

J'ai relu toutes les cartes plusieurs fois ce soir-là. La plus drôle était celle de Margot Pike qui disait :

Bonne chence lusy amuse toi à new york

Celle de Charlotte m'a tiré une larme :

au revoir lucy. Tu me manqueras toujours. J'aurais aimé que tu sois ma soeur.

Charlotte et tous les autres me manqueront beaucoup. Je ne les oublierai jamais, jamais. J'avais leur fresque, vingt-huit cartes différentes et des milliers de souvenirs.

14

– Silence, silence ! Les filles !
Kristy semblait furieuse.

J'ai parcouru du regard la chambre de Claudia. Il était cinq heures et demie. On était vendredi. C'était le début de ma dernière réunion au Club des Baby-Sitters. Je voulais me rappeler mes amies telles que je les voyais alors.

Claudia était couchée par terre, à moitié sous son lit, en marmonnant :

– J'étais pourtant certaine d'avoir rangé des Smarties quelque part par là…

Fidèle à elle-même, et pour la gourmandise et pour le soin qu'elle avait porté à ses vêtements. Elle arborait une combinaison rayée violet et blanc sous un gilet gris, des socquettes également violettes et des chaussons de danse.

Une large ceinture violette dont la boucle était en forme de téléphone lui barrait la taille.

Carla était assise à côté de la fenêtre. Elle s'amusait à tirer une mèche de ses cheveux blonds le plus loin possible.

– Tu vois ? disait-elle à Mary Anne. Ils sont aussi longs que mon bras. D'ici la fin de l'année, ils seront encore plus longs, même si je fais couper un peu les pointes.

Elle était vêtue d'une jupe plissée et d'un grand pull rouge, de chaussettes jaunes sur des collants rouges. Un béret rouge orné d'une épingle à ses initiales contrastait joliment avec sa longue chevelure blonde.

– C'est fou comme tes cheveux poussent vite, s'est émerveillée Mary Anne. Si seulement les miens étaient pareils… Peut-être que si j'attachais des poids au bout…

– Si tu attachais des poids au bout, l'a interrompue Carla, tu ressemblerais à un Martien.

– Comment sais-tu à quoi ressemble un Martien ? a riposté Mary Anne en pouffant de rire.

J'avais aidé Mary Anne à choisir sa tenue, discrète, mais élégante. C'était une minirobe bleu marine ornée d'une ceinture blanche, des collants bleus, et des chaussons noirs, comme ceux de Claudia.

Kristy portait son éternel uniforme : un jean, un pull rayé bleu et blanc, et des baskets.

Elle était assise dans le fauteuil directorial, un crayon derrière l'oreille, sa visière vissée sur la tête. Elle voulait commencer la réunion à l'heure pile et tapait avec son crayon sur le journal de bord pour nous rappeler à l'ordre.

Je me tenais près de la porte et les observais attentivement.

Je risquais de ne plus jamais assister à une telle scène.

Pour la énième fois depuis que mes parents m'avaient annoncé la nouvelle, j'avais envie de pleurer. Mais je me suis retenue et j'ai lancé à la cantonade d'une voix enjouée :

– Salut les filles !

– Salut, Lucy !

Mary Anne a aussitôt fondu en larmes.

– C'est ta dernière réunion !

– Oh non, s'il te plaît, ne pleure pas. Je ne veux pas que l'on passe cette dernière réunion à pleurer.

– Allez, ne fais pas ton bébé, l'a réprimandée gentiment Kristy, sinon on va devoir te commander une baby-sitter !

Sa plaisanterie a réussi à ramener le sourire sur le visage de Mary Anne.

– Bien, a repris Kristy plus sérieusement. Nous avons beaucoup de choses à voir aujourd'hui, alors ne perdons pas de temps.

Décidément, Kristy ne changerait jamais ! Et en fait, je crois que je ne l'aimerais pas autrement. Je me suis installée sur le lit de Claudia, qui avait retrouvé ses Smarties. Ils n'étaient pas sous le lit, comme elle en était persuadée, mais sous une pile de vêtements dans son placard.

– Première chose, a poursuivi Kristy en enfournant un Smartie rouge dans la bouche, le journal de bord. L'avez-vous toutes consulté ?

– Oui ! avons-nous répondu en chœur, comme des petits enfants à l'école.

– Parfait. Poursuivons l'ordre du jour. Comme nous le savons toutes, Lucy s'en va demain. Nous allons avoir besoin d'une nouvelle trésorière.

– Et d'une remplaçante, a précisé Claudia tout bas.

Mais je fus la seule à l'entendre.

– Je suggère que Carla, notre suppléante, soit la nouvelle trésorière du club.

J'ai lancé un sourire timide à Claudia, je sentais la tristesse m'envahir. En même temps, j'étais à moitié amusée et à moitié agacée par tout le cinéma que faisait Kristy. Lorsque nous avions créé le club, nous nous étions mises simplement d'accord. Kristy serait présidente, Claudia, vice-présidente, etc. Cela n'avait pas été une affaire d'État.

– Lucy MacDouglas, s'est-elle adressée à moi d'une voix solennelle. Au fait, tu n'as pas de deuxième prénom ? J'aimerais faire ça bien.

– J'en ai même deux autres. Anastasia Elizabeth.

– Non, tu plaisantes ?

– Non, je t'assure. Mais tu comprends pourquoi je ne le dis à personne. Même mes parents ne m'appellent pas Anastasia !

– Très bien… Et toi, Carla, quel est ton nom complet ?

– Carla Eve Schafer.

– Lucy Anastasia Elizabeth MacDouglas, je tenais, en tant que présidente du Club des Baby-Sitters, à te remercier pour ton aide, ton sens de la responsabilité et pour avoir été notre trésorière.

Mary Anne a de nouveau éclaté en sanglots, mais cette fois, personne n'a fait de remarque.

– Tu as été notre première trésorière et une excellente amie et tu vas vraiment nous manquer. Heureusement, notre membre suppléant va prendre en charge tes anciennes fonctions. Carla Eve Schafer, je te déclare trésorière du Club des Baby-Sitters.

Kristy lui a tendu l'enveloppe où l'on mettait les cotisations du club et elle a continué :

– Tu as maintenant la responsabilité de notre trésorerie.

Kristy aurait certainement continué si le téléphone n'avait pas sonné. Ouf ! ai-je pensé.

C'était les Perkins, qui avaient besoin de quelqu'un le week-end suivant. Puis, les Rodowsky et les Prezzioso ont appelé. Pour la première fois, Mary Anne n'a pas vérifié mes disponibilités dans l'agenda. Kristy a dû demander à Logan de prendre une garde chez les Rodowsky.

– Oh, Lucy, a sangloté Mary Anne. Qu'allons-nous faire sans toi ?

Mary Anne voulait sans doute parler de l'amie qui allait leur manquer, mais Kristy ne pensait qu'aux affaires, comme d'habitude.

– Elle sera difficile à remplacer, mais je suis sûre que nous trouverons quelqu'un de compétent.

– Il y a bien Mallory Pike, a suggéré Claudia. Nous avons toujours dit que c'était une bonne baby-sitter.

Tout le monde en a convenu.

– Elle nous a bien aidées l'été dernier avec la halte-garderie, a renchéri Carla.

– Elle a été formidable à la plage, ai-je ajouté. Elle a vraiment le sens des responsabilités, tu ne trouves pas, Mary Anne ?

Mary Anne a hoché la tête, la gorge serrée.

– Je vous rappelle qu'elle a deux ans de moins que nous, a objecté Kristy.

– Je venais à peine d'avoir douze ans quand nous avons créé le club, a fait remarquer Mary Anne en reniflant.

– C'est vrai, a admis Kristy, mais tu étais en cinquième et pas en sixième, et tu avais presque un an de plus que Mallory. Ça fait une grande différence.

– Mallory est l'aînée de huit enfants, elle sait changer un bébé mieux que n'importe laquelle d'entre nous, ai-je déclaré.

– Sans doute, a soupiré Kristy. Mais elle n'a pas le droit de garder des enfants le soir.

– Elle pourrait peut-être devenir une sorte de baby-sitter junior, a proposé Carla. Et si nous en trouvions une autre, elles pourraient, à elles deux, faire pas mal de gardes après l'école. Nous nous chargerions des baby-sittings du soir.

– Ce n'est déjà pas facile de trouver une baby-sitter fiable, alors deux ! a grommelé Kristy. Mais bon, pourquoi pas, c'est une bonne idée. Pour le moment, est-ce que vous êtes toutes d'accord pour demander à Mallory si elle désire faire partie du club ?

La réponse a été unanime.

Kristy s'est emparée du téléphone, mais je l'ai retenue !

– Attends, est-ce que je peux l'appeler ? C'est moi qu'elle va remplacer, après tout.

– Mais... C'est moi, la présidente..

– Et alors ? Je... vais partir. On pourrait dire que c'est ma dernière mission au club ?

– Bon, d'accord.

– Merci.

J'ai composé le numéro des Pike et j'ai demandé à parler à Mallory. Je lui ai expliqué notre proposition.

– Il faudrait que tu viennes à une de nos réunions et que tu voies comment les choses se passent, mais est-ce que tu serais d'accord sur le principe ?

– Oui ! Oui ! Oui ! a crié Mallory si fort que j'ai dû éloigner le récepteur de mon oreille.

– Elle est d'accord, ai-je informé mes amies après avoir raccroché. Je vous laisse régler les détails.

Il y a eu encore quelques appels. Il était presque dix-huit heures. Encore deux minutes et ma dernière réunion au club était terminée.

– À quelle heure viennent les déménageurs demain ? m'a demandé Carla.

– Huit heures ! Tout est dans les cartons. Dès qu'ils auront chargé, papa, maman et moi partirons en voiture.

Le silence s'est abattu sur la pièce. Claudia a fini par sortir une bouteille de soda sans sucre et cinq gobelets en carton. Elle les a remplis et nous les a tendus.

– J'aimerais porter un toast, a-t-elle déclaré en levant son verre. À Lucy ! Au revoir, Lucy !

– Au revoir, Lucy, ont répété Kristy, Mary Anne et Carla.

– Au revoir, les filles.

Nous avons bu nos sodas.

La réunion était terminée.

15

Durant ma dernière nuit à Stonebrook, je me suis réveillée à six reprises. J'ai consulté le réveil à chaque fois.

La première fois, il était minuit. J'avais envie de faire pipi. La deuxième fois, il était une heure trente-trois. Je me suis réveillée en sursaut, à cause d'un affreux cauchemar dans lequel je me faisais courser par un bouledogue. La troisième fois, il était trois heures moins quatre. J'étais persuadée d'avoir oublié de mettre quelque chose d'important dans mon sac. Je me suis levée pour vérifier. Rassurée, je suis retournée au lit, mais j'ai mis un temps fou à me rendormir. La quatrième fois, il était quatre heures sept. Je me suis dit que les déménageurs arriveraient dans trois heures et cinquante-trois minutes. Ça m'a donné des sueurs froides. La cinquième fois, il était quatre heures quarante-huit. Je suis retournée aux toilettes. La sixième fois, il était six heures dix. Et là, impossible de me rendormir. Le réveil allait sonner dans vingt minutes, et j'avais à peine dormi.

Maman, papa et moi avons pris notre dernier petit déjeuner à Stonebrook. Nous avons essayé de finir ce qui restait dans le réfrigérateur. J'ai mangé un yaourt, une pomme et un morceau de pain rassis (le grille-pain était dans les cartons). Maman et papa se sont contentés de fromage blanc et d'oranges.

Personne n'était de très bonne humeur.

– Les déménageurs ont intérêt à être là à l'heure..., a grommelé papa, sinon...

J'attendais qu'il termine, mais il a laissé sa phrase en suspens.

Maman tournait nerveusement dans la cuisine.

– Mettez vos déchets là-dedans, nous a-t-elle dit à papa et à moi en désignant un sac vide (nous mangions dans des assiettes en carton avec des couverts en plastique).

La cuisine était pratiquement vide.

– Lucy, a-t-elle poursuivi, mets tout ce qui reste dans le réfrigérateur et le congélateur dans cet autre sac. Nous le donnerons aux voisins. Range également les assiettes en carton et tout ce qui est en trop.

Ma mère s'est mise à ouvrir tous les placards, un à un, pour voir si l'on n'avait rien oublié. Cela faisait dix fois qu'elle vérifiait.

Après avoir débarrassé la table, je suis montée dans ma chambre pour défaire le lit, plier les draps et la couverture. Je les ai glissés dans le carton qui était prévu pour ça. Puis, j'ai parcouru la pièce du regard, le lit défait, les étagères vides, la commode vide, le bureau nu, et deux chaises sans aucun vêtement dessus. Il n'y avait plus qu'un dernier carton, près de la porte, à côté de mon sac.

Comme maman, j'ai vérifié encore une fois que je n'avais rien oublié. J'ai regardé dans chaque tiroir, et même sous mon lit, pour être sûre.

Puis, je me suis assise sur le bord de mon matelas. Une larme a roulé sur ma joue. Je l'ai essuyée du revers de la main, mais une autre a suivi, puis une autre et encore une autre. J'avais beau me dire que j'allais retrouver cette même chambre à New York, je ne pouvais m'empêcher de me dire que plus rien ne serait pareil. Je n'aurais pas une vue sur les arbres, mais sur des immeubles. Et ma chambre serait plus petite que celle-ci. Et il nous faudrait mettre des pièges à cafards dans tous les coins. C'est ce qu'on fait à New York. Ça fait partie des charmes de la vie en ville.

J'ai entendu les déménageurs arriver, mais je n'avais pas envie de descendre. Pas encore. J'ai traversé la pièce pour tirer une enveloppe du carton. Je me suis assise par terre et je l'ai ouverte. Elle contenait les cartes d'adieu que les enfants m'avaient remises à la fête.

« Au revoir Lucy » disait la carte de Simon Newton. Il avait écrit son nom à l'intérieur et sa mère avait écrit le reste.

« Tu me manqueras. Tu étais drôle et gentille » disait celle de Karen Lelland. Elle avait dessiné une sorcière. Sûrement Morbidda Destiny.

« Les roses sont rouges, les violettes bleues. Au revoir Lucy, tu nous manqueras toujours » avait écrit Vanessa Pike, qui souhaitait devenir poète.

Enfin, j'ai relu la carte de Charlotte qui disait : « J'aurais aimé que tu sois ma sœur. »

« Oh ! Charlotte, comme j'aurais aimé, moi aussi, que tu sois ma sœur. Nous n'aurions pas eu à nous dire au revoir. »

Je suis restée un moment sans bouger, puis j'ai pris mon courage à deux mains, j'ai remis les cartes dans l'enveloppe, l'enveloppe dans le carton et je me suis décidée à y aller.

– Lucy ! Lucy !

Les voix venaient de dehors. J'ai couru à la fenêtre.

Je ne savais pas si je devais pleurer ou rire. Je crois que j'ai fait les deux à la fois.

Les filles du club étaient dans le jardin, sous ma fenêtre.

Kristy et Carla tenaient un drap sur lequel était peint en lettres bleues : À BIENTÔT LUCY !

Claudia me faisait un signe de la main et Mary Anne pleurait.

– J'arrive !

J'ai attrapé mon sac et j'ai dévalé les escaliers deux à deux. Mes parents étaient sortis également.

– J'adore ! me suis-je écriée.

J'avais envie de toutes les prendre dans mes bras.

– C'est pour toi, a déclaré Kristy en désignant le drap. En souvenir de nous.

– Tu crois qu'il est assez grand ? ai-je plaisanté.

Je me suis tournée vers mon père et ma mère.

– Est-ce que je peux le garder ?

– Bien sûr, a dit papa. La plupart des enfants veulent un chien ou un chat. Toi, tout ce que tu veux, c'est un drap. On a de la chance !

Mes parents ne se sont pas attardés, car les déménageurs attendaient.

– Moi aussi, j'ai quelque chose pour vous, les filles.

Elles m'ont dévisagée avec curiosité. Mary Anne a séché ses larmes.

– Ne vous attendez pas à la surprise du siècle, hein ! Ce n'est pas grand-chose.

J'ai tiré un paquet de cartes de visite de mon sac. Maman et papa les avaient fait imprimer spécialement. Voilà à quoi elles ressemblaient :

VOUS CHERCHEZ UNE BABY-SITTER ?
APPELEZ
Lucy MacDouglas
14 W. 81St St., Apt. 12E
New York, New York
JK 5-8761
(Filiale new-yorkaise du Club des Baby-Sitters)

– Je me suis rendu compte que je ne vous avais même pas donné mon adresse ni mon numéro de téléphone. Maintenant vous avez tout. Et en plus, vous voyez ? Je n'oublie pas le club. D'une certaine façon, je ne le quitte pas, je l'agrandis !

Nous nous sommes assises toutes les cinq sur la pelouse devant la maison, et nous avons regardé les déménageurs charger le camion garé dans l'allée. Tandis que les lits, les tables, les cartons et les bagages défilaient devant nos yeux, nous avons discuté et profité de nos derniers instants ensemble. Nous nous sommes promis de nous écrire et de nous téléphoner. Parfois, il y avait de longs silences. Je n'aimais pas ça. Il me semblait que je devais les combler.

Enfin, le camion était chargé, prêt à prendre la route. Après un dernier tour dans la maison vide, mes parents sont montés en voiture. Elle était pleine de valises, au cas où il arriverait quelque chose au camion…

– Allez Lucy, viens ! m'a appelée mon père.

J'ai regardé mes amies.

– Comment vous dire au revoir ?

Elles avaient l'air tout triste. Puis Mary Anne a tendu les bras et nous nous sommes embrassées. Quand cela a été le tour de Claudia, elle m'a glissé une grande enveloppe dans la main en murmurant :

– Tu l'ouvriras dans la voiture.

J'ai acquiescé d'un signe de tête. Je ne pouvais pas parler. J'ai préféré partir le plus vite possible, sinon j'allais exploser en sanglots. Je me suis installée dans la voiture, entre deux oreillers que maman avait placés là pour moi.

Le camion a démarré doucement, et papa l'a suivi. J'ai regardé la maison, Claudia, Kristy, Carla et Mary Anne qui se tenaient toujours sur la pelouse.

– Au revoir Lucy, au revoir !

J'ai agité la main par la vitre ouverte jusqu'à ce que nous ayons tourné le coin de la rue. Puis j'ai ouvert l'enveloppe de Claudia. Il y avait une lettre de treize pages dedans.

Chère Lucy, commençait-elle, *je suis sûre que cette lettre va t'occuper jusqu'à ce que tu arrives à New York.*

J'ai souri. La lettre était pleine de plaisanteries et de potins. Claudia me racontait en détail comment Howie et Dorianne avaient décidé de rompre (Dorianne lui avait rendu sa bague, et donc maintenant Howie avait en sa possession quelque chose qui m'avait appartenu !), Il y avait aussi des passages très émouvants sur l'amitié.

Peut-être n'aurai-je jamais plus de véritable amie, écrivait Claudia. Mais cela valait la peine de t'avoir pour amie même si cela n'a duré qu'un an. Tu resteras toujours ma meilleure amie. Je veux dire que personne ne pourra jamais te remplacer totalement.

« Et toi, Claudia Koshi, ai-je pensé, tu seras pour toujours ma meilleure meilleure amie. »

Nous avons pris l'autoroute. J'étais prête. Prête pour New York, quoi qu'il puisse m'arriver.

LE CLUB DES BABY-SITTERS

Pour l'honneur de CLAUDIA

1

– Donc, si Gertrude utilise deux tiers d'une tasse de chocolat pour faire huit gâteaux, combien y aura-t-il de chocolat dans chaque gâteau ? m'a demandé Jane.

J'ai froncé les sourcils, je me suis mordillé les lèvres, puis j'ai tapoté mon crayon noir contre mes dents.

– Tout ce que je sais, c'est que je déteste cette Gertrude ! Quel besoin de peser le chocolat ? Moi, je trouve que plus il y en a, mieux c'est. J'adore ça. Et puis, c'est nul de s'appeler Gertrude.

Jane a hoché la tête pour essayer de m'encourager et a même souri.

J'ai regardé quelques secondes le poster au-dessus de

mon bureau. C'est une photo de Mimi quand elle avait douze ans. Puis je me suis vite replongée dans le problème.

– Ça doit faire un douzième. Un douzième de la tasse dans chaque gâteau, c'est ça ? ai-je fini par dire.

Jane m'a fait un énorme sourire.

– Bravo, Claudia ! Je crois que cette fois-ci, tu as vraiment compris. C'est très bien !

Vous voilà bien avancé de savoir combien de chocolat Gertrude a mis dans chaque gâteau, n'est-ce pas ? En revanche, vous ne savez pas qui je suis, ni qui sont Jane et Mimi (la personne de la photo).

Je suis Claudia Koshi. J'ai treize ans et je suis en quatrième au collège de Stonebrook. J'ai de longs cheveux noirs et des yeux en amande (je suis américano-japonaise) et, au cas où vous ne l'auriez pas encore compris, je ne suis pas exactement ce que l'on peut appeler une élève brillante.

Eh oui, j'ai du mal à suivre dans certaines matières. Je fais des efforts, mais sans doute pas assez. En fait, je crois surtout que les maths et les sciences ne m'intéressent pas.

Alors, qu'est-ce qui m'intéresse ? Je vais vous le dire. La première chose sur ma liste, c'est l'art. J'adore dessiner, peindre, sculpter, faire des objets en papier mâché, des collages, fabriquer des bijoux... enfin bref, vous voyez le genre.

Ensuite, j'adore ma famille. Nous sommes très proches. Il y a maman, papa, Jane et moi. Mon père travaille dans une société d'investissements, ma mère est conservatrice à la bibliothèque municipale et ma sœur, Jane, est un génie. Ce n'est pas une blague ! Elle est déjà à l'université ! À dix-sept ans. C'est... disons que c'est intéressant d'avoir un génie dans sa famille. Mais je vous en dirai plus sur Jane après.

Mimi, la personne de la photo, c'est ma grand-mère. Elle est morte il n'y a pas très longtemps et j'adore cette photo parce que je trouve que je lui ressemble beaucoup.

Mimi me manque énormément. Je ne sais pas comment vous expliquer à quel point elle était géniale. Elle était toujours calme, toujours gentille et elle me comprenait mieux que personne. Je n'arrive pas à croire que je ne la reverrai plus jamais. Mais, une chose est sûre, c'est qu'elle est toujours dans mon cœur et, en pensant à elle et en regardant cette photo, je me sens toujours proche d'elle.

Bon, où en étais-je ? Ah, oui. Aux choses que j'aime. Eh bien, j'adore le baby-sitting, et j'aime tellement ça que je fais partie d'un club qui s'appelle le Club des Baby-Sitters. J'adore aussi les livres d'Agatha Christie et les friandises comme les M&M's, les Mars, les Dragibus. Je suis incapable de résister à un paquet de bonbons ou à un bon roman policier.

Mes parents, en revanche, n'apprécient pas mes lectures (ils préféreraient que je lise des « classiques ») et ils ne supportent pas que je mange des cochonneries. « Pour être en bonne santé, il faut manger équilibré », vous connaissez le refrain, n'est-ce pas ?

J'ai été obligée d'apprendre à dissimuler mes péchés mignons, mes livres d'Agatha Christie, sous mon matelas, sur l'étagère du haut de mon armoire, ou sous un tas de linge sale et les friandises, un partout dans ma chambre. Du coup, je ne me souviens jamais où elles sont et il m'arrive souvent de tomber dessus au moment où je m'y attends le moins. Hier soir, par exemple, j'étais en train de chercher ma boîte de pastels et devinez sur quoi je suis tombée ? Un paquet de M&M's que j'avais dû cacher là il y a des mois (ils étaient quand même délicieux).

Ce soir-là, pourtant, je n'étais ni en train de grignoter ni en train de lire un livre d'Agatha Christie. Je révisais un contrôle, un contrôle très important, qui allait beaucoup compter pour mon passage en troisième. Il fallait absolument que je le réussisse.

Jane m'aidait à travailler. C'est une règle chez nous (une idée de mes parents) : quelqu'un m'aide tous les soirs à faire mes devoirs. Mimi était mon professeur préféré. Elle ne perdait jamais patience et avec elle, je ne me sentais jamais idiote. Et en plus, même si elle ne me le disait pas souvent, je savais qu'elle était très, très fière de tout ce que je faisais.

Avec Jane, c'est une autre histoire.

Je ne peux pas dire qu'elle est méchante avec moi, mais je crois qu'elle n'a pas la moindre idée de l'enfer que peut être le collège pour moi. Elle a toujours adoré l'école. Elle irait en cours huit jours par semaine si c'était possible et je ne crois pas qu'elle ait jamais eu une note en dessous de A moins. Et vous devriez voir les cours qu'elle suit ! Je n'en comprends même pas l'intitulé !

Elle était là, en train de m'aider à comprendre comment Gertrude faisait ses gâteaux au chocolat. Et elle devait se dire que j'étais vraiment bête. Je sais que c'est gentil de sa part de m'aider, mais j'aurais mieux aimé ne pas avoir besoin de son aide ni de celle de qui que ce soit.

Je me suis replongée dans mon livre de maths. Toutes ces fractions me rendaient dingue. Jane était pourtant beaucoup plus patiente que d'habitude. Elle savait comme ce contrôle était important pour moi.

– Alors, qu'est-ce que tu penses de M. Zorzi, Claudia ?

M. Zorzi est mon prof de maths, enfin pour le moment. Normalement, j'ai un autre professeur, mais il est absent pour quelque temps à cause d'une opération, et c'est M. Zorzi qui le remplace.

– Ça va. Je l'ai déjà eu avant. Il sait qu'il me faut un peu de temps pour comprendre tous ces trucs.

Tiens, je ne m'étais jamais demandé si j'aimais mes profs ou pas. Je fais juste mon possible pour passer d'une classe à l'autre. Jane, en revanche, adore la plupart de ses profs, et ils le lui rendent bien puisqu'ils la trouvent brillante.

Je vous assure que ce n'est pas facile d'être sa petite sœur. J'en ai un peu marre d'entendre : « Koshi ? Tu es la sœur de Jane ? Eh bien, je sais que je peux m'attendre à du très bon travail de ta part, si tu es aussi douée que ta grande sœur. » Bien sûr, ils sont toujours déçus. Sauf mes profs d'arts plastiques. C'est la seule matière dans laquelle je suis très bonne et Jane pas du tout (ça ne l'intéresse pas).

– Allez, Claudia, on passe au problème suivant.

J'ai essayé de me concentrer, mais j'étais vraiment fatiguée.

– Regarde. C'est une fraction, il suffit de la simplifier, et ensuite de multiplier par l'inverse.

J'ai décroché. Quand Jane prend sa voix de professeur, j'ai du mal à la suivre. Tout ça, c'était du chinois pour moi. Je sais que ce n'est pas très gentil de dire ça alors qu'elle essayait de m'aider, mais je commençais vraiment à en avoir assez. J'ai pensé à ce collage sur lequel j'étais en train de travailler, et je me demandais s'il y aurait quelques bonnes photos dans le magazine de jardinage que ma mère avait rapporté à la maison en rentrant de la bibliothèque.

– ... et comme ça, on trouve que le train roule à quatre-vingt-quatre kilomètres-heure, ce qui... Hé, Claudia !

Jane a agité sa main devant mon visage.

– La Terre appelle Claudia, la Terre appelle Claudia ! Hé, tu m'entends ?

– Oh, désolée, Jane. J'étais en train de...

– Tu étais encore en train de rêver.

Elle a froncé les sourcils et a remis ses lunettes sur son nez (elles glissent quand elle lit).

– À quoi étais-tu en train de penser ?

– Oh, à rien. Allez, on continue. Et alors, ce problème numéro cinq ?

Il était hors de question que je dise à Jane à quoi j'étais en train de penser : j'avais terminé de planifier mon collage et j'avais commencé à réfléchir à une chose primordiale... comment j'allais m'habiller le lendemain ! Imaginez la tête de Jane si elle l'avait su !

Elle se fiche complètement de ses vêtements, et c'est encore une des choses qui nous différencie vraiment. Jane pourrait porter le même chemisier, la même jupe et le même gilet tous les jours.

Alors que moi, je suis convaincue « qu'on est ce qu'on porte ». (Si je croyais « qu'on est ce qu'on mange », je me serais déjà transformée en tablette de chocolat ou en sucette géante.) Enfin bon, j'adore m'habiller d'une façon que les gens de Stonebrook pourraient qualifier d'extravagante. Pour vous donner une idée, voilà comment je comptais m'habiller le lendemain : puisque j'avais ce fameux contrôle, je pensais qu'il fallait que je porte mes boucles d'oreilles porte-bonheur. Ce sont d'énormes émeraudes (fausses), entourées de centaines de mini-diamants (faux également). Elles iraient à merveille avec ma nouvelle robe bleu-vert en velours et mes collants verts.

La seule chose pour laquelle je n'étais pas encore décidée, c'était les chaussures : mes ballerines ou bien mes nouvelles chaussures montantes noires ? Mais je ne pouvais vraiment pas demander son avis à Jane.

– Allez, on attaque le problème numéro cinq, Jane, ai-je répété.

Il s'agissait de Jack et Jill qui louaient une barque. Il fallait trouver combien cela allait leur coûter s'ils faisaient un tour pendant deux heures et demie. (Qu'est-ce que ça pouvait bien me faire, franchement ? Je déteste les barques. Pour rien au monde je ne monterais dedans, même cinq minutes.) J'ai fait de rapides calculs et j'ai annoncé :

– Quatre dollars et vingt-cinq cents, c'est ça ?

Le visage de Jane s'est éclairé.

– Bravo, Claudia. Tu as tout compris. Je suis sûre que tu vas très bien t'en sortir demain.

Si seulement j'avais pu être aussi sûre de moi qu'elle !

②

Une fois tous les problèmes résolus, Jane m'a donné quelques conseils pour le contrôle. Je dois admettre que j'en avais vraiment assez, mais je l'ai quand même écoutée.

Heureusement, ça a été court. Ensuite, elle m'a souhaité bonne chance et elle est partie dans sa chambre.

– Merci beaucoup, Jane !

Dès qu'elle a franchi la porte, j'ai allumé ma radio. Je déteste travailler dans le silence, mais Jane refuse que je mette de la musique quand elle me fait travailler. Il fallait encore que je range mon bureau et que je termine mes autres devoirs. J'ai jeté un dernier coup d'œil à mon livre de maths et je l'ai rangé dans mon sac à dos avec mon cahier.

Heureusement, il ne me restait plus grand-chose à faire.

Cela ne m'a pris qu'une dizaine de minutes. Quand j'ai eu fini, j'ai rebouché mon stylo, je me suis étirée et je me suis jetée sur mon lit. « Aaaah ! Enfin ! » J'ai roulé jusqu'à mon téléphone.

– Salut, Lucy. C'est Claudia.

Lucy MacDouglas est ma meilleure amie. Je l'adore et je me souviens comme j'avais été désespérée quand elle avait dû redéménager à New York, l'année dernière. C'était comme si on m'avait amputée d'une partie de moi-même. Heureusement, elle est revenue vivre à Stonebrook. Je dis : « heureusement », mais les circonstances de son retour n'ont pas été très heureuses... Ses parents ont divorcé. Son père habite toujours New York pour son travail, mais sa mère a décidé de revenir ici (à ma plus grande joie). Lucy retourne très régulièrement voir son père.

Avec Lucy, on se raconte tout. Je peux aussi bien lui parler de mode (elle adore ça, comme moi) que de mes petites angoisses. Je lui ai confié à quel point j'étais nerveuse pour le contrôle de maths. Elle a essayé de me calmer. (Elle est super forte en maths, comme Jane. Elle n'a jamais peur des contrôles.)

– Ne t'inquiète pas. Pense à tout le temps qu'on a passé à travailler ensemble.

Lucy m'avait en effet pas mal aidée en maths, pendant l'étude et même quelquefois à l'heure du déjeuner quand il y avait des choses que je n'avais pas comprises.

– Je sais, Lucy, mais...

– Mais rien du tout, m'a-t-elle interrompue. Tu vas très bien y arriver. J'en suis certaine !

Je me suis sentie mieux, mais je n'étais toujours pas

convaincue. J'ai changé de sujet et nous avons discuté pendant un bon moment de mode, d'un film que nous avions vu et aussi de notre club... le Club des Baby-Sitters.

– Dis-toi juste une chose, Claudia. La prochaine fois qu'on aura une réunion, tu auras passé ton contrôle. Tu en seras débarrassée.

Elle avait raison. Nous avions une réunion le lendemain après l'école. Après avoir raccroché, je me suis dit que j'avais vraiment de la chance d'avoir une si bonne amie. Et, en plus, j'ai aussi toute une bande de super copines : les autres membres de notre club.

Je devrais peut-être vous parler d'elles.

Tout d'abord, il y a Kristy Parker. C'est la présidente et la créatrice du Club des Baby-Sitters. Avant, elle habitait dans ma rue, et je la connais depuis toujours. Maintenant, elle vit de l'autre côté de la ville avec sa « nouvelle » famille. Sa mère s'est remariée avec Jim Lelland, un millionnaire qui possède une immense maison dans un quartier très chic !

La famille de Kristy n'est donc plus ce qu'on peut appeler une famille moyenne. En plus des deux enfants de Jim, Karen et Andrew (qui viennent chez leur père un week-end sur deux), des frères de Kristy, Samuel, Charlie et David Michael, il y a Emily Michelle, une petite Vietnamienne de deux ans que la maman de Kristy et Jim ont adoptée il n'y a pas très longtemps. Il y a aussi Mamie, la maman de la mère de Kristy, qui s'est installée chez eux depuis peu. Sans compter Boo-Boo et Louisa. Non, ce ne sont pas des enfants, ce sont des animaux ! Boo-Boo est un énorme vieux chat grincheux. (Jim serait horrifié s'il m'entendait, mais c'est la vérité !) Et Louisa est encore un chiot, mais qui promet de devenir un chien gigantesque : c'est un berger bernois.

Kristy a donc une vie bien remplie. Mais je crois qu'elle adore ça. Elle est toujours en train de faire deux ou trois choses à la fois et en prévoit une quatrième en même temps. C'est une véritable tornade, bourrée d'idées géniales.

Il y a eu pas mal de changements ces derniers temps, quand on y pense. Entre le départ puis le retour de Lucy, l'arrivée de Mamie et Emily Michelle chez les Parker-Lelland... Il y a eu le mariage de Mme Schafer et M. Cook, à savoir la mère de Carla et le père de Mary Anne ! Ils étaient ensemble quand ils étaient au lycée ici, à Stonebrook. Mais Mme Schafer est partie vivre en Californie et elle s'est mariée avec le père de Carla. Ils ont eu Carla et son petit frère, David, avant de divorcer quelques années plus tard. C'est à ce moment-là que Mme Schafer est revenue à Stonebrook avec Carla et David, et il n'a pas fallu longtemps pour que son histoire d'amour avec M. Cook reprenne de plus belle. C'est génial, non ?

Donc, maintenant, Mary Anne et Carla sont demi-sœurs, et aussi meilleures amies (eh oui, Mary Anne a deux meilleures amies, Carla et Kristy). Avec son père et Tigrou (son chat), ils ont emménagé dans la maison des Schafer parce qu'elle est plus grande. Ils vivent donc tous ensemble, sauf David qui est parti vivre avec son père en Californie. Ils manquent tous les deux énormément à Carla, mais elle essaye d'aller les voir le plus souvent possible.

À la minute même où on voit Carla, on sait qu'elle est

californienne. Elle est super jolie. Il n'y a pas plus blonde qu'elle. Elle mange toujours très équilibré. Elle sait très bien ce qu'elle veut et elle ne se laisse jamais tenter par toutes les cochonneries que je lui propose.

Elle adore les histoires de fantômes. En plus, sa maison est peut-être hantée. C'est une vieille ferme où il y a même un passage secret et où, d'après elle, habite un fantôme.

Un autre changement : l'arrivée au club de deux nouvelles recrues, Mallory Pike et Jessica Ramsey (tout le monde l'appelle Jessi). Elles sont plus jeunes que nous toutes (elles sont en sixième) mais elles sont très sympas. Mallory et Jessi sont inséparables et d'ailleurs, elles se ressemblent beaucoup par certains côtés.

Voici leurs points communs : elles adorent toutes les deux lire (surtout des histoires de chevaux) et elles aimeraient toutes les deux que leurs parents arrêtent de les traiter comme des bébés. (Ouh, là ! là ! je sais que ce n'est pas facile d'avoir onze ans.)

Et voici leurs différences : Mallory a une famille très nombreuse (elle a sept frères et sœurs) alors que Jessi a juste une petite sœur, Becca, et un petit frère, P'tit Bout. En plus, ils sont noirs alors que les Pike sont blancs. Bien sûr la couleur de peau de Jessi ne fait aucune différence pour nous, mais il y a plein de gens à Stonebrook qui pensaient autrement au début. Heureusement, je crois pouvoir dire que, maintenant, Jessi est contente de s'être installée ici. Ah oui, une autre différence : Mallory adore écrire et dessiner (elle espère devenir un jour auteur-illustrateur de livres pour enfants) alors que Jessi adore la danse (elle passe son temps à s'entraîner et elle a déjà fait des spectacles).

Donc voilà mes amies. J'ai vraiment beaucoup de chance d'être aussi bien entourée.

Mais je savais que le lendemain, pendant mon contrôle de maths, je serais toute seule devant ma copie Je serais livrée à moi-même.

3

– Allez, sortez vos affaires, a dit M. Zorzi en essayant de se faire entendre dans le brouhaha ambiant. On va commencer le contrôle.

Il était debout sur l'estrade avec un paquet de feuilles dans les mains.

– Mettez vos livres par terre, au pied des pupitres.

Puis il a distribué des piles de sujets aux élèves du premier rang.

– Vous vous servez et vous faites passer.

Il a croisé les bras et a surveillé la distribution.

– Ce contrôle va compter pour une grande part pour votre passage. Mais ne vous inquiétez pas, chacun de vous a les connaissances nécessaires. Je suis sûr que vous allez tous réussir.

J'ai parcouru rapidement le sujet et j'ai avalé ma salive. Gloups ! On avait un tas de problèmes à résoudre. Il y avait des fractions partout, comme des mines prêtes à exploser.

J'ai levé les yeux sur M. Zorzi et j'ai croisé son regard. Il m'a fait un petit sourire. Puis il m'a montré la pendule. J'ai compris le message : il était temps que je m'y mette.

Je me suis concentrée sur le premier exercice, mais je n'ai rien compris. Je l'ai lu et relu. Mais ce n'était qu'une suite de mots et de chiffres incompréhensibles. Oh, non ! Qu'est-ce que j'allais faire si je n'arrivais même pas à comprendre ce qu'on me demandait ?

Puis je me suis souvenue d'un conseil que Jane m'avait donné : « Si tu es nerveuse, Claudia, respire bien fort. » C'est ce que j'ai fait. Qu'avait-elle dit d'autre ? « Rappelle-toi, Claudia, tu n'es pas obligée de faire les exercices dans l'ordre. Si la première question te paraît trop difficile, passe à une autre que tu arrives à faire, tu pourras toujours y revenir plus tard. »

J'ai regardé plus bas. Voilà ! L'exercice numéro six ! J'étais sûre de savoir comment le résoudre. Cela m'a seulement pris deux minutes et, pendant ce temps-là, toutes les choses sur lesquelles j'avais travaillé me sont revenues. Je me suis donc réattaquée au problème numéro un et j'ai réussi à traiter toutes les questions.

Je ne suis pas allée très vite, j'ai pris mon temps et je me suis assurée que je n'avais pas fait d'erreur d'inattention.

Quand la sonnerie a retenti, j'ai quasiment failli tomber de ma chaise tellement j'étais concentrée. J'ai relu ma copie une dernière fois puis je l'ai rendue. En sortant de la salle, je souriais. Je devais avoir l'air d'une imbécile, mais je me sentais tellement bien. Je ne m'étais jamais sentie aussi bien après un devoir sur table. Je savais que j'avais bien réussi. J'étais certaine d'avoir au moins un B, voire peut-être un A !

La journée a traîné en longueur. J'étais impatiente d'être à notre réunion. Je mourais d'envie de dire à Lucy et aux autres que j'avais réussi mon contrôle.

Quand je suis rentrée à la maison, j'ai essayé de travailler sur mon collage, mais j'étais trop énervée. À dix-sept heures quinze, j'ai eu l'impression que ça faisait déjà une éternité que j'attendais mes amies. J'ai rangé un peu ma chambre et j'ai sorti quelques friandises : des biscuits au blé complet pour Carla et Lucy et des M&M's et des chips pour les autres et moi.

Enfin, j'ai entendu quelqu'un grimper les escaliers. C'était Kristy. En tant que présidente, elle pense que c'est important d'être à l'heure et c'est souvent la première à arriver.

Elle s'est installée dans le fauteuil directorial, a mis sa visière et a glissé un crayon derrière son oreille. Elle était prête pour la réunion.

– Comment ça va, Claudia ?

J'ai commencé à lui raconter mon contrôle, mais je me suis arrêtée parce que j'ai pensé que je ferais peut-être mieux d'attendre les autres, comme ça, je n'aurais pas besoin de me répéter.

J'ai regardé Kristy dans son fauteuil et je me suis rappelé toutes les autres fois où je l'avais vue à cette même place. « Ça fait déjà pas mal de temps que le club fonctionne », ai-je réalisé. Il avait un tel succès que nous avions dû recruter des membres juniors, Mallory et Jessi. Elles n'ont pas le droit de faire du baby-sitting le soir (sauf pour garder leurs frères et sœurs). Mais elles font plein de gardes l'après-midi, ce qui nous permet d'être libres le soir. Et quand aucune de nous sept n'est libre, nous appelons nos membres intérimaires, Logan Rinaldi et Louisa Kilbourne, qui habite à côté de chez Kristy. Les membres intérimaires n'assistent pas à nos réunions et ne font pas de baby-sittings réguliers pour le club, mais ils sont venus à notre secours plus d'une fois. C'est rare qu'aucune de nous ne soit libre, mais ça peut arriver et, dans ce cas-là, nous sommes contentes de pouvoir appeler Logan ou Louisa.

Bon, revenons-en à la réunion. Kristy s'est éclairci la voix. J'ai levé les yeux et j'ai constaté que, pendant que j'étais perdue dans mes pensées, tout le monde était arrivé. La réunion était sur le point de commencer.

J'ai croisé le regard de Lucy au moment où Kristy a déclaré la réunion ouverte. Je lui ai souri et je lui ai fait signe que tout allait bien. Elle a levé les sourcils et a hoché la tête comme pour dire : « Tu vois, je te l'avais bien dit. » Lucy et moi, nous sommes tellement complices que nous n'avons pas besoin de nous parler pour nous comprendre.

Kristy avait à peine ouvert la réunion que le téléphone s'est mis à sonner. Les appels se sont succédé sans une minute de répit : on aurait dit que tout Stonebrook avait besoin d'une baby-sitter cette semaine. Je mourais d'envie de raconter à mes amies comment s'était passé mon contrôle, mais j'étais bien obligée d'attendre.

Enfin, les coups de téléphone se sont calmés. La réunion était presque terminée. Comme nous avions mangé toutes les friandises, je suis allée en chercher dans ma cachette préférée (un livre creux).

– C'est pour fêter ma réussite ! ai-je annoncé en brandissant des petits chocolats.

Et j'ai raconté à mes amies mon contrôle et à quel point j'avais été nerveuse au début. Puis je leur ai dit que j'avais résolu tous les problèmes.

– Félicitations, Claudia ! s'est exclamée Kristy.

Lucy, elle, m'a simplement regardée avec un grand sourire. Et Mary Anne, elle, a été plus prudente.

– Tu ne crois pas que tu devrais attendre les résultats avant de crier victoire ?

Elle avait raison et je le savais. Mais, de toute façon, ma note exacte n'avait pas tellement d'importance. Le principal, c'est que je m'en étais bien sortie et ça, c'était génial.

4

– Comme je vous l'avais promis, j'ai corrigé vos contrôles, nous a annoncé M. Zorzi au début de notre cours de maths le lendemain. Mais je vous les rendrai un peu plus tard pendant le cours. Nous allons commencer le chapitre douze aujourd'hui, et il faut que vous soyez concentrés.

Oh, non ! J'allais encore devoir attendre avant d'avoir ma note ! Quelle angoisse ! J'avais l'impression que j'allais exploser si je ne l'avais pas tout de suite. J'étais certaine d'avoir réussi, mais la réflexion de Mary Anne m'avait hantée toute la nuit. Je savais qu'elle n'avait pas voulu me démoraliser, mais j'étais quand même un peu inquiète.

Le prof avait décidé de ne pas nous remettre nos copies

tout de suite pour que nous restions concentrés sur le nouveau cours, mais pour moi, ça a eu l'effet inverse. Je suis incapable de vous dire de quoi il nous a parlé.

Après ce qui m'a paru une éternité, M. Zorzi s'est dirigé vers son bureau, il a pris le paquet de copies et nous a souri. Mais qu'attendait-il enfin !

– À part quelques exceptions, je suis très fier de vos résultats, a-t-il fini par déclarer.

Puis il a distribué les copies.

– S'il vous plaît, retournez ma copie, monsieur Zorzi, lui a demandé mon voisin. Je ne veux pas que les autres voient ma note.

Mais je savais très bien qu'il n'était pas aussi inquiet qu'il voulait bien le laisser croire. Et, bien sûr, dès qu'il a su sa note, il l'a montrée à tout le monde.

Quant à ma copie, elle était à l'envers sur mon bureau. J'ai fermé les yeux, j'ai respiré profondément, je l'ai retournée et j'ai ensuite ouvert les yeux. Ma note était inscrite en rouge tout en haut. Quatre-vingt-quatorze sur cent. Un A moins ! J'ai failli sauter de joie tellement j'étais contente et soulagée. J'avais donc bien réussi ce contrôle, ce n'était pas simplement une impression.

– Passons à la correction maintenant. Je veux que vous regardiez tous le problème numéro trois. Qui a eu bon ?

Presque tout le monde a levé la main.

– Comment as-tu fait, Heather ? l'a interrogée M. Zorzi.

Heather a répondu, mais je n'ai pas vraiment écouté. Je ne pouvais pas détacher les yeux de mon merveilleux A moins.

M. Zorzi a corrigé rapidement tout le contrôle. Et enfin, la sonnerie a retenti et tout le monde s'est levé pour sortir.

– Grace Riverson et Claudia Koshi, venez me voir avant de sortir.

J'ai pensé qu'il voulait sans doute me féliciter pour ma très bonne note et me dire qu'il était fier de mon travail. En revanche, je ne voyais pas très bien pourquoi il voulait voir Grace. Après tout, elle a presque toujours de bonnes notes. C'est une des meilleures élèves de notre classe.

Je me suis avancée vers le bureau de M. Zorzi avec un énorme sourire. Grace était juste à côté de moi et avait l'air perplexe. M. Zorzi ne m'a pas rendu mon sourire. Il avait même l'air très sévère.

– J'aimerais que vous sortiez toutes les deux vos copies.

Je n'ai pas eu tellement à chercher : je ne l'avais pas encore rangée. J'avais prévu de la montrer à Lucy et aux autres. Grace, elle, l'a sortie d'un de ses cahiers.

– Mettez-les côte à côte et dites-moi si vous ne remarquez pas quelque chose.

J'ai tout de suite vu de quoi il voulait parler. Nous avions eu toutes les deux la même note : quatre-vingt-quatorze, et c'est ce que je lui ai répondu.

– Exactement, Claudia. Mais il y a autre chose.

Il a montré ma copie.

– Vous voyez l'exercice numéro cinq ?

J'ai regardé où il avait posé le doigt. J'avais eu faux à ce problème.

– Je crois que je sais pourquoi j'ai eu faux. J'ai dû multiplier par l'inverse au lieu de diviser, c'est ça ?

Grace, qui était toujours à côté de moi, a hoché la tête comme si elle était d'accord.

– Ce n'est pas la question, Claudia. Regarde la copie de Grace.

Je l'ai fait et j'ai compris : elle avait raté le même problème en faisant exactement la même faute.

Nous avions toutes les deux trois problèmes faux et, à chaque fois, nous avions fait les mêmes erreurs. Je ne comprenais toujours pas où M. Zorzi voulait en venir. Peut-être qu'il pensait que nous devrions travailler ensemble ou quelque chose dans ce genre-là.

– Les filles, la probabilité que quelque chose comme ça se produise est nulle.

Il nous a regardées tour à tour.

– Est-ce que vous réalisez ce que cela veut dire ?

Je me suis tournée vers Grace. Il m'a semblé qu'elle était terrifiée. Mais elle a gardé le silence.

– L'une de vous a copié sur sa camarade.

M. Zorzi avait dit ça en me fixant droit dans les yeux !

Est-ce que vous avez déjà entendu cette expression : « Mon sang s'est glacé » ? Eh bien, c'est exactement ce qui est arrivé. À la seconde même où il a prononcé ces paroles, j'ai eu l'impression que mes veines étaient remplies de glaçons. J'ai tremblé. Puis, tout à coup, j'ai eu très chaud et je suis devenue toute rouge. Je n'arrivais pas à croire qu'il puisse penser ça de moi !

Grace est intervenue tout de suite.

– Monsieur Zorzi, vous n'êtes pas mon professeur habituel, donc vous ne me connaissez pas très bien.

Je me suis retournée pour la regarder comme si j'étais en plein milieu d'un rêve. Elle a continué :

– Si vous me connaissiez, vous sauriez que je suis incapable de tricher à un contrôle.

Elle avait l'air très sûre d'elle.

M. Zorzi l'a regardée puis il a hoché la tête.

– Tu peux y aller, Grace.

Elle a rassemblé ses livres et a quitté la pièce sans même me regarder.

J'étais debout, la tête baissée en essayant de comprendre ce qui était en train de se passer. Je me sentais tellement bête. Pourquoi est-ce que je ne m'étais pas défendue comme Grace ? Bien sûr, je savais très bien que c'était elle qui avait dû copier sur moi. J'en étais certaine puisque ce n'était pas moi. Mais il était évident que M. Zorzi, ou n'importe quel autre professeur, la croirait, elle, plutôt que moi.

Grace est une très bonne élève dans toutes les matières sauf en maths. Mais, dans notre cours, elle a la plupart du temps les meilleures notes. Elle travaille toujours beaucoup pour les contrôles et, en plus, elle est très aimée. Elle a des tas d'amis, elle fait partie du club de théâtre (où elle décroche toujours les rôles principaux), elle participe à l'organisation des olympiades ! Bref, c'est la star du collège !

Et moi ? Je suis une élève médiocre. Ce n'était vraiment pas étonnant que le professeur me soupçonne d'être la tricheuse. Cela dit, il n'y avait aucune raison que je me laisse faire ! Même si je n'étais pas la meilleure élève du monde, j'étais honnête. Je n'avais même jamais pensé à tricher à un contrôle.

– Monsieur Zorzi, je sais que tout ça paraît bizarre. Mais il doit y avoir une explication ! Je n'aurais jamais...

Il ne m'a pas laissée finir.

– Claudia, j'ai regardé ton livret et tes notes en mathématiques ne sont pas brillantes. Mais copier sur quelqu'un n'est pas la solution.

– Mais, monsieur, je n'ai pas...

Il a levé la main.

– Je suis désolé, Claudia, mais je vais devoir parler de tout ça au directeur. C'est très grave de tricher.

Comme si je ne le savais pas.

– Et il voudra probablement que ton professeur de maths habituel soit averti de cet incident.

J'ai hoché la tête misérablement. Je me sentais comme une naufragée accrochée à une planche, impuissante, ballottée par les vagues.

Mais M. Zorzi n'avait pas terminé.

– Et, bien entendu, le directeur va téléphoner à tes parents.

Et là, la planche a coulé. J'étais engloutie. Je n'osais même pas imaginer comment allaient réagir mes parents à un appel pareil.

Tout à coup, je me suis sentie perdue. Rien de ce que je pourrais dire ne changerait la donne. Il s'était déjà fait une opinion et il n'était pas près d'en changer. Je pense d'ailleurs que n'importe quel autre professeur aurait agi exactement de la même façon, il aurait disculpé Grace et m'aurait accusée. Après tout, pourquoi Grace aurait-elle triché ? Ce n'est pas elle qui a tout le temps C à ses devoirs.

– Claudia, tu peux y aller maintenant.

J'ai mis mon sac sur mon épaule et j'ai jeté un œil à ma copie sur le bureau du professeur. Je suis sortie sans un mot. J'étais complètement abasourdie. Je ne sais même pas comment je me suis retrouvée devant mon casier. Je me suis appuyée dessus pendant un moment, les yeux fermés. Je n'avais pas envie de pleurer, je ne ressentais plus rien.

Finalement, j'ai ouvert mon casier et y ai rangé mon livre de maths. Je ne voulais plus le voir.

Je n'arrive pas vraiment à me rappeler la suite de cette journée, mis à part que ça a été probablement la pire que j'aie jamais passée au collège, y compris lorsque je suis revenue quelques jours après la mort de Mimi et que tout le monde avait peur de me parler. Ça avait été dur, mais là, c'était encore pire.

J'ai passé l'heure du déjeuner dans le vestiaire des filles : je n'avais pas envie de voir mes amies. Heureusement, je n'avais aucun cours avec Lucy pendant l'après-midi. Au premier coup d'œil, elle aurait su que quelque chose n'allait pas.

Et puis, je savais que je l'appellerai ce soir-là pour lui raconter ce qui m'arrivait. Après tout, c'était ma meilleure amie et je pouvais compter sur elle pour qu'elle le raconte aux autres, ce qui m'éviterait de le faire. J'étais certaine qu'elle serait très gentille, qu'elle me soutiendrait, mais j'aurais préféré ne pas avoir à en parler à qui que ce soit. Si seulement ça n'était pas arrivé !

Quelle journée ! Je l'avais commencée complètement excitée et je la terminais tellement malheureuse ! La seule chose que j'arrivais à me dire, c'était : « Si c'est comme ça que je suis récompensée pour avoir travaillé, hé bien je n'ouvrirai plus jamais un livre. »

5

Mardi

C'était la folie chez les Pike, cet après-midi. Dès que j'ai franchi le seuil, j'ai su que ça allait être un jour mémorable. Il y avait de l'électricité dans l'air. Non que ce soit jamais vraiment calme chez eux, mais, là, c'était différent. .

Lucy a passé un après-midi plutôt mouvementé chez les Pike. C'était le jour où j'avais été accusée de tricherie, mais elle n'était pas encore au courant. Heureusement, parce qu'elle avait déjà bien assez à faire.

Comme elle l'a écrit dans le journal de bord, ce n'est jamais calme chez les Pike. Je vous ai déjà dit que Mallory avait une famille nombreuse, mais je vais vous présenter tout le monde pour que vous puissiez avoir une vue d'ensemble.

Mallory, que l'on appelle souvent Mal, est l'aînée. Elle a douze ans et elle est calme (en tout cas, par rapport aux autres). Après Mal, il y a des triplés : Byron, Adam et Jordan. Ils ont dix ans. Et si vous pensez qu'un garçon de dix ans ne vous laisse jamais une minute de répit, essayez d'en garder trois en même temps ! Heureusement, Byron est plus raisonnable et moins agité que les deux autres, mais Jordan et Adam font des bêtises pour dix.

Après les triplés, il y a Vanessa. Elle a neuf ans, et elle se prend pour Shakespeare. Elle veut devenir poète et elle parle la moitié du temps en vers. Vient ensuite Nicky, huit ans. Il est assez grand pour jouer avec les triplés, malheureusement, ils le laissent à l'écart la plupart du temps. Du coup, il finit par se retrouver avec Margot. Elle a sept ans et elle est très gentille. Et enfin, il y a Claire, le bébé de la famille. Elle a cinq ans et on dirait qu'elle est à longueur de temps dans une phase « débile ». Pour vous donner une idée, elle appelle tout le monde « stupide-petite-bêbête-gluante ».

Quand Lucy est arrivée chez les Pike, Mallory était en train de franchir la porte en courant. Elle avait un baby-sitting et essayait de ne pas être en retard. Elle a tout juste eu le temps de lui dire bonjour. Mme Pike, elle, essayait de rassembler Margot, Nicky et Vanessa pour aller faire des courses, mais à peine avait-elle réussi à les faire grimper dans la voiture que Vanessa en est ressortie en disant qu'elle avait oublié quelque chose de très important.

– Bonjour, Lucy, a fait Mme Pike d'une voix lasse. Merci d'être à l'heure. Je sais que je dois être folle de les emmener tous les trois en même temps acheter des vêtements, mais ça sera toujours mieux que d'y aller avec tout le monde !

Lucy a essayé d'imaginer faire des courses avec les huit enfants Pike, mais c'était trop horrible. Elle a souri.

– Restez ici avec Margot et Nicky, je vais chercher Vanessa.

Elle est entrée dans la maison et a retrouvé Vanessa dans le salon en train de fouiller dans une énorme malle pleine de jouets.

– Dépêche-toi, ta mère t'attend.

– Il faut que je trouve mon carnet vert, j'ai un poème à écrire dedans.

– Pas maintenant, Vanessa. Essaye de le retenir. Tu pourras le noter quand tu reviendras.

Elle a traîné Vanessa dehors et Mme Pike a pu partir.

Lucy a senti quelqu'un derrière elle. Elle s'est retournée et a vu trois personnes identiques : les triplés. Ils étaient tous les trois en train de faire une grimace différente, pour le plus grand plaisir de Claire.

– Hé, vous trois ! Quelles jolies grimaces ! Vous savez que s'il y a un courant d'air, vous risquez de rester pour toujours comme ça ?

Ils se sont mis à rire, car ils savaient très bien qu'elle les taquinait. Puis, juste au moment où elle allait leur suggérer de jouer dehors puisqu'il faisait beau (et qu'ils avaient l'air un peu excités), Adam a annoncé qu'ils allaient jouer au base-ball dans le jardin.

– Et tu ne peux pas venir ! a-t-il dit à Claire en lui tirant la langue.

– Je m'en fiche, Adam-stupide-petite-bêbête-gluante. Moi et Lucy on va jouer à la parelle.

– À la marelle, idiote, l'a reprise Jordan.

– Jordan, a grondé Lucy. Sois gentil avec ta sœur ! Bon, allez jouer, leur a-t-elle dit en leur montrant le jardin.

Puis elle s'est tournée vers Claire.

– Une marelle ?

– On peut ? S'il te plaît ? Margot ne veut jamais y jouer avec moi.

– Bien sûr. Viens, on va chercher de la craie.

Elles ont trouvé de la craie rose dans la malle de jouets et sont sorties. Lucy a commencé à dessiner les trois premières cases, les unes au-dessus des autres, puis la quatrième et la cinquième l'une à côté de l'autre.

– Non, Lucy ! Tu t'es trompée.

Claire lui a montré une des lignes qu'elle venait de tracer et qui était un peu de travers.

Claire veut toujours que les choses soient « parfaites ».

– D'accord, a concédé Lucy. Je vais refaire cette ligne comme ça et ensuite tu pourras y inscrire le numéro. Est-ce que tu peux écrire un « un » ici et un « deux » là ?

Claire est très intelligente et elle connaît très bien les chiffres. Elles ont travaillé sur la marelle pendant un bon moment. Lucy traçait les cases et Claire notait les numéros.

Avant de commencer à jouer, Claire a cherché une pierre « porte-bonheur » pour la jeter et elle a aidé Lucy à trouver aussi la bonne. Puis elle s'est livrée à un rituel élaboré pour savoir qui allait commencer.

Et, enfin, le jeu a pu démarrer. Lucy a lancé sa pierre et s'est mise à sauter à cloche-pied. Une fois son tour terminé (bien sûr, elle a fait semblant de déraper pour que son tour ne dure pas longtemps et que Claire ne s'impatiente pas trop), Claire a lancé sa pierre. Elle n'a pas aimé où elle avait atterri et, du coup, elle a essayé de convaincre Lucy de la laisser relancer, mais Lucy ne s'est pas laissé faire. (Hou, la vilaine !)

Puis Claire a sauté, sauté, sauté à cloche-pied... et youpla boum ! Elle a perdu l'équilibre et elle est tombée. Lucy a retenu son souffle. Souvent, si vous ne faites pas toute une histoire d'un petit accident, les enfants ne font pas de crise non plus. Mais Claire s'est mise à pleurer.

Lucy a examiné son genou. Il saignait un peu. La petite fille s'était écorché l'autre genou aussi, et la main.

Lucy a jeté un œil sur les triplés : ils étaient tellement absorbés par leur jeu qu'ils n'avaient même pas remarqué que Claire pleurait.

– Adam, Byron, Jordan ! J'emmène Claire à l'intérieur pour la soigner. Restez ici et ne bougez pas du jardin, d'accord ?

Ils ont hoché la tête et ont recommencé à frapper leur balle.

Puis, Lucy a pris Claire dans ses bras et l'a portée à l'intérieur. Elle a nettoyé les plaies aussi doucement qu'elle le pouvait pendant que Claire lui donnait des instructions entre deux sanglots :

– Maintenant, tu mets de la crème et ensuite un pansement.

Lucy a suivi ses instructions et a fouillé dans l'armoire à pharmacie pour trouver la crème.

Claire était tellement impressionnée par les soins qu'elle a fini par en oublier à quel point elle s'était fait mal. Elle ne pleurait plus du tout.

C'est alors que Lucy a entendu un énorme bruit de verre qui venait d'en bas. Et elle a immédiatement compris que les triplés avaient dû casser quelque chose. Elle s'est précipitée dans l'escalier avec Claire clopinant derrière elle, et elle est sortie dans le jardin.

Les trois garçons étaient plantés devant une des fenêtres du sous-sol.

Lucy a posé ses mains sur ses hanches.

– Bon, lequel d'entre vous est responsable de ça ?

Les triplés se sont consultés du regard, puis ils se sont tournés vers Lucy et se sont contentés de hausser les épaules en même temps.

– Que s'est-il passé ? Qui a fait ça ?

Les triplés ont de nouveau hoché les épaules. Puis Byron a dit :

– C'est comme dans ce film *Les Trois Mousquetaires*. Tous pour un...

Jordan et Adam ont enchaîné :

– ... et un pour tous !

– On a décidé d'être comme eux. On ne sera plus seulement des triplés, a annoncé Jordan.

– Ouais. On est comme les trois mousquetaires, a renchéri Adam.

Lucy a écarquillé les yeux. Puis elle a dit à Claire et aux triplés de s'éloigner pour qu'elle ramasse les morceaux de verre.

Quand Mme Pike est rentrée à la maison, Lucy a dû lui raconter ce qui s'était passé. Mme Pike a aussi écarquillé les yeux quand elle a entendu l'histoire des trois mousquetaires. Puis elle a elle-même questionné ses fils.

Mais ils ont de nouveau refusé de dire qui avait cassé la vitre.

– Bon, je sais que c'est un accident, que vous ne l'avez pas fait exprès, mais c'est la quatrième vitre que vous cassez en trois mois ! Ça ne peut pas durer. Puisque vous ne voulez pas me dire qui l'a cassée, je vais devoir vous punir tous les trois. Vous serez privés de sortie tant que vous n'aurez pas avoué lequel de vous est coupable. Et, en plus, aucun de vous n'aura d'argent de poche tant que cette vitre ne sera pas remboursée.

Lucy pensait que la menace d'une telle punition convaincrait les triplés de dire ce qu'il s'était passé, mais ils ont tenu bon. Ils se sont juste regardés en silence et ont regagné leur chambre. Lucy les a regardés partir en secouant la tête. « Au moins, s'est-elle dit, on ne s'embête jamais en gardant les Pike ! »

6

Et moi, qu'est-ce que je faisais pendant que Lucy gardait les Pike ? Eh bien, je m'étais enfermée dans ma chambre. Je n'étais pas en train de faire mes devoirs.

Je n'étais pas en train d'écouter la radio. Je n'étais pas en train de faire mon collage. Je n'étais pas non plus en train de lire un Agatha Christie. Et je n'étais même pas en train de manger les M&M's que j'avais cachés la veille dans mon tiroir à chaussettes.

Je réfléchissais, ou j'essayais tout au moins. Je n'arrivais toujours pas à croire ce qu'il s'était passé pendant le cours de maths et je n'avais toujours pas décidé de ce que j'allais faire. Je savais que j'étais innocente, en revanche, j'ignorais comment convaincre tout le monde de me croire.

J'avais entendu Jane rentrer à la maison, mais je ne l'avais pas appelée. Je n'étais pas encore prête à parler de mon problème à qui que ce soit. Heureusement, elle n'est pas montée travailler sur son ordinateur, contrairement à d'habitude. Au lieu de ça, elle a commencé à préparer le dîner dans la cuisine. Super ! Ça voulait dire que je pouvais rester dans ma chambre.

Un peu plus tard, j'ai entendu ma mère rentrer. Elle était en train de discuter avec Jane quand le téléphone a sonné. Oh, non ! C'était peut-être le directeur qui voulait raconter à ma mère que j'étais une affreuse tricheuse. Comme je n'avais aucune envie de le savoir, je suis restée dans ma chambre.

Peu de temps après, j'ai entendu maman et Jane discuter de nouveau. Je n'arrivais pas à distinguer ce qu'elles disaient, mais le ton de la conversation avait l'air sérieux. Puis mon père est rentré, j'ai entendu ses pas se diriger vers la cuisine. Et la discussion a continué de plus belle.

Que se passerait-il si je restais dans ma chambre jusqu'à la fin de ma vie ? Une chose était sûre : je ne risquais pas d'avoir faim pendant un petit moment grâce à toutes mes provisions de friandises, ni de m'ennuyer avec mes romans policiers et mes projets artistiques. Plus j'y pensais, plus je trouvais cette idée bonne. Oui, rester dans ma chambre, c'était vraiment la meilleure solution.

– Claudia ! a crié ma mère. Le dîner est prêt !

Je n'ai pas répondu. J'ai croisé les bras et je n'ai pas bougé d'un pouce.

Cinq minutes plus tard, elle m'a appelée de nouveau.

– Claudia chérie ! On mange des tacos, ce soir !

Je sentais effectivement l'odeur de mon plat préféré en train de gratiner au four. Hum, un gros taco croustillant plein de bœuf épicé...

Je n'arrivais plus à penser à autre chose. Mon ventre s'est mis à gargouiller. Tout à coup, j'ai décidé que ce n'était pas une si bonne idée que ça de rester dans ma chambre pour le restant de mes jours.

– J'arrive !

Je me suis glissée sur ma chaise juste au moment où Jane apportait un grand plat de tacos. Sur la table, il y avait des petits bols pleins de fromage râpé, de tomates, d'oignons, de salade et de crème aigre. Hum ! J'ai pris un taco et j'ai commencé à le remplir. Tous les autres étaient en train de faire la même chose.

Juste au moment où je refermais la galette de maïs, ma mère a toussoté.

– Hum... Écoute, Claudia chérie. J'ai eu un coup de téléphone du directeur de ton collège...

Ma gorge s'est serrée. Et, tout à coup, le taco que je tenais dans ma main ne m'a plus du tout tentée.

– Est-ce que tu veux nous raconter ce qui s'est passé aujourd'hui ?

J'ai regardé mes mains que j'avais posées sur mes genoux. Le taco, lui, était abandonné dans mon assiette. Je ne savais pas quoi dire. Alors, c'est ce que j'ai dit :

– Je... je ne sais pas quoi dire. Je n'ai rien fait.

J'ai senti que j'allais me mettre à pleurer d'une minute à l'autre.

– Nous aimerions te croire, Claudia, a répliqué mon père.

Ils aimeraient me croire ? Oh, non ! Alors, même mes parents me prenaient pour une tricheuse. Je me suis mordu les lèvres pour m'empêcher de fondre en larmes. Puis Jane a pris la parole

– Moi, je la crois. Il n'y a aucun doute là-dessus. Claudia connaissait très bien son cours. Je l'ai aidée à travailler, vous vous souvenez ?

Elle a fixé mes parents l'un après l'autre, et a ajouté .

– Et en plus, Claudia n'est pas une tricheuse.

Mes parents ont échangé un regard. Puis, ma mère s'est levée et est venue à côté de moi.

– Je suis désolée, chérie. Jane a raison. Je ne sais pas comment j'ai pu douter de toi...

Elle m'a serrée dans ses bras et j'ai dû me retenir pour ne pas éclater en sanglots.

– Tu sais, a-t-elle continué en allant se rasseoir à sa place, le directeur n'avait pas l'air si sûr de lui. Il m'a dit qu'il voulait juste nous informer de la situation. Je pense que ça fait partie de la procédure.

– Nous devrions aller parler au directeur afin de tirer cette histoire au clair, a annoncé papa.

C'était la dernière chose que je souhaitais. Je savais que s'ils s'en mêlaient, les choses risquaient d'empirer. Il fallait que je me débrouille toute seule pour régler cette affaire.

– Non, papa. S'il te plaît. Je peux me débrouiller toute seule.

– Mais Claudia, est intervenue ma mère, le directeur a dit que M. Zorzi allait te mettre un F à ce contrôle. Tu penses à ta moyenne générale ?

Un F ! C'était impossible ! Pour la première fois je m'étais vraiment donné du mal pour un contrôle et j'avais réussi à avoir un A moins, j'allais me retrouver avec un F ! Quelle injustice !

– Ne t'inquiète pas, maman. Ça ira.

J'avais dit ça d'un ton confiant, alors qu'en fait, j'étais loin d'être sûre de moi. En réalité, j'étais désespérée. À moins d'avoir des A à tous mes prochains contrôles de maths, j'étais pratiquement sûre de ne jamais passer dans la classe supérieure.

Et je savais que si je redoublais, je serais forcée d'abandonner une des choses les plus importantes de ma vie : le Club des Baby-Sitters. Mes parents ne me laisseraient pas continuer une activité qui me prenait autant de temps, si j'avais de mauvais résultats scolaires.

J'ai pris mon taco et j'ai essayé de le finir, mais il avait plutôt le goût de sciure. (Non pas que j'aie déjà mangé de la sciure, mais vous voyez ce que je veux dire.) Mes parents avaient dit qu'ils me croyaient, mais j'avais quand même un drôle de sentiment. Ils avaient commencé par douter de moi... J'avais peur qu'ils ne me fassent plus jamais vraiment confiance. Et je ne pouvais pas supporter cette idée.

Enfin, le dîner s'est terminé. J'ai aidé Jane à débarrasser la table et, ensuite, on a fait la vaisselle ensemble. Nous n'avons pas beaucoup parlé, mais je lui ai adressé des regards pleins de gratitude. C'est drôle, même si Jane et moi passons souvent par des moments difficiles, elle reste malgré tout ma grande sœur. Elle m'avait soutenue et ça, jamais je ne l'oublierais.

Une fois le dernier bol lavé, je suis retournée dans ma chambre. J'étais toujours bouleversée et j'avais besoin de temps pour savoir ce que je voulais faire. Jane m'a suivie. Je me suis jetée sur mon lit.

– Claudia, ça va aller. Si tu veux, je t'aiderai en maths jusqu'à la fin de l'année. Si nous travaillons vraiment très dur, tu ne redoubleras pas, même si M. Zorzi te met ce F.

– Mais Jane, ce n'est pas juste. J'ai eu un A moins à ce contrôle !

Jane a eu l'air étonnée. Je suppose que le directeur n'avait dit à personne quelle note j'avais eue. Puis elle m'a fait un grand sourire.

– Félicitations, Claudia ! C'est fantastique ! Je savais que tu pouvais y arriver.

– J'y suis arrivée, c'est vrai. Mais Grace a tout gâché.

– C'est qui, cette Grace ?

Je lui ai raconté en détail ce qui s'était passé à la fin du cours de maths.

– Mais pourquoi tu ne t'es pas défendue ?

– J'ai essayé, mais M. Zorzi ne m'a même pas laissé une chance de m'expliquer. Ce n'est pas un mauvais prof, mais je crois qu'il se fait des idées parce que, en fait, il ne nous connaît pas assez.

Jane a hoché doucement la tête.

– Quelle histoire !

– Je sais. Et le pire c'est que je suis sûre que Grace a triché, mais je n'arrive pas à comprendre pourquoi et je n'ai aucun moyen de le prouver !

– Réfléchis et essaye de te souvenir du jour du contrôle. Est-ce que tu te rappelles l'avoir vue regarder ta copie ?

J'ai fermé les yeux et j'ai essayé de me concentrer. Mais j'avais beau essayer, je n'arrivais pas à me rappeler quoi que ce soit à propos de cette journée. (Sauf de comment j'étais habillée ! Je suis toujours capable de savoir ce que je portais n'importe quel jour. J'avais fini par mettre mes ballerines, au cas où vous vous le demanderiez.)

– Ça ne sert à rien, Jane.

Je me sentais complètement impuissante.

– Pourquoi Grace aurait-elle triché ?

– C'est ça, qui n'est pas logique. Normalement, c'est une bonne élève. Il y a quelque chose de bizarre dans cette histoire.

– Oui, et tu dois essayer de comprendre quoi. Mais par où vas-tu commencer ?

Nous avons discuté pendant encore un bon moment, mais nous n'avons pas réussi à trouver de plan d'action, à part travailler, travailler, travailler pour rattraper ce fichu F. Je n'avais plus qu'à devenir une machine à faire des maths pendant un certain temps. Du coup, j'ai accepté l'offre de Jane de m'aider, mais je dois avouer que j'étais impatiente d'être à la fin de l'année.

Une fois en pyjama, j'ai téléphoné à Lucy et je lui ai dit ce qui m'arrivait. Je lui ai juste raconté les grandes lignes (j'étais trop fatiguée pour entrer dans les détails). Elle a vraiment été géniale (c'est pour ça que c'est ma meilleure amie) mais rien de ce qu'elle a pu me dire n'a réussi à dénouer cet affreux nœud que j'avais à l'estomac.

Quand je me suis couchée, ce soir-là, j'ai repensé à ma journée. La confrontation avec M. Zorzi est une des choses les plus affreuses qui me soit jamais arrivée. Être accusée de tricherie, c'est terriblement humiliant. Et ça me rendait vraiment dingue de voir mon super A moins s'envoler. En plus, je me sentais coupable d'avoir accaparé autant du temps de Jane pour qu'elle m'aide à travailler.

Mais vous savez ce qui était le plus horrible ? C'était l'impression que mes parents n'étaient pas à cent pour cent, absolument, définitivement convaincus de mon innocence et ça, ça me rendait malade.

7

– Je n'arrive pas à croire qu'il soit aussi injuste ! s'est indignée Jessi.
Elle était assise par terre à côté de Mallory, en train de picorer des M&M's.

– Ce que je ne comprends pas, c'est qu'il ne t'ait même pas écoutée.

C'était Lucy, qui était installée sur ma chaise de bureau. Elle avait déjà raconté mon histoire à tout le monde.

– La réunion est ouverte !

Et là, devinez qui c'était ? Eh oui, c'était Kristy. Elle était assise dans son fauteuil directorial, comme d'habitude, et elle avait mis sa visière. Le réveil à côté de mon lit indiquait dix-sept heures trente. C'était l'heure !

– Je suis d'accord pour dire que le problème de Claudia

est grave et qu'il faudra qu'on trouve une solution, a-t-elle déclaré. Mais on doit d'abord s'occuper du club avant de pouvoir nous y atteler.

Je pensais que c'était mon problème. J'aurais dû me douter que mes amies voudraient m'aider. Et ça me faisait du bien de savoir que tout le monde était de mon côté. J'ai fait passer un paquet de marshmallows pendant que Kristy faisait le point sur les dernières gardes. Quand elle a eu terminé, elle m'a demandé :

– Bon. En attendant que le téléphone sonne, raconte-nous ce qui s'est vraiment passé hier, Claudia.

– Eh bien, tout a commencé à la fin du cours…

Au même moment, le téléphone a sonné. Kristy a répondu et a rapidement arrangé un baby-sitting pour Lucy avec Charlotte Johanssen. J'ai souri à mon amie. Je savais que c'était la petite fille qu'elle préférait garder.

Puis j'ai continué :

– M. Zorzi nous a demandé à Grace et à moi de venir à son bureau. Je ne savais pas du tout ce qui allait se passer !

La sonnerie du téléphone a de nouveau retenti. Mme Braddock avait besoin d'une baby-sitter pour Matt et Helen. Mary Anne a regardé dans l'agenda pour voir qui était libre cet après-midi-là, et c'est Jessi qui a eu la garde. Matt Braddock est sourd et Jessi est la meilleure d'entre nous en langue des signes alors, si elle est disponible, c'est elle qui est choisie pour aller garder les petits Braddock.

– Bon, j'en étais où ?

J'ai continué mon histoire avec tous les détails dont je me souvenais et, même si j'ai été interrompue trois autres fois par le téléphone, j'ai réussi à aller jusqu'au bout.

– Mais pourquoi M. Zorzi a-t-il été si méchant ? a demandé Mallory qui avait l'air sincèrement ennuyée.

Carla, elle aussi, paraissait embêtée pour moi.

– Il a simplement fait des suppositions et il s'est trompé.

Puis Mary Anne a pris la parole :

– Tu sais, Claudia, même si tu as copié sur Grace, on serait de ton côté.

Je l'ai regardée, médusée. Je ne pouvais pas en croire mes oreilles. Elle a continué :

– Si c'est le cas, tu ferais mieux de l'avouer. Tu te sentiras mieux et on sera toujours tes amies.

Il y a eu un long silence. Tout le monde était stupéfait.

– Mary Anne, ça ne va pas ? s'est exclamée Kristy. Si Claudia nous dit qu'elle n'a pas copié, elle n'a pas copié ! Pourquoi l'aurait-elle fait de toute façon ? Tu es malade ou quoi ?

Sous nos regards à la fois étonnés et indignés, Mary Anne a éclaté en sanglots. (Je vous avais dit qu'elle était super sensible.)

Je me suis levée et je suis allée la prendre dans mes bras.

– Ça va, Mary Anne. Je sais que tu essayais de m'aider. Mais j'aurais préféré que tu me croies.

– Mais je te crois, Claudia, je te crois. Je voulais juste que tu saches que ça nous aurait été égal si...

– O.K., Mary Anne, c'est bon, l'a interrompue Kristy. Maintenant, on va tout reprendre depuis le début. On doit trouver comment prouver l'innocence de Claudia.

– C'est simple, il faut prouver que Grace a triché, a déclaré très justement Mallory.

- Mais, pourquoi est-ce que Grace aurait triché ? a objecté

Lucy. Elle a toujours de bonnes notes. Pourquoi aurait-elle pris le risque de se faire prendre ?

– Oublions Grace une minute, a décrété Kristy. Et M. Zorzi ? Comment pourrait-on le convaincre qu'il a eu tort d'accuser Claudia sans aucune preuve ?

– Mes parents voulaient aller au collège parler au directeur. Mais je les ai empêchés de le faire.

– Oui, je pense qu'il vaut mieux qu'on se débrouille toutes seules, a confirmé Kristy. Tu crois que Jane aurait une idée ? Elle est tellement géniale..

J'ai secoué la tête et, à ce moment-là, le téléphone a sonné. Jane et moi, nous avions déjà discuté de tout ça, et si elle n'avait pas pensé à quelque chose la veille..

Kristy a posé sa main sur le combiné :

– Claudia, tu veux garder les Perkins vendredi ? Ils t'ont demandée, toi.

C'était vraiment gentil de sa part parce que, normalement, les gardes sont distribuées très équitablement, et on essaye de ne pas laisser nos clients s'attacher trop à l'une ou à l'autre en particulier. Je suppose que, cette fois-ci, Kristy a pensé que j'avais besoin de me distraire et que de garder Myriam, Gabbie et leur petite sœur Laura Elizabeth serait parfait pour ça.

– D'accord. Super.

Kristy a terminé sa conversation avec Mme Perkins et a raccroché.

– Tu n'as pas l'air tellement emballée par ce baby-sitting, a-t-elle souligné.

– C'est juste que...

J'avais du mal à dire ce que j'avais à l'esprit.

– J'ai peur que, si je redouble, mes parents m'interdisent de faire encore partie du club.

Un silence de mort s'est abattu sur ma chambre.

– Bon, eh bien, on va régler cette histoire. Il n'est pas question que tu quittes le club ! a déclaré Carla.

– Réfléchis, Claudia, est intervenue Jessi. Il n'y aurait pas un moyen de prouver que c'est Grace qui a triché ?

– Mais c'est bien là le problème. Peut-être qu'elle n'a pas triché. Peut-être que M. Zorzi se trompe. Peut-être que c'est juste une coïncidence. Ça peut arriver de faire exactement les mêmes fautes, non ?

Lucy a secoué la tête.

– Non, il a raison. C'est trop gros. Sur un exercice, passe encore, mais sur trois... Je n'y crois pas.

– C'est exactement ce que nous a dit M. Zorzi.

Lucy est tellement forte en maths que si elle dit la même chose que M. Zorzi, c'est que c'est vrai.

– Tu sais, a commencé Carla, Grace et ses amies sont avec moi dans certains cours. Et elles sont un peu bizarres depuis quelque temps.

– C'est vrai ! s'est exclamée Mary Anne. Elles passent leur temps à s'envoyer des petits mots.

– Eh, en parlant des amies de Grace, vous avez vu Susan Taylor hier ? nous a demandé Carla. Elle s'est fait faire une permanente et maintenant elle ressemble à un mouton.

– J'ai entendu dire que sa mère lui faisait des mots pour qu'elle sorte plus tôt quand elle a un rendez-vous chez le coiffeur, a ajouté Kristy. Vous imaginez ?

– Je sais, a répondu Lucy. J'en ai parlé à ma mère. Elle

m'a répondu que si j'espérais qu'elle fasse la même chose, je pouvais toujours rêver.

– Allez, on se concentre, les filles, est intervenue Mary Anne, qui n'aime pas les ragots. Comment va-t-on prouver que Grace a triché et que Claudia est innocente ?

Tout le monde a réfléchi en silence pendant quelques minutes. Puis le téléphone a sonné. J'ai failli sauter au plafond ! Cette fois-ci, c'est Lucy qui a pris la communication et qui a arrangé un baby-sitting pour Mallory avec Simon Newton car sa mère devait emmener le bébé (Lucy Jane) chez le médecin.

À peine Lucy avait-elle raccroché que Carla a annoncé .

– Vous savez, le casier de Grace est juste à côté du mien.

– Et alors ? a demandé Kristy.

– Eh bien, on sait que Grace et ses copines s'envoient des petits mots. Peut-être que l'un d'eux parle de sa tricherie ?

– Et ? s'impatientait Kristy qui ne voyait pas où Carla voulait en venir.

– Il se trouve que je connais la combinaison de son cadenas. Il y a eu un malentendu en début d'année et j'ai eu son casier pendant deux semaines. Ensuite on a échangé.

– Carla Schafer ! s'est indignée Mary Anne. Tu n'es quand même pas en train de nous suggérer de fouiller dans son casier ?

– Ben si, justement, a répondu calmement Carla.

– Heu… je ne sais pas si c'est une bonne idée, a protesté Lucy. Ça serait un peu comme enfreindre la loi, non ?

– Pas vraiment, a déclaré Carla. On ne volera rien du tout. On cherchera juste une preuve.

– Il ne faut pas un mandat de perquisition pour ce genre de choses ? a demandé Mallory.

– Tu regardes trop de films policiers, lui ai-je fait remarquer. Carla parle de chercher un mot dans un casier, pas un revolver !

Cette idée me plaisait de plus en plus.

– Je pense que ça pourrait marcher ! ai-je déclaré.

– Bon, on va y penser, a déclaré Kristy. Mais il doit bien y avoir un autre moyen, peut-être moins risqué, de prouver que Grace a triché.

Kristy avait probablement raison. Malheureusement, on n'a pas réussi à trouver une autre idée avant la fin de la réunion.

8

Jeudi

Hé, Mal, je peux te demander une faveur ?

Quoi, Jessi ?

Eh bien, quand je serai grande et que je voudrais avoir des enfants, rappelle-le-moi.

Te rappeler quoi ?

Rappelle-moi de ne jamais avoir de triplés.

D'accord, Jessi.

La pauvre Jessi avait passé un après-midi épouvantable avec Adam, Jordan et Byron. Elle était arrivée pile à l'heure pour aider Mal à garder ses frères et sœurs. (Mme Pike veut toujours qu'il y ait deux baby-sitters quand il faut garder tous ses enfants, et ça nous va très bien. Garder sept enfants seule, c'est franchement impossible.)

– Les triplés sont toujours punis, Jessi, l'a informée Mme Pike. Ça veut dire qu'ils n'ont pas le droit de sortir de la maison. Ils ne sont pas obligés de rester dans leur chambre, mais ils ne peuvent pas aller dehors. Et ils n'ont pas non plus le droit de donner ou de recevoir de coups de téléphone.

Jessi s'est rappelé l'histoire des mousquetaires racontée dans le journal de bord par Lucy.

– Vous voulez dire qu'ils ne vous ont toujours pas dit qui avait cassé la vitre ?

– Non. C'est incroyable comme ils arrivent à se serrer les coudes.

Elle a baissé la voix et a continué.

– Ça m'ennuie de les punir aussi longtemps, car après tout, c'est très bien qu'ils soient solidaires, mais je dois être ferme avec eux. Et puis, de toute façon, ça ne va pas durer éternellement.

Jessi a acquiescé. Elle avait une idée derrière la tête et espérait réussir à faire parler les triplés !

– Je dois y aller. Mallory et les enfants sont en train de goûter. Bon après-midi !

Jessi a dit au revoir à Mme Pike et est allée dans la cuisine. Elle est arrivée en plein chaos : Mallory était au milieu de la pièce et elle avait l'air d'un agent de la circulation qui aurait perdu le contrôle de la situation. Margot et

Claire étaient assises à table et gloussaient. Elles étaient en train de lancer des grains de raisin à Nicky qui, lui, se prenait pour un monstre.

– Hum ! Quels délicieux globes oculaires. Norkon aime les globes oculaires. Norkon en veut encore !

Vanessa regardait rêveusement dans le réfrigérateur en essayant de décider ce qu'elle allait prendre comme goûter. (Les enfants Pike ont le droit de manger ce qu'ils veulent. Leurs parents pensent que s'ils devaient discuter sur ce que chacun des huit enfants mange, ils n'auraient plus le temps de rien faire.)

– Carotte, pomme, surimi… lequel des trois me fait envie ?

– Vanessa, arrête un peu avec tes rimes. Décide-toi et ferme la porte du réfrigérateur, lui a demandé Mallory. Tu sais bien que maman n'aime pas qu'on laisse la porte ouverte comme ça.

– « Tu sais bien que maman n'aime pas qu'on laisse la porte ouverte comme ça », a répété Adam en imitant Mallory.

– Arrête, lui a ordonné Mallory.

– « Arrête », ont répété les triplés en même temps.

Mallory les a fusillés du regard. Ils étaient assis tous les trois sur le plan de travail et mangeaient des sandwichs au beurre de cacahuètes et au salami en balançant leurs pieds contre les placards.

– Arrêtez, maintenant. Et descendez de là tout de suite !

Mallory perdait patience.

– « Arrêtez, maintenant… » ont commencé les triplés, mais Jessi les a interrompus.

Ça devenait vraiment impossible.

– Venez, vous trois. Ça suffit !

Je ne sais pas pourquoi ils ont écouté Jessi, peut-être parce que ce n'est pas leur grande sœur. En tout cas, ils sont descendus du plan de travail et ils se sont installés à table. Jessi et Mallory ont échangé un regard et Mallory a poussé un soupir de soulagement.

Juste à ce moment-là, le téléphone a sonné et Vanessa a répondu.

– Résidence Pike, bonsoir. Qui voulez-vous avoir ?

Quand elle commençait avec les rimes, impossible de l'arrêter.

– C'est pour toi, Adam. Steve voudrait savoir si tu veux aller jouer au base-ball.

– Bien sûr ! a-t-il hurlé en se précipitant sur le téléphone.

– Repose-le ! lui a ordonné Mallory. Il n'en est pas question. Premièrement, tu n'as pas le droit de sortir de la maison et deuxièmement, tu n'as pas le droit d'utiliser le téléphone, tu te souviens ?

– Troisièmement, tu es une nulle, a grommelé Adam.

Mallory s'est crispée et Jessi a vu qu'elle était à deux doigts de perdre son calme.

– Mal, qu'est-ce que tu dirais d'emmener les petits dehors ? Moi, je vais rester à l'intérieur avec les triplés.

Mallory a fait un grand sourire à Jessica.

– Oh, ça serait génial. Je ne les supporte plus. Ils sont odieux depuis quelques jours. On dirait des animaux en cage !

Quelques minutes plus tard, Mallory était dehors avec Nicky, Vanessa, Margot et Claire. Jessi, elle, a commencé à ranger la cuisine (on avait l'impression qu'une tornade l'avait ravagée) pendant que les garçons jouaient dans le salon. Elle les entendait discuter à propos de leurs cartes de base-ball.

– Dava Winfielda. Ila esta tropa coola, a affirmé Jordan.

– N'importa quoia, a hurlé Adam. Lea meilleura, c'esta Cala Ripkena Juniora !

Byron (qui ne s'intéresse pas autant aux sports que les deux autres) a donné son opinion :

– Moia, jea préfèra Shaquilla O'Neala.

Ses frères ont écarquillé les yeux, puis Jordan a déclaré .

– J'aima Shaquilla O'Neala aussia, maisa c'esta una joueura dea basketa, espèça dea débila !

Puis il a éclaté de rire, imité par Adam.

– Bona, ona arrêta. Sia ona allaita jouera dehora ena cachetta ? a proposé ce dernier.

Jessi a passé la tête dans la pièce. Elle en avait un peu marre d'entendre parler javanais et elle n'aimait pas la façon dont Jordan avait parlé à son frère. Byron est sensible, et il prend la mouche facilement. En plus, elle n'avait pas du tout l'intention de laisser les triplés aller dehors.

– Jordana, cea n'esta pasa trèsa gentila dea traitera tona frèra dea débila. Excusa-toia touta dea suita !

Les triplés ont regardé Jessi, bouche bée.

– Tu sais parler la langue des A ? s'est étonné Adam.

– Bien sûr. Ce n'est pas très dur à comprendre.

– Oui, c'est vrai, a admis Adam. Mais on doit avoir un langage secret si on veut que personne ne nous comprenne.

– Mais votre code est beaucoup trop facile pour ça, lui a fait remarquer Jessi. Vousfou defevriezfé pafarlerfé lafa lanfanguefe defe feufe.

– Quoi ? ont demandé les triplés à l'unisson.

– La langue de feu.

– Apprends-nous ! l'a priée Jordan.

– Ouais, apprends-nous ! ont insisté Adam et Jordan.

– Le mot magique d'abord...

– S'il te plaît ! ont répondu les triplés.

Jessi s'est assise par terre avec les garçons et leur a appris la langue de feu.

– C'est simple. Il faut juste répéter toutes les voyelles en mettant F devant.

– Et pour les consonnes ? s'est enquis Byron.

– On n'y touche pas. Donc, si vous voulez dire : « je veux rentrer à la maison », ça donne : « jefe veufeu renfentrerfé àfa lafa... »

– Maifaisonfon ! a hurlé Adam. J'ai compris !

Jordan a froncé les sourcils.

– Cofommefe çafa ? a demandé Jordan.

– Ouifi, trèsfè bienfin.

– Dis mon nom, Jessi ! a supplié Byron qui n'arrivait pas à s'en sortir.

– Byfyronfon ! ont annoncé Jessi, Adam et Jordan tous ensemble.

Puis tout le monde a éclaté de rire. Le prénom de Byron sonnait vraiment bizarrement.

– Au mien ! a décrété Adam.

Cette fois-ci Byron s'est joint aux autres :

– Afadamfan !

Les triplés ont piqué un fou rire. La langue de feu avait un véritable succès.

Jessi s'est relevée et a laissé les triplés s'entraîner. Ils ont vite appris. Après avoir fait les prénoms de tout le monde, ils ont commencé à monter un plan pour savoir comment utiliser leur nouveau code de manière à embêter leurs parents. Ils ont décidé de ne parler que de cette façon pendant le dîner ce soir-là, juste pour voir ce qui se passerait.

Jessi était contente de voir que les garçons avaient oublié, pour un moment, qu'ils étaient enfermés. Ils avaient arrêté d'être insupportables et s'amusaient bien. Elle s'est dit que ce serait peut-être le bon moment d'aborder le sujet de la fenêtre cassée. Peut-être réussirait-elle à leur faire dire qui était le responsable.

– Eh, les garçons, je suis sûre que vous aimeriez pouvoir sortir, non ? Tout ce que vous avez à faire, c'est de me dire lequel de vous a brisé la vitre.

Ils sont restés silencieux tous les trois.

– Allez, ce n'est pas si grave. Vous préférez être punis jusqu'à la fin de votre vie ?

Silence.

– Ça ne vous dérange pas de ne plus avoir d'argent de poche ?

Les triplés l'ont ignorée.

Jessi a réfléchi pendant un moment. Peut-être qu'elle pourrait les avoir en faisant semblant de connaître le coupable.

– Dis donc, Byron. Quand tu as lancé cette balle dans la fenêtre…

– C'était pas moi ! s'est-il défendu sans réfléchir.

– Ha, ha ! s'est écriée Jessi.

– Moi non plus ! ont protesté Adam et Jordan en même temps.

Tant pis pour Jessi. Déçue, elle a laissé les triplés s'entraîner à leur nouvelle langue. S'ils étaient tellement entêtés, tant pis pour eux, elle n'allait pas les forcer à se faire aider. Ce n'était pas son problème s'ils voulaient rester enfermés jusqu'à leur quatre-vingt-douzième anniversaire.

9

Le lendemain, les cours m'ont paru interminables. J'étais incapable de me concentrer sur ce que disaient les profs. Tout ce que j'étais capable de faire, c'était de penser à mon problème avec M. Zorzi et à la manière dont je pourrais le résoudre.

Et voilà ce qui s'est passé.

En allant manger, j'ai vu que Grace Riverson marchait juste devant moi. Susan Taylor était avec elle et il y avait une autre de leurs amies, une fille rousse. Elles parlaient à voix basse et rigolaient aussi. Je les ai suivies sans vraiment savoir pourquoi.

Elles ont commencé à se diriger vers la cafétéria, mais

Grace s'est tout à coup arrêtée et elle est entrée dans les toilettes des filles, avec ses copines sur les talons.

Je suis restée derrière la porte pendant à peu près trente secondes en me demandant ce qu'aurait fait Miss Marple, l'héroïne d'Agatha Christie, à ma place. Puis, j'ai poussé doucement la porte et j'ai jeté un coup d'œil à l'intérieur.

Il y a quatre cabines de toilettes. Trois d'entre elles étaient occupées par Grace et ses amies. Je me suis précipitée dans la quatrième avant d'avoir le temps de changer d'avis.

La chasse d'eau des toilettes à côté des miennes s'est mise en route juste à ce moment-là, et j'ai entendu quelqu'un marcher vers les lavabos. L'eau a coulé pendant une minute. Puis j'ai entendu une fille dire :

– Honnêtement, Grace, tu as vraiment trop de chance.

Elle mâchait un chewing-gum bruyamment. Je me suis dit que ça devait être la fille rousse.

– Je sais, a répondu Grace qui venait juste de sortir des toilettes. Je n'arrive toujours pas à croire que je me sois sortie de cette histoire. J'ai simplement regardé M. Zorzi avec ce regard sincère et honnête et hop, il m'a laissée partir !

Ça alors ! Est-ce qu'elles étaient bien en train de discuter de ce à quoi je pensais ? Tout à coup, j'ai eu peur qu'elles découvrent que j'étais en train de les espionner. Mon cœur battait tellement fort que j'avais l'impression que tout le monde pouvait l'entendre.

– Et le pire, c'est que je ne me sens même pas coupable, a ajouté Grace. De toute manière, ça ne lui fait rien à elle d'avoir un F. Tu vois ce que je veux dire ?

– Ouais, qu'est-ce que c'est qu'une mauvaise note de plus pour Claudia Koshi ? est intervenue Susan Taylor.

Quoi ! Je n'en croyais pas mes oreilles ! J'étais furieuse. De quel droit parlaient-elles de moi comme ça ? J'ai senti mes joues s'enflammer, exactement comme la dernière fois avec M. Zorzi. Les larmes me sont montées aux yeux.

J'étais sur le point de faire irruption devant elles et leur faire la peur de leur vie, mais je me suis retenue. Je ne sais pas pourquoi... je me suis calmée aussi vite que je m'étais énervée. C'était comme si Miss Marple m'avait tapé sur l'épaule et avait murmuré à mon oreille. Peut-être que si je restais silencieuse, j'en apprendrais plus. Et peut-être que ce que j'entendrais pourrait m'aider à savoir ce qu'il faudrait que je fasse. J'ai écouté les conseils de Miss Marple.

Après tout, le plus important était de prouver mon innocence – non pas à Grace, car elle le savait très bien, mais à M. Zorzi et au directeur.

J'ai respiré profondément et je me suis rassise sur les toilettes pour continuer à écouter. J'ai jeté un œil dans l'entrebâillement de la porte. Grace et ses amies étaient toujours là. Elles se regardaient dans la glace, se recoiffaient et prenaient des airs de stars. Susan Taylor a sorti une petite bombe de laque de son sac et a retouché sa permanente de mouton.

– Je n'aurais jamais fait ça si je n'avais pas été obligée, vous savez. C'était la première fois.

– Je sais, a dit Susan. Mais personne ne peut s'occuper de tant de choses et avoir toujours de bonnes notes.

– Oui, j'ai vraiment trop de trucs à faire. Il y a ce sketch que je dois mettre en scène pour le cours de théâtre, et cette rédaction pour le cours d'anglais...

– Ouais, et en plus, tu dois participer à l'organisation des olympiades du collège ! a fait remarquer la fille rousse. Comment pourrais-tu trouver le temps de réviser un stupide contrôle de maths ? Tu n'es pas non plus Superman !

Je n'en revenais pas. Est-ce que j'étais censée avoir pitié de Grace moi aussi ? Elle voulait jouer les stars du collège, bien sûr que ça prenait du temps !

– J'ai décidé ça quand j'ai entendu Claudia raconter à cette godiche de Mary Anne que sa sœur, Jane la surdouée, allait l'aider à travailler.

– Oui, c'est un vrai génie, a renchéri Susan. Et, en plus, qui aurait pu te soupçonner de copier sur Claudia ? Le crime parfait.

Elle s'est mise à rire.

C'en était trop. Non seulement elle avait copié sur moi, mais elle avait tout organisé depuis longtemps. Et, en plus, elle avait l'air d'en être fière.

Enfin, après ce qui m'a semblé une éternité, Grace et ses amies ont rangé leurs affaires et sont parties en faisant claquer la porte derrière elles. J'ai poussé un gros soupir et je suis sortie de ma cabine. J'ai secoué la tête. C'était incroyable.

Je me suis précipitée à la cafétéria pour tout raconter à mes amis.

Ils étaient déjà installés quand je suis arrivée. Je n'ai même pas fait la queue au self pour prendre quelque chose, j'étais trop énervée pour manger. Je me suis affalée à la table et j'ai dit :

– Vous ne croirez jamais ce que je viens d'entendre.

Mary Anne était assise à côté de Logan. Ils discutaient tous les deux, mais ils ont tout de suite levé les yeux quand j'ai pris la parole. Carla a reposé son sandwich au pain complet et au tofu (ça avait l'air dégoûtant) et s'est tournée vers moi. Kristy et Lucy étaient tout ouïe. (Jessica et Mallory n'étaient pas là : les sixièmes ne déjeunent pas à la même heure que nous.)

J'ai tourné la tête pour m'assurer que Grace et ses amies n'étaient pas juste derrière moi. Puis j'ai raconté toute l'histoire du début à la fin.

Kristy a explosé, furieuse.

– Quelle... quelle sale petite tricheuse !

Mary Anne avait l'air désolée pour moi.

– Ça a dû être horrible d'entendre tout ça. C'est vraiment trop méchant.

Lucy m'a juste regardée gentiment puis elle m'a souri .

– L'avantage, c'est que, du coup, tu sais ce que tu voulais savoir, non ?

– Oui, mais même si maintenant je suis certaine que c'est Grace qui a triché, je ne peux toujours pas le prouver. Si j'essaye de raconter tout ça à M. Zorzi, ce sera encore ma parole contre la sienne... et on sait très bien qui il croira.

Logan a acquiescé.

– Claudia a raison. Alors, qu'est-ce qu'on fait ?

Je suppose que Mary Anne lui avait tout raconté. C'était bon de savoir que j'avais une autre personne dans mon camp. Carla n'avait encore rien dit, mais elle est intervenue à ce moment-là :

– Donc, Claudia a résolu le premier problème : on sait qui a triché... et pourquoi. Maintenant on doit trouver comment amener M. Zorzi et le directeur à arriver aux mêmes conclusions.

Elle s'est tue pendant une minute puis a repris en chuchotant :

– On peut toujours essayer mon plan de l'autre jour. Vous savez… on pourrait vérifier dans le casier de Grace.

J'ai remarqué qu'elle n'avait pas utilisé le mot « fouiller »

Mary Anne a eu l'air choquée.

– Carla ! a-t-elle murmuré en parcourant la cantine des yeux. Chuut ! Ne parle pas de ça ici. Quelqu'un pourrait t'entendre et te prendre au sérieux !

– Mais je suis sérieuse. Je pense que c'est notre seule chance.

– Non, il doit y avoir un autre moyen, a répliqué Mary Anne.

– Je suis d'accord avec Mary Anne, a convenu Lucy. Je ferais n'importe quoi pour prouver ton innocence, Claudia. N'importe quoi. Mais pas ça. Ce serait aller trop loin.

J'ai dû admettre que Lucy avait raison. Mais qu'est-ce qu'on pouvait faire d'autre ?

– Attendez une minute ! s'est exclamée Kristy. Vous voulez que Claudia quitte le club, ou quoi ?

– Mais non voyons, a protesté Lucy.

Mary Anne a froncé les sourcils.

– Bien sûr qu'on ne veut pas perdre Claudia. Mais il doit y avoir un meilleur moyen de la garder.

Kristy s'est levée de sa chaise et a frappé du poing sur la table.

– Vous savez ce que dirait Jim dans un cas pareil ? Eh bien, il dirait : « Aux grands maux, les grands remèdes ! »

Je l'ai regardée. De quoi parlait-elle ?

Elle a dû voir que j'étais déconcertée

– Ça veut dire qu'il y a des situations désespérées et que, en cas d'urgence, on doit accomplir des choses qu'on n'aurait jamais imaginé faire sans ça.

J'ai hoché la tête. J'étais tout à fait d'accord. J'ai regardé Lucy qui, elle aussi, acquiesçait.

– Tu as raison, Kristy. Je crois qu'on devrait le faire. Et je serai contente de vous aider si ça peut permettre à Claudia de rester dans le club.

Carla a souri.

Mary Anne était la seule à n'être pas complètement convaincue. Elle avait toujours l'air inquiet.

– Je pense que vous avez tort. Mais si vous décidez de le faire quand même, soyez prudentes. Imaginez ce qui se passerait si vous vous faisiez prendre !

⑩

Comme je ne voulais surtout pas imaginer ce qui se passerait si on se faisait attraper en train de « vérifier » le contenu du casier de Grace, je me suis mise à chercher comment on allait s'y prendre avec mes amies.

Et nous avons passé le reste du déjeuner à en discuter. (Logan était parti, je pense qu'il ne voulait pas être mêlé à cette histoire.)

– Je crois que l'équipe d'organisation des olympiades a une réunion après l'école aujourd'hui, à trois heures, ai-je informé mes amies. Susan Taylor en a parlé quand elles étaient aux toilettes. Elle avait peur que ça se finisse après quatre heures et que, du coup, elle ne puisse pas aller faire des courses avec sa mère.

– Ma parole, tout ce qu'elle sait faire, c'est du shopping et des coiffures ridicules ! s'est moquée Kristy.

– On dirait bien, a répondu Carla. Bon, cette réunion tombe très bien. À trois heures, la plupart des autres élèves du collège seront partis et ceux qui restent, auront déjà rejoint les ateliers de théâtre et autres.

J'imaginais déjà M. Zorzi en train de me taper sur l'épaule pendant que j'étais en train de fouiller dans le casier de Grace.

– Ils seront encore là ?

Ça n'inquiétait pas du tout Carla.

– C'est vrai, mais ils ne savent pas à qui sont les casiers.

– M. Kingbridge le sait, lui, a souligné Mary Anne. Il est au courant des moindres détails qui concernent le collège.

(M. Kingbridge, c'est l'adjoint du directeur.)

– Oh, lui, s'est exclamée Carla. Il est à moitié aveugle.

Mary Anne en a eu le souffle coupé, puis elle a éclaté de rire en mettant sa main sur sa bouche.

– De toute manière, a continué Carla, il croira tout simplement que je suis devant mon casier. Tout ce qu'on a à faire, cet après-midi, c'est de rester à côté du casier de Grace comme si c'était le mien, et à rire et à parler devant.

Carla prenait sa mission très au sérieux. J'étais contente que ce soit elle qui fouille dans le casier de Grace. Je ne me sentais toujours pas très à l'aise avec toute cette histoire, même si c'était ma seule chance de m'en sortir.

Mary Anne n'était pas non plus très enthousiaste.

– Et si Grace te surprend ?

– Elle sera à sa réunion, Mary Anne, lui a expliqué patiemment Kristy.

Mary Anne est une vraie poule mouillée.

– Et si elle a oublié quelque chose et qu'elle revient le chercher ? a-t-elle insisté.

Hum. Ça nous a toutes laissées perplexes. Elle avait marqué un point.

– Aucun problème, a finalement assuré Lucy. Je monterai la garde à l'endroit où les deux couloirs se rejoignent. Si jamais elle arrive, je vous préviendrai.

– Génial ! a hurlé Carla. Et n'oublie pas non plus de surveiller Susan Taylor et la fille rousse.

La sonnerie a retenti. L'heure du déjeuner était terminée.

Le temps, c'est vraiment bizarre. Vous vous souvenez que je vous ai dit que mes cours du matin m'avaient paru durer une éternité ? Eh bien, alors que je n'avais pas spécialement envie d'arriver à la fin de la journée (j'avais trop peur de ce qu'on allait faire), les cours de l'après-midi sont passés à toute vitesse. Avant même que je m'en rende compte, l'heure de la sortie a sonné.

J'ai rejoint mes amies devant mon casier (c'est ce que nous avions prévu). Mallory et Jessica avaient été prévenues. Elles étaient aussi excitées que nous.

– Vous deux, rentrez chez vous, leur a dit Carla. Si on se fait prendre, on ne veut pas que vous soyez là.

– Elle a raison, ai-je renchéri. Mary Anne, tu devrais y aller aussi. On te racontera ce qui s'est passé.

Lucy était d'accord avec moi.

– Et puis Kristy, tu ferais mieux de ne pas rester non plus. Moins on sera, mieux ça vaudra.

Une fois les quatre autres parties, il ne nous restait plus

qu'à attendre qu'il soit trois heures. Ça paraissait simple, et pourtant...

Les minutes passaient avec une lenteur incroyable. Au début, il y avait encore beaucoup d'élèves dans le hall, mais après le départ des bus scolaires, il ne restait plus que les élèves qui allaient au club d'espagnol, ou à un entraînement de foot. Ni Grace ni aucune de ses amies n'étaient en vue.

D'abord, on s'est regroupées autour de mon casier pendant un moment. Puis Lucy s'est rendu compte qu'elle avait oublié sa veste. On est allées la chercher toutes ensemble. Il n'était toujours pas trois heures.

J'étais complètement stressée. Un mot me hantait : « effraction ». C'est ce que disent les journaux quand ils parlent d'un cambrioleur. Est-ce qu'on était sur le point de commettre une « effraction » ?

Pour passer le temps, on est allées aux toilettes. Il ne fallait pas rester trop longtemps à la même place au cas où M. Kingbridge nous remarquerait et trouverait ça bizarre.

En me retrouvant dans les toilettes, j'ai repensé à tout ce que Grace et ses amies avaient dit sur moi. Ça m'a mise en colère et ça m'a donné du courage.

Enfin, il a été trois heures. On est sorties dans le couloir. Il était désert.

– Bon, très bien, a déclaré Carla. Lucy, à ton poste.

Lucy s'est mise à rire nerveusement.

– Allez, Lucy. C'est sérieux. Maintenant, n'oublie pas de venir en courant si tu vois Grace ou une de ses copines. Ou M. Kingbridge, bien sûr !

– Oui, chef ! lui a répondu Lucy en lui adressant un salut militaire.

Puis elle nous a souhaité bonne chance et a rejoint son poste. Carla et moi sommes allées au casier de Grace. Carla a regardé autour d'elle et s'est penchée sur le cadenas. Elle a fait tourner les numéros et a ouvert le casier.

Houlà ! Une avalanche de bouts de papier chiffonnés, de vieux cahiers, de crayons mâchouillés nous est tombée dessus.

– C'est qui ? ai-je demandé en attrapant au vol une photo du type le plus beau que j'aie jamais vu.

– Arrête, Claudia. Ce n'est pas le moment ! Vite ! Remets-la avant que quelqu'un arrive.

Elle avait raison. Je me suis baissée et j'ai ramassé un tas de paperasse que j'ai fourré dans le casier. Honnêtement, Grace est une vraie souillon. J'ai jeté un œil aux papiers en les remettant en place, mais il n'y avait rien d'intéressant.

– Regarde sur l'étagère du dessus, m'a conseillé Carla.

Je me suis mise sur la pointe des pieds et j'ai regardé à l'intérieur du casier.

– Un maillot de bain, une brosse à cheveux, le règlement du collège (« Super ! » ai-je pensé). Et, qu'est-ce que c'est ? Beurk ! Une vieille orange pourrie !

J'ai vite retiré mes mains.

– Chut ! Écoute !

J'ai tendu l'oreille... Zut ! Des bruits de pas qui se dirigeaient vers nous. On a essayé de prendre l'air dégagé.

– Au fait, tu as compris le devoir d'anglais ? ai-je demandé à Carla en voyant le gardien au bout du couloir.

Carla et moi, on n'est même pas dans la même classe en anglais, mais je ne pense pas que le gardien le savait. Il est passé devant nous en poussant un chariot. Il ne nous a même pas regardées.

– Bon, passons aux choses sérieuses, a déclaré Carla. On cherche un petit mot.

Elle a commencé à fouiller dans les papiers de Grace et moi, j'ai regardé à l'intérieur de la porte. Il y avait les trucs habituels : un miroir, des autocollants, des posters de chanteurs mignons… mais là, coincé dans la fente, qu'est-ce que c'était ? J'ai retiré un petit bout de papier rose. Un mot.

– Carla, écoute ce qu'il y a d'écrit. « Félicitations pour ton A moins. Qui aurait pu deviner que C. K. aurait autant de bonnes réponses ? »

C. K. C'était moi. C'était évident ! J'ai fourré le mot dans ma poche et Carla a refermé la porte. On a couru dans le couloir et on a pris Lucy au passage. Ensuite, on s'est effondrées contre le mur. Victoire !

Puis, j'ai réalisé quelque chose d'affreux. Ce mot ne servirait à rien. Si je le montrais à M. Zorzi ou au directeur, ils voudraient savoir où je l'avais eu. Et si je ne pouvais pas leur répondre (ce qui serait le cas), ils n'auraient aucune raison de croire que c'était une amie de Grace qui l'avait écrit.

– Partez devant, ai-je suggéré à Carla et Lucy. Je viens de me rappeler que j'avais besoin d'un livre qui est dans mon casier.

Je suis retournée en courant au casier de Grace et j'ai remis le mot dans la fente. Je ne pourrais rien en faire et, en le remettant à sa place, je me suis sentie un peu moins coupable.

Je me suis aussi sentie très déprimée. Il n'y avait décidément rien à faire. J'allais devoir me coltiner ce F.

11

– Tu as fait quoi ? a hurlé Carla. Je ne peux pas croire que tu aies fait ça !
C'était à l'heure du déjeuner, le lendemain de notre fouille. Carla avait raconté à tout le monde les détails de notre aventure et de notre trouvaille... avant que j'avoue avoir finalement remis le mot dans le casier.

– Après tout le mal qu'on s'est donné ! s'est exclamée Lucy. Oh, bon, je suppose que tu as raison. Tu ne pouvais pas l'utiliser comme preuve sans te mettre dans une situation délicate.

– C'est vrai, a renchéri Kristy. Mais j'aurais bien aimé voir la tête de Grace si tu lui avais mis ce mot sous le nez !

Mary Anne m'a regardée et m'a souri.

– Tu as bien fait, Claudia. Je suis très fière de toi.

– Mm… le seul problème, c'est que j'en suis toujours au même point. Je n'ai aucune autre idée. Je suis coincée.

Pendant quelques minutes personne n'a rien dit. Puis j'ai brisé le silence :

– Et pour couronner le tout, j'ai bientôt un autre contrôle de maths. Qu'est-ce qui va se passer si je n'ai pas un A ? Je n'ose même pas imaginer.

Lucy a essayé de me rassurer.

– Ne t'inquiète pas, Claudia. Je vais t'aider à réviser. Tu pourras enchaîner les A si tu travailles dur.

Elle s'est arrêtée et a réfléchi quelques secondes avant de reprendre :

– Mais peut-être que tu devrais demander à M. Zorzi si tu peux t'asseoir à une autre place le jour du contrôle. Il ne faudrait pas que tout recommence comme la dernière fois.

Elle avait raison. Grace avait triché une fois, il n'y avait aucune raison qu'elle ne recommence pas.

– C'est vrai, tu as raison. Je vais le lui demander. Mais on n'a toujours pas trouvé comment prouver que c'était Grace la tricheuse et pas moi.

– Ça y est ! a hurlé Kristy.

Elle avait été silencieuse pendant un moment : elle devait être en train de réfléchir.

– Rappelez-vous quand j'ai réussi à faire avouer Cokie Mason.

– Ouais ! a hurlé Carla. C'est vrai. Vous vous rappelez quand elle a écrit ces lettres de menace à Kristy ? Elle s'est finalement dénoncée elle-même sans faire exprès.

– Et ce n'est pas la seule fois où on l'a eue, a continué Mary Anne. Vous vous souvenez quand elle a essayé de nous faire croire à son histoire de malédiction ?

– Tu as raison, a souri Kristy. Elle est tombée droit dans notre piège. Et si ça a marché avec Cokie, ça marchera avec Grace.

– Oui ! s'est exclamée Lucy en me faisant un grand sourire. C'est encore mieux si Grace elle-même prouve qu'elle est coupable.

J'ai hoché doucement la tête.

– D'accord, ai-je acquiescé. Je vais essayer...

– Maintenant, tu dois trouver comment la coincer devant M. Zorzi, a conclu Mary Anne au moment où la cloche a sonné.

L'heure du déjeuner était terminée.

La craie a grincé sur le tableau noir pendant que M. Zorzi dessinait un diagramme compliqué. On était lundi et le cours de maths allait commencer. J'avais pratiquement passé tout le week-end à réfléchir à des pièges pour Grace, mais je n'en avais pas trouvé beaucoup. J'étais quand même impatiente de mettre en œuvre mes trouvailles.

J'ai décidé de ne pas perdre une minute. Ma première idée était de donner un petit coup de pouce à Grace pour qu'elle se confesse. J'allais multiplier les sous-entendus pour qu'elle sente que j'avais compris son petit manège, comme on dit :

– Oh ! me suis-je exclamée en regardant dans mon cahier. Je ne trouve plus ma copie du dernier polycopié.

J'ai insisté sur le mot copie et j'ai regardé Grace.

– Est-ce que quelqu'un aurait une copie que je pourrais emprunter ? Je n'ai pas envie de tricher avec M. Zorzi pour en avoir une autre.

Grace m'a regardée d'un air perplexe. Et certains élèves m'ont aussi regardée bizarrement.

J'ai bien remarqué leurs coups d'œil. C'était plutôt amusant.

– Est-ce que je peux te voler ta copie une minute, Grace ? J'en ai vraiment besoin et ce n'est pas un mensonge.

J'espérais que Grace craquerait et avouerait tout en entendant tous ces mots. Mais elle m'a juste regardée comme si j'étais devenue folle.

– Bien sûr, tu peux me l'emprunter. Mais je ne crois pas qu'on va en avoir besoin aujourd'hui.

J'étais déçue. Grace n'avait pas l'air d'avoir compris le message. Je suppose qu'elle ne se sentait pas assez coupable. Ça n'allait pas être aussi facile que ça de la faire craquer.

– Tiens, Claudia, m'a-t-elle dit en me tendant le polycopié.

– Oh, ce n'est pas la peine.

– Claudia ! Grace ! nous a interpellées M. Zorzi. Est-ce qu'on peut commencer ?

J'avais été tellement absorbée à essayer de piéger Grace que je n'avais même pas remarqué qu'il était devant le tableau, prêt à commencer le cours.

– Oui, ai-je répondu.

Grace, elle, était toujours en train de me tendre le polycopié. Elle a haussé les sourcils et a secoué la tête puis elle a reposé sa feuille.

Oh, non. J'avais vraiment espéré que ce plan marcherait. Peut-être que ça aurait été le cas si j'avais pu continuer plus longtemps. Je n'avais pas d'autres idées pour piéger Grace. Qu'est-ce que j'allais faire ?

M. Zorzi a parlé des nombres entiers. Je n'ai pas vraiment compris ce qu'il racontait, mais ce n'est pas étonnant parce que je ne l'écoutais pas. J'étais occupée à réfléchir.

Comment prouver que Grace avait copié sur moi ? D'abord, j'ai décidé que je devais montrer que c'était possible qu'elle lise mes réponses de sa place. Mais comment faire ? Lui faire passer un test de vue ?

Tout à coup, la réponse a surgi dans mon esprit. J'ai pensé à cet autocollant que j'avais vu à l'arrière d'une voiture :

SI VOUS POUVEZ LIRE ÇA, VOUS ÊTES TROP PRÈS.

L'autocollant était imprimé en toutes petites lettres pour qu'on ne puisse le lire que si on était vraiment collé à la voiture.

J'ai regardé mon cahier. Je n'avais même pas pris une note sur ce que M. Zorzi venait de dire. Et devinez ce que j'ai écrit au milieu de la page ? J'ai écrit avec des lettres de la même taille que d'habitude (comme ça ce serait un bon test de la vue de Grace), et voilà ce que j'ai inscrit :

Si tu peus lire sa, tu es une tricheuse et tu ferais mieu de l'avouer !

J'ai relu mon mot et j'ai failli éclater de rire. Ça devait marcher. Il ne me restait plus qu'à attendre que Grace remarque ce que j'avais écrit. Quand elle le lirait, elle deviendrait sûrement écarlate et elle dirait sans doute quelque chose de compromettant.

Il n'y avait qu'un problème. Contrairement à moi, Grace

écoutait M. Zorzi. Elle prenait des notes sur tout ce qu'il disait. Elle n'avait aucune raison de me regarder et encore moins de regarder ma feuille.

Il fallait que j'attire son attention. D'abord, je me suis éclairci la gorge.

– Hum, hum !

Ça n'a pas marché. Du coup, j'ai tapoté sur mon bureau avec mon crayon, en espérant qu'elle lèverait les yeux pour voir d'où venait le bruit. Mais elle avait l'air concentrée sur son cahier.

– Psst… Grace ! ai-je murmuré aussi doucement que j'ai pu.

Elle n'a pas eu l'air de m'entendre.

La seule chose que j'ai gagnée, c'est de me faire remarquer par d'autres élèves. Ils m'ont regardée en se demandant ce que j'allais faire.

« Aux grands maux, les grands remèdes. » Je me suis étirée en bâillant à me décrocher la mâchoire.

M. Zorzi m'a aussitôt rappelée à l'ordre.

– Claudia Koshi ! Qu'est-ce que tu fabriques ?

Oups.

– Excusez-moi, monsieur Zorzi, lui ai-je dit en lui faisant mon plus charmant sourire.

– Je suppose que tu connais tout sur les nombres entiers, et que tu n'as pas besoin de les revoir avec nous.

Eh bien, ça m'a fait retomber sur terre. Après tout, même si j'arrivais à prouver la culpabilité de Grace, j'avais quand même besoin de suivre les cours. Et ce n'était pas exactement ce que j'étais en train de faire ce jour-là.

– Oui, monsieur Zorzi, ai-je répondu sans réfléchir. Je veux dire, non, monsieur Zorzi. Je vais écouter. Je suis désolée.

J'ai entendu des rires derrière moi. Je me suis retournée pour voir qui riait et j'ai vu un élève en train de faire le signe « elle est toc-toc » en me désignant du menton.

Je me suis dit qu'il valait mieux que je me reprenne. Mes plans n'avaient pas fonctionné comme je voulais. J'ai décidé de laisser tomber et d'écouter le cours.

J'ai pris une page vierge de mon cahier et je me suis retournée pour regarder les notes que Grace avait prises. Et là, j'ai eu une révélation. Bien sûr ! Tout ce que je devais faire pour prouver qu'elle pouvait lire ma copie, c'était de montrer que je pouvais lire la sienne.

Je me suis penchée un peu plus pour mieux voir. Grace était en train de griffonner :

Alors après il a dit «Eh bien, j'ai entendu dire que Susan avait dit à Jason que tu allais m'inviter au cinéma.» Et donc je lui ai dit...

Oh ! là, là, là, là ! Grace ne prenait pas du tout des notes sur le cours ! Elle était en train d'écrire un mot à une copine !

Et ça avait l'air palpitant. Je me suis penchée un peu plus pour continuer à lire :

... mais Susan a dit que Jason lui avait dit que j'avais de super beaux cheveux...

J'étais complètement absorbée par ce que j'étais en train de lire et je n'ai même pas entendu M. Zorzi m'appeler. Mais il devait essayer d'attirer mon attention depuis un bout de temps parce que, juste au moment où j'étais sur le point de lire quelque chose d'intéressant, j'ai senti une main sur mon épaule. J'ai dû faire un bond de six mètres !

– Claudia ! a fait M. Zorzi en secouant la tête.

J'ai levé les yeux sur lui, la bouche ouverte. Je n'ai pas su quoi dire. Je ne pouvais pas croire que je venais d'être surprise en flagrant délit d'espionnage alors que, justement, j'essayais de prouver que j'étais incapable de copier !

Juste à ce moment-là, la sonnerie a retenti. J'ai eu de la chance, le cours était terminé.

12

Mardi

Mal, tu es génialle! Bravo! Tu as enfin réussi à faire «dépunir» les triplés! Il fallait le fère. Ils allaient finir par tous nous rendre fous! Je n'avais jamais vu trois garssons d'aussi mauvèze humeur. Quand je suis arrivée chez toi, ils n'ont pas eu l'aire du tou contents de me voir!

Essaye de ne pas le prendre comme une attaque personnelle, Claudia. Ils en avaient juste vraiment assez d'être enfermés. Mais ça va aller mieux, maintenant.

Mallory et moi, nous avons gardé ses frères et sœurs et vous pouvez imaginer que les triplés étaient d'une humeur massacrante. Ils n'avaient toujours pas avoué qui avait cassé la vitre, ce qui faisait qu'ils étaient toujours punis. Ils n'étaient toujours pas sortis, n'avaient toujours pas vu leurs copains et ne pouvaient toujours pas téléphoner. Quand je suis arrivée chez eux, ils m'ont à peine dit bonjour.

Ce qui embêtait le plus les triplés, ce n'était pas d'être enfermés, c'était de ne plus avoir d'argent de poche. Ça voulait dire pas de barres au chocolat, pas de B.D., rien... « Même pas un petit chewing-gum », s'était plaint Adam.

Je compatissais, mais en tant que baby-sitter, je devais faire respecter les règles de Mme Pike, et ça ne plaisait pas aux triplés. Ils en avaient assez de rester à l'intérieur, assez du javanais, ils en avaient même assez de la langue de feu que Jessi leur avait apprise, ils en avaient assez de tout. Mallory m'a suggéré d'emmener les petits dehors.

– Je vais garder un œil sur les triplés, Claudia. J'ai réfléchi à une solution pour résoudre ce problème. Et il doit être résolu, ou sinon je vais devenir dingue.

– D'accord, Mal. Ça me va.

J'ai regroupé les autres enfants et je les ai emmenés dehors pendant que Mallory s'occupait des triplés.

Adam, Jordan et Byron étaient allongés par terre dans le salon et jouaient avec leurs petites voitures. Mallory s'est assise et a fait mine d'ignorer leurs regards noirs. Mais elle en avait vraiment assez de les voir de mauvaise humeur.

– J'ai une idée, les garçons.

– Ah, ouais ? a dit Adam.

– Et alors ? a ajouté Jordan.

– C'est rare ! s'est exclamé Byron.

– Je suppose que ça ne vous intéresse pas de savoir

comment ne plus être punis et récupérer votre argent de poche. C'est dommage...

Et elle s'est levée et a quitté la pièce.

– Attends ! se sont exclamés les garçons en chœur.

Puis ils l'ont suppliée de leur expliquer son idée.

– Eh bien, vous avez déjà entendu parler des reconstitutions de crimes dans les films ou les romans policiers ? Quelquefois quand on rejoue la scène, brusquement, tout devient évident. Et on se rend compte que la personne qui avait l'air innocent est coupable depuis le début.

Les triplés ont hoché la tête.

– Alors, qu'est-ce que vous diriez de reconstituer ce crime ?

Les garçons ont échangé des regards, dubitatifs d'abord, puis de plus en plus amusés.

– On commence quand ? a demandé Jordan.

Mallory leur a dit qu'ils devraient faire tout leur possible pour recréer les circonstances exactes du fameux « crime ».

– Pensez à ce jour-là. Essayez de vous rappeler tout ce qui s'est passé.

Les triplés ont réfléchi, ils ont eu une rapide discussion à voix basse et Adam s'est tourné vers Mallory.

– Attends ici, lui a-t-il dit.

Les garçons se sont précipités à l'étage et, quand ils sont redescendus, Mallory a éclaté de rire : ils s'étaient changés et avaient mis exactement les mêmes vêtements que ceux qu'ils portaient le jour de l'accident !

– Super, les garçons. Maintenant, je sais que maman ne veut pas que vous sortiez, mais je crois qu'on peut faire une exception. Après tout, comment pourrait-on reconstituer le crime si on n'est pas sur les lieux du crime ?

Les garçons ont attrapé leurs affaires de base-ball et ont suivi Mallory dehors.

– Oups ! s'est exclamé Byron. J'ai oublié mon gant !

Il est retourné en courant dans la maison.

– Il ne l'a pas vraiment oublié, a expliqué Jordan. Il fait semblant. Le jour de l'accident, il avait vraiment oublié son gant. Alors, il fait pareil.

Mallory a écarquillé les yeux. Les triplés prenaient vraiment tout ça très au sérieux. Ils avaient l'air de penser que chaque petit détail comptait. Adam s'est même souvenu de toutes les blagues qu'il avait racontées.

Enfin, ils en sont arrivés à ce qui s'était passé pour que la balle passe par la fenêtre. Et, à ce que m'a dit Mallory plus tard, elle a tout de suite vu qui était fautif : tout le monde et personne.

Voilà ce qui s'était produit.

Jordan était le lanceur, Byron le batteur et Adam le receveur. Jordan a lancé une balle vraiment très fort, dans les airs, et elle était « out ». Byron l'a frappée alors qu'il n'aurait pas dû. Elle a rebondi sur sa batte et il a vu qu'elle fonçait vers la maison. Il a hurlé à Adam de l'attraper, mais Adam a mal calculé son coup et il l'a ratée. Puis la balle est passée à travers la fenêtre du sous-sol. Et vous connaissez la suite.

Mallory nous a dit qu'elle avait été soulagée d'avoir enfin trouvé ce qui s'était passé et que les triplés avaient l'air contents d'avoir raconté leur histoire. Ils avaient gardé le silence trop longtemps.

Ensuite, ils nous ont tous les quatre rejoints et nous avons joué ensemble dans le jardin jusqu'au retour de Mme Pike.

Dès que sa mère est sortie de sa voiture, Mallory a couru à sa rencontre.

Les triplés ont recommencé leur reconstitution devant leur frère, leurs sœurs et leur mère. Personne n'a eu besoin d'expliquer quoi que ce soit à Mme Pike : elle a tout de suite compris que l'accident n'était de la faute de personne.

– Adam, Byron, Jordan !

Ils se sont attroupés autour d'elle.

– Vous êtes officiellement « dé-punis » !

Les triplés ont poussé des hourras et se sont tapé dans les mains. Puis ils se sont tournés vers Mallory.

– Merci, Mal ! a hurlé Byron.

– Tu nous as sauvés ! s'est exclamé Adam.

– Tu es la meilleure ! lui a dit Jordan en la serrant dans ses bras à l'étouffer.

La reconstitution avait été un véritable succès.

Ce soir-là, après le dîner, je suis allée dans la chambre de Jane et je lui ai demandé si elle avait du temps pour discuter. Elle a immédiatement éteint son ordinateur et m'a écoutée pendant que je lui racontais tout ce qui s'était passé à l'école.

Je lui ai parlé de la conversation que j'avais surprise dans les toilettes des filles. Je lui ai raconté comment Carla et moi, on avait fouillé dans le casier de Grace. Et je lui ai même raconté les trucs débiles que j'avais essayés pour que Grace craque et avoue.

Jane a tout écouté sans faire un commentaire. Tout ce qu'elle a dit c'est : « Oui ? » et « Et après ? » Elle a été très compréhensive et j'étais contente.

Puis je lui parlé de ce qu'avait fait Mallory avec les triplés ce jour-là. Elle a d'abord ri, mais ensuite elle a hoché la tête comme si elle comprenait très bien.

– Alors, est-ce que tu crois que ça pourrait marcher pour moi ?

– Qu'est-ce qui pourrait marcher, Claudia ?

Je suppose qu'elle n'avait pas suivi le fil de mes pensées.

– Une reconstitution !

J'étais surexcitée. Ça me semblait être une idée vraiment géniale.

– Il faudrait que M. Zorzi nous laisse, Grace et moi, reconstituer le contrôle ! Comme ça, il verrait tout de suite ce qui s'est passé ce jour-là.

– Doucement, Claudia. Tu oublies quelque chose d'évident. Tout ce que Grace aura à faire, c'est de faire semblant de ne pas avoir triché !

Je me suis sentie vraiment idiote. Comment avais-je pu oublier ça ? C'était impossible que Grace s'incrimine elle-même pendant une reconstitution. Et je devais admettre que c'était une bonne actrice. Elle avait tout de suite convaincu M. Zorzi de son innocence.

Quelle idée stupide, cette reconstitution ! Jamais je ne pourrais prouver mon innocence, c'était évident.

– C'est vraiment dur pour toi, toute cette histoire, hein ? m'a demandé gentiment Jane.

Je l'ai regardée et j'ai haussé les épaules en ravalant mes larmes.

– Ne t'inquiète pas. Grace ne va pas s'en sortir comme ça.

Jane a souri mystérieusement comme si elle était en train de préparer quelque chose. Mais j'étais certaine que même mon génie de sœur ne pourrait résoudre mon problème.

– Ça n'a plus tellement d'importance, ai-je ajouté.

Puis je lui ai dit que j'allais me coucher et nous nous sommes dit bonne nuit. Ou plutôt je lui ai dit bonne nuit parce qu'elle avait l'air d'être dans un autre monde. Je me demande même si elle a remarqué que je sortais de sa chambre. Elle est restée assise à sourire toute seule.

13

« Ça n'a plus tellement d'importance. » C'était ce que j'avais dit à Jane, et je devais m'en convaincre. Il fallait que j'arrive à faire comme si je m'en fichais complètement d'être accusée d'avoir triché.

Si je persuadais tout le monde que ça n'avait pas d'importance, peut-être que je commencerais aussi à y croire. Et que j'oublierais tout ça.

Je me suis entraînée en me nettoyant la figure et en me lavant les dents. Je me répétais en boucle : « Ce n'est pas grave ! Je m'en fiche ! Ce n'est pas grave ! Je m'en fiche ! »

J'ai continué à me le dire en enfilant mon pyjama et en me couchant. « Ce n'est pas grave ! Je m'en fiche ! » Et avant même de m'en rendre compte, je m'étais endormie.

Le lendemain, je me suis réveillée tôt et je suis restée dans mon lit en pensant à ce que j'allais mettre. Quelle tenue conviendrait le mieux à mon nouvel état d'esprit ? J'ai décidé que quelqu'un qui était dans mon état d'esprit (ou tout du moins celui que je voulais atteindre) devait s'habiller de manière très extravagante.

J'ai décidé de devenir une Mlle Bille.

Est-ce que vous connaissez Mlle Bille ? C'est le personnage principal d'une série géniale pour enfants : *Le Bus magique.* Mlle Bille est un professeur farfelu qui emmène ses élèves dans des voyages ahurissants. Une fois, par exemple, ils sont partis à l'intérieur du corps humain !

Enfin bon, vous devez vous demander ce que tout ça a à voir avec ma tenue. Eh bien voilà : je n'ai jamais vu quelqu'un qui s'habille de façon aussi extravagante que cette fameuse Mlle Bille ! Lors du voyage dans le corps humain, elle portait une robe avec des yeux, des oreilles et des nez partout. Et sur ses chaussures, il y avait des langues ! Dans un autre épisode, elle porte une robe en forme de chenille et sur ses chaussures, des papillons remplacent les lacets.

J'adore comme elle s'habille.

J'ai donc décidé que mon thème du jour serait la mer. J'ai enfilé une jupe bleue avec des poissons tropicaux de couleurs vives dessus. Puis j'ai mis une chemise verte. Je me suis dit qu'elle pourrait représenter les algues. Je me suis fait une queue-de-cheval sur le côté, et je l'ai attachée avec une barrette étoile de mer que j'avais faite l'été dernier.

– Claudia ! m'a appelée ma mère. Tu vas être en retard !

Je me suis précipitée dans mon armoire et j'en ai sorti une paire de chaussures. C'était ces chaussures en plastique qu'on appelle des « méduses » et que j'avais décorées avec des autocollants d'hippocampes et de coquillages. Je me suis regardée dans la glace en les enfilant. C'était peut-être un peu trop ? J'ai secoué la tête. C'était génial. Je ressemblais à une personne qui se fichait pas mal de la note qu'elle avait eue à ce stupide contrôle de maths.

Je suis descendue en courant prendre mon petit déjeuner. Quand maman m'a vue, elle m'a fait un grand sourire.

– Quelle tenue intéressante, chérie !

Mes parents sont vraiment super. Ils me laissent m'habiller comme je veux.

J'ai ri et j'ai parlé pendant tout le petit déjeuner. Jane m'a regardée plusieurs fois d'un drôle d'air. Elle devait me trouver vraiment bizarre, surtout après le désespoir que j'affichais encore la veille. Mais elle ne savait pas qu'elle avait devant elle la Nouvelle Claudia. La Claudia qui s'en fichait.

J'ai passé une bonne journée au collège ce jour-là, la meilleure journée depuis un bon moment. J'ai écouté attentivement tous les cours et j'ai même levé la main plusieurs fois quand je pensais avoir la bonne réponse. Mes profs ont eu l'air content de moi.

Et mes amis aussi.

Au déjeuner, tout le monde a voulu savoir comment j'avais fabriqué ma barrette et où j'avais acheté ma jupe. Je me suis installée avec mes amis et on a parlé de tout sauf de contrôles, de maths et de tricherie.

À un moment, Kristy a commencé à nous raconter quelque chose que Grace avait fait pendant le cours d'anglais, mais Lucy l'a fusillée du regard et elle s'est tue. J'ai de la chance d'avoir une meilleure amie si attentionnée.

Personne n'aurait pu imaginer que la fille à la tenue extravagante (celle qui riait et bavardait avec ses amis) pouvait s'intéresser à ses notes.

À la fin de la journée, j'étais exténuée. Je savais que je m'en étais bien tirée et que tout le monde avait cru que je m'en fichais, mais est-ce que, moi, j'en étais convaincue ? Pas vraiment. J'avais toujours cette boule dans le ventre. Je ne supportais pas d'avoir été accusée de tricherie, et je détestais l'idée d'avoir un F sur mon bulletin au lieu d'un A moins.

Quand la sonnerie a retenti, je suis allée à mon casier et j'y ai rangé mes affaires. Je n'avais pas de baby-sitting ce jour-là et j'avais donc prévu de passer du temps sur un collage.

Je me dirigeais vers la sortie, perdue dans mes pensées, quand quelqu'un m'a frôlée en passant à côté de moi. Jane ! J'ai fait demi-tour et je lui ai couru après.

– Qu'est-ce que tu fais là ?

– J'ai décidé qu'il était temps de faire quelque chose à propos de ton histoire. J'ai toujours eu de bonnes relations avec le directeur quand j'étais au collège. Il devrait se souvenir de moi.

Se souvenir d'elle ! Les profs et les directeurs n'oublient jamais Jane. Dans cinquante ans, elle sera encore leur référence d'élève modèle !

– Je sais que tu n'as pas triché, Claudia. Et je vais aller discuter de ce contrôle avec le directeur.

Je ne pouvais pas y croire. Tout ce que je voulais, c'était oublier cette horrible histoire.

– Je croyais t'avoir dit de rester en dehors de ça !

– Non, tu as dit à maman et à papa de rester en dehors de ça. Tu n'as jamais dit que je ne pouvais pas t'aider.

– Mais qu'est-ce que tu vas lui dire ?

Je ne voulais pas que le directeur apprenne ce qui s'était passé depuis le jour du contrôle. S'il savait, j'aurais encore plus d'ennuis.

– Ne t'inquiète pas. Je vais juste lui dire que tu as travaillé dur et que tu étais bien préparée pour le contrôle. Je ne vais pas lui dire un mot à propos de la conversation que tu as surprise dans les toilettes.

– Et tu ne diras rien pour le casier de Grace, hein ?

– Enfin, Claudia ! Bien sûr que non !

Nous avons continué de discuter jusqu'au bureau du directeur. Jane avait l'air tellement déterminée que je me suis sentie pleine d'espoir. Peut-être que ce n'était pas une si mauvaise idée après tout. Je lui ai souri et lui ai murmuré dans l'oreille :

– Merci !

Elle a toqué, a attendu qu'on lui dise d'entrer et elle a refermé la porte derrière elle.

Je suis restée dans le couloir et j'ai attendu. J'étais terriblement nerveuse. L'école était plongée dans le silence, je pouvais même entendre le tic-tac de la pendule accrochée au-dessus de la porte.

Les minutes ont passé, longues et interminables. Depuis combien de temps Jane était-elle dans le bureau ? J'ai consulté la pendule, mais j'ai constaté avec dépit qu'il ne s'était écoulé qu'un petit quart d'heure. Puis j'ai entendu des pas. J'ai relevé la tête et j'ai vu M. Zorzi qui s'avançait vers moi.

Il m'a salué d'un signe de tête, mais j'ai eu l'impression qu'il évitait de croiser mon regard. Je l'ai regardé entrer dans le bureau du directeur, de plus en plus angoissée. Qu'est-ce qui se passait donc à l'intérieur ? Et puis, la porte s'est ouverte en grand. J'ai vu le directeur sur le pas de la porte en train de me sourire.

– Tu peux entrer, Claudia.

J'ai fixé mes chaussures. Oh, non ! Tout à coup, je me suis sentie un peu idiote dans ma tenue extravagante. Je ne l'aurais jamais mise si j'avais su que j'allais me retrouver dans le bureau du directeur.

J'ai pris une profonde inspiration et je lui ai souri. M. Zorzi et Jane étaient assis et discutaient comme les meilleurs amis du monde.

– S'il te plaît, assieds-toi, Claudia, m'a priée le directeur.

J'ai pris place à côté de Jane. Je me suis tenue bien droite et j'ai posé mes mains sur mes genoux en essayant d'avoir l'air d'une jeune fille gentille et tout à fait normale, et non d'une sirène sortie de l'océan.

Jane m'a souri, comme pour me dire que tout irait bien.

– Claudia, a commencé le directeur, Jane m'a raconté que tu avais beaucoup étudié pour ton contrôle.

J'ai hoché la tête. J'avais peur de parler.

– Et elle m'a aussi dit qu'elle était certaine que tu connaissais bien ton cours.

J'ai hoché la tête de nouveau. Jane en avait toujours été persuadée, et même sans doute plus que moi !

– Quelle impression avais-tu quand tu as rendu le contrôle ce jour-là ?

Je me suis éclairci la gorge.

– Je me sentais bien. Je savais que j'avais bien répondu. Je me disais que tous ces efforts avaient porté leurs fruits.

Jane a hoché la tête pour m'encourager.

– Et tu aimerais que l'on croie que tu n'as absolument pas regardé sur la copie de quelqu'un d'autre ?

Le directeur me regardait droit dans les yeux.

– Exactement, ai-je répondu d'une voix claire. Je n'ai pas triché.

– Eh bien, a continué le directeur, j'ai toujours pensé que tout le monde méritait d'avoir une chance de prouver son innocence. La présomption d'innocence, c'est la base de notre système judiciaire, n'est-ce pas, monsieur Zorzi ?

M. Zorzi a hoché la tête en me souriant.

Le directeur a continué :

– J'aimerais que vous nous laissiez seuls, M. Zorzi et moi. Nous allons réfléchir à la meilleure manière pour toi de nous prouver ta bonne foi. Il te dira demain ce que nous aurons décidé.

Puis son regard est passé de Jane à moi.

– Est-ce que cela vous satisfait ?

Jane a acquiescé, ravie.

– Oh, oui. C'est merveilleux.

Elle s'est levée.

– Merci beaucoup.

Quant à moi, j'étais toujours assise. J'étais complètement abasourdie. Le plan de Jane avait marché. J'allais avoir une chance de prouver mon innocence !

14

Je serais probablement restée assise dans le bureau du directeur, en état de choc, si Jane ne m'avait pas pris la main et ramenée à la maison. Je n'arrivais pas à croire qu'elle avait convaincu le directeur et M. Zorzi de me donner une autre chance.

– Et pourquoi pas ? m'avait-elle demandé quand je lui en avais parlé ce soir-là. Tu mérites une seconde chance.

J'avais du mal à me dire que c'était la même Jane avec laquelle je m'étais disputée pendant toutes ces années ! Elle se comportait comme la meilleure des grandes sœurs du monde.

– Alors, tu crois qu'ils vont décider quoi ? lui ai-je

demandé. Je veux dire, qu'est-ce que je vais devoir faire pour leur prouver que je n'ai pas triché ?

– Je ne peux pas en être certaine, mais j'imagine qu'il va falloir que tu montres à M. Zorzi que tu connaissais vraiment ton cours.

– J'angoisse un peu, ai-je avoué.

– Il n'y a aucune raison ! Mais on peut faire quelques problèmes si tu veux.

J'ai sorti mon livre de maths et on a travaillé. Au bout de cinq minutes, je me suis rendu compte que je me souvenais parfaitement de mon cours. En fait, je le connaissais tellement bien que ça devenait ennuyeux. J'étais prête et, en plus, j'ai réalisé que Jane avait déjà perdu beaucoup de temps avec moi et pour moi.

– Jane, ça ira, je crois. Merci pour ce que tu as fait aujourd'hui.

– C'est normal. Je ne permettrai à personne de traiter ma petite sœur de tricheuse.

J'ai terminé mes devoirs et je me suis mise à mon collage. Il était presque fini. J'ai décidé de le donner à Jane pour la remercier. Puis j'ai téléphoné à Lucy.

– Tu ne devineras jamais où j'étais à trois heures et quart cet après-midi.

Je l'imaginais debout dans la cuisine. Si jamais on parlait pendant un peu de temps, elle tirerait sans doute sur le cordon du téléphone pour passer par le couloir et aller se mettre dans l'énorme penderie qui est dans l'entrée. C'est le seul moyen pour elle d'avoir un peu d'intimité quand elle est au téléphone. Je sais que j'ai une chance incroyable d'avoir un téléphone dans ma chambre.

– Tu étais où ? Pas encore en train de fouiller dans le casier de Grace, j'espère !

– Mais non, voyons !

J'ai éclaté de rire. Quand même, qu'est-ce qui nous avait pris de faire ça ? On avait vraiment eu de la chance de ne pas se faire attraper. J'ai raconté à Lucy la scène dans le bureau du directeur.

– Tu n'as pas eu peur ?

– Je tremblais comme une feuille ! Mais ça valait le coup.

– Et qu'est-ce qu'ils vont te demander demain, à ton avis ?

Je lui ai répondu que ça n'avait aucune importance. Tout ce qui comptait, c'était qu'ils me donnaient une seconde chance et que j'étais bien décidée à ne pas la gâcher.

On a continué à discuter pendant un bon moment. Puis, ça a été l'heure de raccrocher et Lucy a dit quelque chose qui m'a rappelé ce qu'elle m'avait dit la veille du contrôle : « Dis-toi juste une chose, Claudia. La prochaine fois qu'on aura une réunion, tout ça sera terminé. »

Elle avait raison. On avait une réunion du Club des Baby-Sitters le lendemain après-midi. J'espérais que j'aurais de bonnes nouvelles à leur annoncer.

J'ai mis mes boucles d'oreilles porte-bonheur pour aller à l'école le lendemain. Même si je me sentais confiante, je me suis dit que ça ne pourrait pas me faire de mal d'avoir un porte-bonheur avec moi.

Je me suis fait un point d'honneur d'arriver un peu en avance au cours de maths pour savoir ce que le directeur et M. Zorzi avaient décidé. Quand je suis entrée dans sa classe, M. Zorzi était en train de corriger des copies.

– Claudia ! Je suis content que tu sois en avance. Voilà ce que nous avons prévu : aujourd'hui, pendant le cours, tu vas repasser ton contrôle.

J'ai pris une profonde respiration et j'ai hoché la tête.

– D'accord. Je suis prête.

– Ce ne sera pas exactement les mêmes exercices, mais ça porte sur le même cours.

Il m'a emmenée à une table au fond de la salle.

– Le reste de la classe va travailler en petits groupes. À la fin du cours, je te donnerai ce qu'ils auront fait pour que tu puisses y jeter un œil ce soir avec Jane.

Je me suis installée et j'ai regardé autour de moi. Aucune table à proximité. Super ! Comme ça, pas de doute : je ne pouvais matériellement pas tricher pour ce contrôle.

Quand les autres élèves sont arrivés, j'ai eu droit à quelques regards bizarres, mais je les ai ignorés. (Je n'ai pas pu m'empêcher de remarquer que Grace mourait visiblement d'envie de savoir ce qui m'arrivait.) J'ai commencé à faire les exercices.

Cette fois-ci, j'étais moins nerveuse. Mais, encore une fois, certaines questions avaient l'air plus difficiles que d'autres. J'ai commencé avec les plus faciles et j'ai fait le reste ensuite. Après avoir terminé, j'ai vérifié mes réponses. Puis je me suis levée et j'ai rendu ma copie à M. Zorzi qui était à son bureau. Il restait encore du temps avant la fin du cours, alors il l'a corrigée tout de suite.

Je me suis assise à ma place habituelle et je me suis mise au travail. Je n'étais pas vraiment nerveuse, mais je dois admettre que j'avais du mal à me concentrer. J'ai levé plusieurs fois les yeux pour voir si M. Zorzi avait terminé.

Juste avant que la sonnerie retentisse, M. Zorzi m'a appelée à son bureau. J'ai croisé les doigts en y allant.

– Tu sais, Claudia, en plus d'être professeur de mathématiques, je suis entraîneur pour une équipe de basket-ball. Et je crois que passer un contrôle, c'est comme disputer un match. On peut aussi bien gagner que perdre.

Il m'a regardée pour vérifier que je suivais bien son petit discours.

– Si on perd, ça veut simplement dire qu'il faut s'entraîner plus.

Qu'est-ce qu'il essayait de me dire ? Essayait-il de me préparer à un échec ? Je commençais sérieusement à me décomposer quand il a enchaîné

– Bonne nouvelle, Claudia ! Tu as gagné le match cette fois-ci. Tu as même fait mieux que la dernière fois. Tu as seulement deux mauvaises réponses.

J'avais réussi. Super !

– Je te dois des excuses, Claudia. Je suis désolé de t'avoir accusée de tricherie. Ça m'a donné une bonne leçon.

– Ce n'est pas grave, monsieur Zorzi. Du moment que vous me croyez maintenant.

J'avais du mal à réaliser qu'un professeur me présentait ses excuses !

Puis la sonnerie a annoncé la fin du cours et tout le monde s'est levé.

– Une minute. Grace Riverson, viens me voir, s'il te plaît.

Oh, oh. Je suis restée à côté du bureau. Je me suis dit que j'avais bien le droit d'écouter ce qui allait se passer.

– Grace, Claudia vient de refaire le contrôle pour lequel on l'avait accusée d'avoir triché et elle s'en est très bien sortie.

Grace m'a regardée une seconde, puis a posé ses yeux sur M. Zorzi.

– Oui. Et alors ?

– Je crois qu'elle a fait la preuve de son innocence. Je dois te demander de faire la même chose.

« Hep ! Une minute ! » ai-je pensé. Ce n'était pas juste ! Grace allait avoir du temps pour réviser. Mais vu ce qui s'est passé ensuite, ça n'avait finalement aucune importance.

– Je... je ne peux pas !

Elle était toute rouge.

– Qu'est-ce que tu veux dire ? Tu ne seras pas là demain ?

– Non ! Je veux dire, si, je serai là. Mais je ne peux pas passer le contrôle.

Elle se tordait les mains nerveusement.

– Grace, qu'est-ce que tu es en train de me dire ?

– Je ne peux pas parce que je ne connais pas le cours. Je ne le connais pas et, même si je travaillais toute la nuit, je ne réussirais pas ce contrôle.

On aurait dit qu'elle allait éclater en sanglots.

– C'est moi... c'est moi qui ai copié sur Claudia !

Ça alors ! Je n'aurais jamais osé espérer qu'elle avoue.

M. Zorzi est resté lui aussi bouche bée. Mais juste quelques instants.

– Pourquoi, Grace ? Pourquoi as-tu triché ?

Elle lui a raconté qu'elle avait du mal à trouver du temps pour travailler avec toutes ses activités.

– Alors, je me suis juste dit qu'il n'y avait pas d'autre solution.

– Et tu as laissé Claudia se faire accuser ? Je crois que tu lui dois des excuses.

Grace a grommelé quelque chose que j'ai eu du mal à comprendre, mais je m'en fichais. J'avais réussi ! J'avais réussi à prouver mon innocence et, en plus, Grace avait avoué ! Avec l'aide de Jane, le problème avait été résolu. Tout le monde saurait qui était la vraie coupable. J'avais l'impression qu'on m'avait enlevé un poids énorme des épaules.

Grace, la tricheuse, était en larmes. J'ai presque eu pitié d'elle. Presque.

M. Zorzi l'a envoyée directement dans le bureau du directeur, et j'ai su plus tard qu'elle avait été renvoyée pendant deux jours. Et elle a eu un F au contrôle, pauvre Grace.

C'est ce qu'a dit Kristy quand j'ai eu fini de raconter toute l'histoire à la cafétéria.

– Pauvre, pauvre Grace !

– Je savais que tout rentrerait dans l'ordre, a affirmé Mary Anne.

Lucy s'est contentée de me sourire.

Je me sentais super bien.

15

Après les cours, ce jour-là, j'ai passé l'après-midi dans ma chambre pour finir mon collage. J'avais mis la radio et quand mes chansons préférées passaient, je chantais à tue-tête.

Il faut savoir que je chante comme une casserole, mais quand je suis sûre que personne ne peut m'entendre, je ne me gêne pas, et j'adore ça. Bref, j'étais de très bonne humeur.

Je n'avais pas regardé ma montre pendant un bon moment. Quelle n'a pas été ma surprise quand je me suis rendu compte qu'il était dix-sept heures vingt-neuf... et Kristy n'était pas encore là pour notre réunion. Elle est pourtant toujours très ponctuelle. Comment se faisait-il qu'elle ne soit pas encore installée dans le fauteuil directorial ?

J'ai haussé les épaules, j'ai monté le son de la radio et je suis retournée à mon collage. Je savais que tout le monde allait arriver dans quelques minutes.

J'étais en train de m'époumoner sur une chanson d'amour, quand la porte de ma chambre s'est ouverte d'un coup.

– SURPRISE !

J'ai failli avoir une crise cardiaque. Toutes mes amies se tenaient sur le seuil de ma chambre, serrées comme des sardines. Elles avaient les bras chargés de paquets de chips et de bouteilles. Jessi avait même une assiette de gâteaux au chocolat. Et surtout, elles affichaient toutes un large sourire.

Je leur ai rendu leurs sourires.

– Qu'est-ce qui se passe ?

– On voulait faire quelque chose de spécial pour toi, m'a répondu Mallory.

– On est fières de toi, a ajouté Lucy. Tu t'en es vraiment bien sortie !

– Et Kristy a eu l'idée de faire de la réunion d'aujourd'hui une petite fête, m'a expliqué Carla. Qu'est-ce que tu en penses ?

Ce que j'en pensais ? J'étais super contente. Ça n'arrive pas souvent que Kristy change le déroulement d'une réunion.

– Je pense que c'est génial ! Et je pense que vous êtes les meilleures amies du monde !

Mes yeux se sont alors posés sur Jane, qui se tenait un peu en retrait, toute timide.

– Et Jane est la meilleure sœur de l'univers, ai-je ajouté en allant la prendre par la main. Viens, Jane, j'ai quelque chose pour toi.

J'ai pris le collage et je l'ai caché dans mon dos pendant une minute.

– Je voulais t'offrir quelque chose pour te remercier de m'avoir aidée.

– Oh, Claudia. Ce n'est pas la peine. Cela m'a fait plaisir d'avoir pu faire quelque chose pour toi.

– Eh bien, quand même, ça t'a pris beaucoup de temps. Et je suis sûre que tu avais plein de devoirs aussi. Non seulement tu m'as aidée à réviser et en plus, tu es allée parler au directeur. Sans toi, je n'aurais jamais eu une seconde chance pour mon contrôle.

Je lui ai montré le collage.

– Je voulais te donner ça.

Jane l'a regardé et a souri.

– Il est magnifique.

Elle l'a montré aux filles.

– Merci, Claudia. Je vais l'accrocher dans ma chambre.

Au même moment, le téléphone a sonné. J'avais complètement oublié que nous étions en pleine réunion ! Kristy a décroché.

– Le Club des Baby-Sitters, bonjour. Oh, madame Pike.. Oh, bien sûr. Je vous rappelle tout de suite.

Elle a raccroché et s'est tournée vers nous.

– Mme Pike a besoin d'une baby-sitter samedi après-midi. Elle et son mari vont emmener les triplés au cinéma pour fêter la fin de leur punition.

– Ils vont aussi les emmener manger une glace après, nous a précisé Mallory. Je pense que maman se sent un peu coupable de les avoir empêchés de sortir aussi longtemps. J'aurais pu garder Nicky et mes sœurs, mais Jessi et moi, on va faire des courses samedi.

Mary Anne a regardé dans l'agenda pour voir qui était

libre et c'est Lucy qui a eu la garde. Kristy a rappelé Mme Pike, puis Mal nous a raconté la fin de l'histoire des triplés.

– Vous ne pouvez pas savoir comme ils sont contents d'être enfin libres. Et vous ne pouvez pas savoir comme on est contents que ce soit fini. Ils ont enfin retrouvé leur bonne humeur. Ouf !

– Est-ce qu'ils vont récupérer leur argent de poche ? a voulu savoir Lucy.

– Eh bien, mes parents ont réalisé que si les garçons devaient être privés d'argent de poche jusqu'à ce que la vitre soit payée, ils n'en auraient pas avant d'entrer à la fac !

Les enfants Pike n'ont pas beaucoup d'argent de poche, je suppose que c'est parce qu'ils sont nombreux.

– Alors, papa a conclu un marché avec les garçons. Ils vont rembourser leur dette en rendant des petits services, comme ratisser les feuilles, nettoyer le sous-sol, enfin bref, des choses de ce genre-là.

– C'est génial ! s'est exclamée Carla.

– Oui, ils étaient vraiment super contents. Maintenant ils vont pouvoir recommencer sérieusement leur collection de cartes de base-ball.

– Tant mieux, Mal, ai-je dit. Je suis contente que tout soit rentré dans l'ordre, pour eux et pour moi.

– Tu as raison, est intervenue Mary Anne. On a plein de choses à fêter. Au fait, est-ce que M. Zorzi t'a dit quelle note tu allais avoir ?

J'ai souri.

– Ah oui, c'est vrai…

J'ai fait comme si je faisais une annonce au micro :

– Mesdames et messieurs, j'ai le plaisir de vous apprendre

que Claudia Koshi va entrer dans le livre des records. Elle a vraiment mérité ce A moins !

– Super, Claudia ! m'a félicitée Carla.

– Et si on portait un toast ? a proposé Kristy.

Tout le monde s'est rué pour être sûr d'avoir de la limonade. (Sauf Carla et Lucy naturellement, qui préféraient l'eau minérale.) Kristy a levé son verre.

– Pour Claudia ! Hip, hip, hip, hourra ! Miss Marple serait fière de toi. Tu as résolu l'énigme et tu as réussi ton contrôle !

– Ouais ! se sont écriées Jessi et Mal en même temps.

– Félicitations, Claudia ! m'a dit Lucy.

Tout le monde a trinqué (ou plutôt fait semblant de trinquer parce qu'avec des verres en plastique, ça ne fait pas vraiment de bruit), et m'a souri.

J'étais toute rouge.

– Allez, passons aux choses sérieuses !

J'ai ouvert les paquets de chips et j'ai fait circuler les gâteaux.

– Claudia, m'a interpellée Jane. Il y a juste une chose que je voudrais te demander.

– Quoi ?

– Je suis sûre que tu es contente que ce soit Jessi qui ait fait ces gâteaux… et pas Gertrude, non ?

J'ai éclaté de rire. Puis j'ai expliqué la plaisanterie à mes amies, et nous avons toutes piqué un fou rire. Cette réunion a été une des plus réussies de toutes.

Au dîner, ce soir-là, Jane a raconté à mes parents ce qui s'était passé. Ils savaient déjà que j'avais récupéré mon A moins, mais ils ne connaissaient pas les détails. (Jane les leur a épargnés, heureusement.)

– Claudia chérie, a dit ma mère. Je suis tellement fière de toi ! Tu as vraiment tenu bon.

– Eh bien, je ne voulais pas vous décevoir. Je savais que je devais faire en sorte que tout soit clair.

– Mais tout a toujours été clair pour nous, m'a assuré mon père.

– Et puis, j'avais peur que, si je n'avais pas de bonnes notes en maths, vous me demandiez de quitter le Club des Baby-Sitters.

– Oh, Claudia ! s'est exclamée ma mère. À partir de maintenant, dis-nous quand tu as besoin d'aide, d'accord ? Jane, tu peux venir me donner un coup de main dans la cuisine, s'il te plaît ?

Elles ont toutes les deux disparu en emportant nos assiettes vides. Mon père s'est levé de table et s'est dirigé vers le placard de l'entrée. Quand il est revenu, il avait son appareil photo dans les mains.

Je ne comprenais pas très bien ce qui se passait. Puis ma mère et Jane ont réapparu. Jane portait un énorme gâteau avec des roses en sucre partout dessus. Mon père a commencé à prendre des photos alors qu'elles se rapprochaient de la table.

– C'est pour quoi ? ai-je demandé.

Avais-je oublié un anniversaire ?

– Regarde bien, Claudia ! Regarde ce qu'il y a écrit dessus ! m'a demandé Jane, complètement surexcitée.

FÉLICITATIONS, CLAUDIA !

Quelle surprise ! Dans notre famille, normalement, c'est Jane qui a droit aux félicitations et aux gâteaux (à chaque fois qu'elle gagne un prix ou obtient une récompense) mais, cette fois-ci, le gâteau était pour moi.

J'ai regardé le visage de ma sœur, celui de ma mère et celui de mon père. Ils étaient fiers de moi ! Et je dois bien l'admettre... j'étais aussi très fière de moi !

LE CLUB DES BABY-SITTERS

KRISTY et la fête des enfants

L'auteur remercie Ellen Miles pour son aide précieuse lors de l'élaboration de ce livre.

1

O.K., je dois l'admettre. Je m'ennuyais. Je m'ennuie rarement pendant mes baby-sittings, mais cette fois-ci, c'était différent.

Il ne faisait pas vraiment froid, mais le temps était gris et maussade. Avec David Michael et Emily Michelle, nous étions restés enfermés tout l'après-midi. Nous avions joué à presque tous les jeux de la maison au moins trois fois.

– Je m'ennuie ! ne cessait de soupirer David Michael.

– M'ennuie ! répétait Emily Michelle.

Tout le monde était d'accord. Emily Michelle ne faisait certainement qu'imiter David Michael, mais l'idée était là.

Je devrais peut-être vous expliquer d'abord qui je suis, et pourquoi je gardais ces deux pauvres enfants

Je m'appelle Kristy Parker. J'ai treize ans et je suis en quatrième au lycée de Stonebrook. J'adore les enfants.

Heureusement d'ailleurs, parce que j'ai une famille nombreuse avec des enfants en bas âge. David Michael et Emily Michelle par exemple. Et puis, il y a aussi parfois Karen et Andrew...

Oh, ce n'est vraiment pas simple. Je devrais commencer par le début. À l'origine, ma famille était tout ce qu'il y a de plus banale. Mon père, ma mère, mes deux grands frères, Samuel et Charlie, moi et mon petit frère, David Michael.

Juste après la naissance de David Michael, mon père nous a quittés. Il est parti comme ça, je ne sais pas trop pourquoi. J'ai des nouvelles de temps en temps, par exemple pour mon anniversaire (mais ça lui arrive d'oublier) ou à Noël. La dernière fois que je l'ai eu au téléphone, il vivait quelque part en Californie.

Lorsqu'il est parti de la maison, ça n'a pas été facile pour nous, mais maman est vraiment forte et elle a réussi à s'occuper de tout le monde toute seule.

Et puis, il y a peu de temps, elle a rencontré un homme formidable, Jim Lelland. Ils se sont mariés donc, mainte nant, Jim est mon beau-père. Après leur mariage, nous avons déménagé pour aller vivre dans son immense maison.

Jim est un millionnaire. Vous imaginez ? Mais on ne le dirait vraiment pas à sa façon de se comporter, il est très cool. Et c'est un très bon père. Il a deux enfants d'un premier mariage, Karen, qui a sept ans, et Andrew, qui en a cinq. Ils viennent à la maison un week-end sur deux et deux semaines pendant les vacances. Ils sont vraiment géniaux.

Mais ce n'est pas tout. Après le déménagement, maman et

Jim ont eu envie d'un bébé. Au début, nous pensions que maman était enceinte, mais Jim nous a expliqué qu'ils allaient adopter une petite fille vietnamienne, Emily Michelle.

Emily a deux ans et demi et c'est le plus merveilleux petit bout de chou que j'aie jamais vu. Elle ne parle pas encore, mais elle est vraiment adorable.

David Michael a sept ans maintenant et il adore jouer les grands frères. Emily Michelle le regarde avec la même admiration que moi lorsque je regarde Samuel, qui a dix-sept ans, et Charlie, qui en a quinze.

Je n'ai pas encore parlé de Mamie, ma grand-mère maternelle. Elle est venue vivre avec nous après l'arrivée d'Emily Michelle pour nous aider, car maman et Jim travaillent tous les deux. Elle nous a aussi rejoints parce qu'elle en avait assez de vivre seule. Mon grand-père est mort depuis longtemps.

Mamie est absolument fabuleuse. Elle adore la vie et a toujours quelque chose à faire. Elle a plein d'amis, joue au bowling et a une voiture rose hallucinante.

Ma famille compte encore d'autres membres, mais ce sont des animaux. Il y a Louisa, un jeune berger bernois. Pour l'instant elle est petite, mais en grandissant elle va devenir immense. Il y a aussi Boo-Boo, le chat de Jim. Il est vieux, gros et grincheux, mais il fait tout de même partie de la famille. Et, pour finir, Karen et Andrew ont deux poissons rouges, Arc-en-ciel et Soleil Levant.

Voilà, je n'ai oublié personne. J'adore ma famille même si elle est un peu compliquée.

Bon, où en étais-je ? Ah oui, je vous disais que nous nous ennuyions tous ce jour-là. En fait, vous commenceriez à vous ennuyer, vous aussi, après avoir joué au Cluedo, au

Uno, au Docteur Maboul (le jeu préféré d'Emily) et au Monopoly (très, très longtemps).

Je me suis creusé la cervelle pour trouver autre chose à faire qu'allumer la télé. Je ne fais ça qu'en dernier ressort. Aucune idée d'occupations « d'intérieur » ne me venait à l'esprit. J'espérais que le ciel se découvrirait pour pouvoir enfin sortir, mais rien à faire, les nuages refusaient de bouger.

Faire des cookies ? Trop long et compliqué ! Maman n'allait pas tarder à rentrer. Jouer aux Lego ? David Michael venait de me dire qu'il trouvait ça idiot.

J'étais sur le point de proposer une énième partie de Docteur Maboul, quand mes yeux se sont posés sur les magazines et les journaux qui traînaient dans la poubelle de recyclage de papier. Mais oui, bien sûr ! Des collages ! Nous allions faire des collages. J'ai fait part de mon idée à David Michael.

– Cool !

– Cole ! a répété Emily Michelle, qui faisait écho à tout ce qu'il disait.

Conclusion : c'était une bonne idée. Même si Emily Michelle allait en mettre partout. Elle adore jouer avec les feutres magiques, la colle, les bouts de papier.

J'ai emporté les magazines dans la cuisine. J'ai pris des ciseaux, de la colle, des crayons, des feutres et du papier. Avec David Michael et Emily Michelle, nous nous sommes assis autour de la table et je leur ai montré comment s'y prendre.

David Michael découpait la tête du prince Charles en tirant la langue, très concentré. Emily Michelle n'a mis que trente secondes (un record) pour se retrouver les mains pleines de colle. Mais je l'ai laissée faire, elle portait de vieilles affaires, pas de danger donc.

J'ai pris le Stonebrook News dans la pile de journaux, pensant y trouver des images intéressantes pour David Michael et Emily Michelle. Mais tout ce que je voyais était plutôt ennuyeux. Des histoires de nouveaux pesticides écologiques pour les champs, et de personnes âgées qui fêtaient leurs cinquante ans de mariage.

Je tournais machinalement les pages, en quête de bonnes photos. Et puis mes yeux se sont posés sur une annonce : « Tous les bébés dehors ! » C'était une publicité pour la parade de la fête des enfants de Stonebrook.

J'avais complètement oublié ce défilé. Il n'avait lieu que tous les deux ans, et je n'y avais jamais vraiment prêté attention. Je l'ai toujours trouvé plutôt ridicule. Les parents déguisent leurs bébés avec toutes sortes de costumes et essaient de gagner des prix. Il y a plusieurs catégories selon que les enfants sont présentés en poussette, chariot, wagonnet, ou char.

Des juges désigneraient les gagnants de chaque catégorie. Tous les enfants de moins de trois ans pouvaient participer. L'annonce précisait que les inscriptions auraient lieu bientôt.

Je me souvenais de quelques parades auxquelles j'avais assisté. Il y avait de tout ! Une année, un des chars s'appelait « La Piste aux Étoiles ». C'était un éléphant de trois mètres cinquante de haut sur des roues ! Ou « La Conquête de l'Ouest », un char avec une reconstitution de bataille entre des cow-boys et des Indiens. Les bébés portaient des déguisements plus farfelus les uns que les autres.

C'était complètement idiot, c'est vrai. Mais après avoir lu l'annonce, je suis restée les yeux fixés sur Emily Michelle. Elle est adorable. Je vous l'ai déjà dit ? C'est parce que c'est vrai. Je regardais ses magnifiques cheveux noir ébène, ses yeux marron en amande, ses mignonnes petites mains (bon, couvertes de colle pour le moment, mais mignonnes tout de même) et son ventre de bébé rebondi.

Je commençais à avoir une idée.

Je suis réputée pour mes idées, demandez à mes amies. N'allez pas penser que je vous dis ça pour me vanter. C'est comme ça, j'ai souvent des idées. Elles me viennent n'importe quand, et souvent, elles sont géniales !

Je suis sûre que vous vous doutez de ce que cette nouvelle idée pouvait être. Eh oui. Je pensais inscrire Emily Michelle à la parade. Elle gagnerait forcément un prix. Et puis, ça serait tellement rigolo de la déguiser.

Dans quelle catégorie allais-je l'inscrire ? Il fallait lui trouver une idée de costume, il y avait plein de choses à préparer…

David Michael m'a tirée de mes pensées.

– Il te plaît mon collage, Kristy ?

J'étais tellement prise par cette histoire de parade que j'avais oublié ce que nous faisions. J'ai regardé le travail de David Michael.

– Magnifique !

Et ça l'était… Enfin, pour les amateurs de base-ball, car David Michael avait découpé tout ce qui s'y rapportait de près ou de loin, et il avait tout collé n'importe comment sur une feuille de papier. Il avait également découpé les mots « HOME RUN » et « RED SOX » dans les journaux, et les avait tout simplement placardés sur les images.

– Sam va adorer ! lui ai-je répondu.

Je ne m'avançais pas trop, car Samuel adore tout ce qui a un rapport avec le base-ball.

J'ai entendu la porte d'entrée s'ouvrir.

– Il y a quelqu'un ?

Quand on parle du loup… C'était justement Sam qui rentrait. Cela voulait dire que maman n'allait pas tarder. Il était temps de ranger la cuisine.

J'ai regardé le bazar qu'Emily Michelle avait réussi à créer en un rien de temps. Elle était peut-être la plus magnifique des petites filles, mais quand elle s'y mettait, c'était vite le chantier.

J'ai essuyé la table en pensant à la parade. La maison s'est remplie peu à peu. Après Sam, cela a été au tour de Charlie de rentrer. Puis, il y a eu Mamie, qui revenait du bowling, et finalement maman et Jim. Cela parlait et gesticulait dans tous les sens, comme d'habitude. Je suis montée dans ma chambre pour réfléchir au calme et faire mes devoirs aussi.

J'étais persuadée que mes amies seraient aussi enthousiastes que moi lorsque je leur parlerais de la parade. Peut-être que Jessica inscrirait aussi P'tit Bout ! Nous pourrions même faire participer tous les bébés que nous gardons, si leurs parents le permettaient, bien sûr. Ce pourrait être la prochaine mission du Club des Baby-Sitters ! Oh, j'avais hâte d'en parler aux copines !

②

Nous sommes sept dans le Club des Baby-Sitters, et je considère chaque autre membre comme une très bonne amie. C'est vraiment merveilleux que nous nous entendions si bien, car nous sommes très différentes.

Bien sûr, nous avons des choses en commun : nous adorons les enfants et faire des baby-sittings. C'est sans doute pour ça que le club fonctionne si bien.

J'en suis la présidente et j'essaie de le gérer comme une véritable entreprise. Mes amies me jugent parfois trop sérieuse, trop à cheval sur le règlement, mais ce n'est que pour le bien du club ! En plus, elles me connaissent bien et ont l'habitude de mes petites manies.

J'admets parler un peu trop et trop fort. Je ne suis pas méchante, mais je manque de tact, je ne réfléchis pas toujours avant d'ouvrir la bouche.

Question style, j'aime être à l'aise dans mes baskets : je porte plutôt des jeans, des T-shirts et des sweat-shirts que des robes et des talons. Je ne me maquille jamais non plus.

Les garçons ? Bon, jusqu'à maintenant, ça ne m'intéressait pas. Mais, depuis un petit moment, on peut dire que je pense beaucoup à Bart. Il a créé une équipe de base-ball pour enfants, comme moi. La sienne s'appelle les Invincibles et la mienne les Imbattables.

Mais vous savez quoi ? Je ne me sens pas du tout prête pour une histoire sérieuse de petit ami et tout. Surtout quand je vois ce que ça a donné avec Mary Anne Cook (ma meilleure amie) et Logan Rinaldi.

Nous pensions toutes qu'ils formaient le couple idéal, mais ils se sont séparés. Même si c'est Mary Anne qui a rompu, leur séparation l'a beaucoup secouée. Il faut dire, Mary Anne est très sensible. Elle pleure très, très facilement.

Mary Anne fait partie du Club des Baby-Sitters, bien entendu. Elle en est la secrétaire. Il y a aussi Carla, la meilleure amie et demi-sœur par alliance de Mary Anne. Vous voyez, je ne suis pas la seule à venir d'une famille recomposée ! Après leur divorce respectif, le père de Mary Anne et la mère de Carla se sont mariés. Et depuis, les deux meilleures amies sont devenues demi-sœurs ! Génial, non ?

Carla est aussi très différente de Mary Anne, mais elle ne me ressemble pas pour autant. Je suis petite, brune et garçon manqué. Elle est grande, blonde et très féminine. Nous avons cependant un point commun : notre forte personnalité. Carla fait les choses à son idée, sans se soucier de ce que pensent les autres.

L'artiste de la bande, c'est Claudia Koshi. Peinture, dessin, sculpture... Elle est vraiment douée dans tous les domaines. Vous n'en croiriez pas vos yeux si vous pouviez voir ce qu'elle est capable de faire. Elle fabrique même ses propres bijoux. Sa créativité s'étend aussi à sa façon de s'habiller. Ses parents la laissent porter ce qu'elle veut (mais je pense qu'ils interviendraient si elle voulait se teindre les cheveux en vert ou se raser la tête) parce qu'ils savent que c'est sa façon de s'exprimer.

La vraie dingue de mode du Club, c'est Lucy MacDouglas. Elle a grandi à New York et ça se voit : elle a toujours des vêtements étonnants, très « classe » et des boucles d'oreilles formidables. Lucy nous a fait drôlement peur récemment, parce qu'elle a été hospitalisée. Elle est diabétique et elle a eu des ennuis parce qu'elle ne respectait plus à la lettre son régime sans sucre. Heureusement, les choses sont rentrées dans l'ordre et elle va beaucoup mieux. Et tout ira bien tant qu'elle fera attention à elle (ce qui signifie se faire une piqûre d'insuline chaque jour toute seule, vous vous imaginez ?).

Voyons. Moi, Mary Anne, Carla, Claudia, Lucy... Il ne manque plus que Jessica Ramsey et Mallory Pike. Elles sont plus jeunes que nous, elles ont onze ans et elles sont en sixième. (Nous avons toutes treize ans et nous sommes en quatrième.)

Les Ramsey n'habitent pas à Stonebrook depuis longtemps. Lorsqu'ils ont emménagé, ça a été dur. Pourquoi ? Parce qu'ils sont noirs. « Et alors ? » me direz-vous... Eh bien, ça a posé des problèmes à pas mal de monde. Il n'y a pas beaucoup de Noirs à Stonebrook et certaines personnes aimeraient que rien ne change.

Mais maintenant tout le monde accepte bien les Ramsey. C'est une famille géniale. Jessica est l'aînée de trois enfants : elle a une petite sœur, Becca, qui a huit ans, et un petit frère que tout le monde appelle P'tit Bout mais son vrai nom est John Philip Ramsey Junior.

Mallory Pike est aussi l'aînée de sa famille. Elle a quatre frères et trois sœurs ! Mallory et Jessica trouvent toutes les deux que c'est difficile d'être l'aînée. Elles ont beaucoup de responsabilités et malgré cela leurs parents les traitent toujours comme des bébés. Vous devez sûrement savoir ce que c'est d'avoir onze ans. On aimerait que nos parents nous voient comme des adolescents responsables, mais ils nous considèrent comme des enfants. Jessi et Mal ont cependant gagné une bataille : elles ont eu le droit de se percer les oreilles. Mais Mallory a toujours des lunettes et un appareil. Enfin...

Comme toutes les meilleures amies, Mallory et Jessica ont beaucoup en commun (elles aiment toutes les deux les histoires de chevaux, par exemple). Mais elles s'intéressent aussi à des choses très différentes. Jessi adore la danse, elle veut même en faire sa profession. Elle a énormément de talent et je suis sûre qu'elle réussira. Mal, elle, veut devenir écrivain. Elle tient un journal intime et écrit des histoires.

Donc, voilà le Club des Baby-Sitters au complet !

3

Chambre de Claudia. Lundi, dix-sept heures vingt-cinq. La première réunion de la semaine allait commencer. J'étais d'excellente humeur.

Comme d'habitude, j'étais installée dans le fauteuil de Claudia, à fixer l'horloge en attendant l'arrivée des autres.

J'arrive pratiquement toujours la première parce que, en tant que présidente, il me semble que je dois donner l'exemple. J'aime commencer la réunion pile à l'heure.

Dès le début, nous avons pris notre club très au sérieux. Je pense que c'est en partie pour ça que nous avons tant de succès. En attendant mes amies, j'ai repensé aux débuts du club...

C'était à la rentrée de cinquième. Avec Mary Anne, nous étions encore voisines et Claudia habitait tout près. Maman et Jim se voyaient de temps en temps, mais je n'imaginais pas qu'ils se marieraient un jour.

J'aimais déjà faire des baby-sittings. Je m'occupais surtout de mon petit frère, David Michael. Je devais le garder après l'école en attendant le retour de maman et parfois le soir, quand maman et Jim sortaient. Si je n'étais pas disponible, c'était Sam et Charlie qui s'en chargeaient, donc maman n'avait presque jamais besoin d'appeler une baby-sitter. Mais, un jour, aucun de nous n'était disponible et maman a passé l'après-midi à essayer d'en trouver une.

C'est en l'observant que j'ai eu la meilleure de toutes mes idées. Et si maman avait pu composer un seul numéro qui lui aurait permis d'entrer en contact avec plusieurs baby-sitters sérieuses ? J'ai tout de suite proposé à Mary Anne et à Claudia de fonder un club de ce genre. Nous aurions des réunions régulières durant lesquelles les parents pourraient nous appeler.

Elles ont trouvé mon idée très bonne, mais elles pensaient que trois personnes ne suffiraient pas si nous désirions être sûres de pouvoir répondre à toutes les demandes. Claudia venait juste de rencontrer Lucy, elle lui a donc demandé si elle voulait nous rejoindre. Puis quand Carla a emménagé à Stonebrook, nous avions encore besoin de quelqu'un. Elle est donc entrée au club.

Et pour Mallory et Jessica ? C'est arrivé au moment où Lucy a dû retourner à New York. Elles l'ont alors remplacée. Évidemment, quand Lucy est rentrée, elle a retrouvé sa place au sein du club.

Avec sept membres, le club fonctionne à merveille. Mais en cas de besoin, nous pouvons toujours appeler nos deux baby-sitters intérimaires, Louisa et Logan. Ils n'assistent pas aux réunions, car on ne tiendrait jamais à neuf dans la chambre de Claudia, mais ils nous aident quand il y a trop de travail.

– Ohé, Kristy, on la commence cette réunion, oui ou non ?

La voix de Lucy m'a tirée de mes rêveries. Elle était assise sur la chaise de bureau de Claudia, le doigt pointé sur l'horloge. Il était dix-sept heures trente et une. J'étais en retard !

– Merci, Lucy !

Je me suis redressée, j'ai retiré mon crayon de derrière mon oreille et je me suis mise à tapoter le bras du fauteuil.

– La réunion est ouverte !

Tout le monde m'a regardée en riant.

– Nous nous demandions si tu sortirais un jour de tes pensées, a gloussé Claudia, qui était assise sur le lit entre Carla et Mary Anne.

Elle a ouvert un paquet de chips et l'a tendu à Mallory et à Jessica, qui étaient à leur place habituelle, par terre.

– Alors... voyons, l'ordre du jour...

Je me suis reprise en voyant Lucy, notre trésorière, agiter l'enveloppe des cotisations.

– Oh, c'est vrai. Lundi, jour des cotisations hebdomadaires !

L'enveloppe a tourné, suivie de petits grognements. Toujours difficile de donner de l'argent, mais nous le faisons tout de même.

– Lucy, est-ce qu'il y a assez d'argent pour acheter de nouvelles gommettes ? a demandé Carla. Mon coffre à jouets est vide.

Sans vouloir me vanter, les coffres à jouets sont encore

une de mes grandes idées. Un jour, David Michael avait invité des copains à la maison, et je me suis rendu compte que les enfants préfèrent toujours les jouets des autres. J'ai donc pensé que ce serait bien si chaque baby-sitter avait une boîte avec des jouets, des livres et des cahiers de coloriage, par exemple.

Les enfants adorent nos coffres, surtout lorsqu'il pleut. Et quand les enfants sont heureux, les parents le sont aussi. Et quand les parents sont heureux, ils nous rappellent. Et alors, nous sommes heureuses ! C'est aussi simple que ça !

Lucy a retiré un peu d'argent de l'enveloppe pour Carla et aussi pour Mallory, qui avait besoin de nouveaux crayons de couleur. Lucy fronçait les sourcils en comptant l'argent qu'elle donnait. Je me suis retenue de rire. C'est une très bonne trésorière, en grande partie parce qu'elle déteste dépenser de l'argent.

– Bon, en attendant que le téléphone s...

Je n'ai pas eu le temps de terminer ma phrase. La sonnerie m'a fait sursauter. C'était Mme Perkins, une cliente régulière. Elle avait besoin d'une baby-sitter pour jeudi. Je lui ai dit que nous allions la rappeler. Mary Anne a consulté l'agenda. Claudia était la seule libre à ce moment-là, la garde était donc pour elle. Après avoir rappelé Mme Perkins, j'ai repris notre conversation.

– Vous avez toutes lu le journal de bord ?

Le journal de bord est aussi une de mes idées, et je dois dire que ce n'est pas la plus populaire.

Après chaque baby-sitting, nous consignons par écrit tous les détails importants, comme ça, tout le monde est au courant de ce qui se passe. Aucun problème pour lire les comptes-rendus, mais nous rechignons toutes (à part Mallory) à les écrire. On a un peu l'impression de perdre notre temps avec ça, mais je pense que c'est très important pour le club et les enfants.

Mary Anne a pris la parole la première :

– J'ai trouvé la nouvelle méthode de Carla pour calmer les colères des enfants très intéressante. Je n'aurais jamais pensé que les mettre au lit et leur parler doucement pouvait être une solution.

– Je vous jure que ça fonctionne ! a assuré Carla.

Nous avons encore discuté un moment des différentes solutions pour calmer les enfants énervés. Pile au moment où j'ai voulu parler de la parade des bébés, le téléphone s'est mis à sonner. Lucy a sauté dessus.

Elle a roulé des yeux en entendant la voix de son interlocuteur et nous avons toutes deviné qu'il s'agissait de Mme Prezzioso, l'une de nos clientes les plus difficiles. Lucy est restée un long moment au téléphone, en disant seulement de temps en temps « oui » et « je vois ».

Je mourais d'envie de savoir de quoi elles parlaient. Quand Lucy a enfin raccroché après avoir dit qu'elle rappellerait, je lui ai tout de suite demandé :

– Qu'est-ce qu'elle veut ?

Lucy nous a expliqué que Mme Prezzioso cherchait une baby-sitter, deux après-midis par semaine pour un mois entier. Les Prezzioso ont deux filles : Jenny, qui a quatre ans, et Andréa, qui est encore bébé.

– Mme Prezzioso va faire partie de l'association des parents d'élèves de l'école de Jenny, et elle a besoin que quelqu'un garde les filles lors des réunions.

– Et alors, je ne vois pas où est le problème, ai-je dit.

– Eh bien voilà, Mme Prezzioso voudrait que la baby-sitter ait suivi des cours de puériculture pour garder Andréa. Elle m'a dit qu'un stage allait bientôt commencer au centre social et qu'elle paierait les cours.

– Mais c'est super !

Je suis toujours prête à apprendre pour devenir la meilleure des baby-sitters.

– Bon, alors c'est parfait, a dit Mary Anne après avoir consulté le planning, car tu es la seule à pouvoir le faire.

Puis, elle a ajouté :

– Cela m'intéresserait aussi de suivre ces cours. J'ai vu les annonces et ça m'a l'air drôlement intéressant.

– Je ne serais pas contre quelques conseils sur les bébés, a dit Claudia. Et si on s'inscrivait toutes au stage ? Ensuite on pourrait ajouter sur nos pubs : « spécialistes jeunes enfants » ! Ça nous ferait peut-être des clients en plus.

Waouh ! C'était une super idée ! Je m'en voulais presque de ne pas y avoir pensé.

Nous avons donc appelé le centre social pour nous inscrire à la formation de puériculture. Toutes les sept.

4

– Oooh !

Mary Anne était plantée au milieu de la pièce, bouche bée. Nous étions arrivées au centre social un peu en avance. Nous avions hâte de commencer les cours de puériculture.

– Mary Anne ! ai-je chuchoté en la secouant par les épaules. Arrête, on dirait que tu n'as jamais vu une femme enceinte.

– Bien sûr que si, mais je n'en ai jamais vu autant à la fois. Cette pièce pleine de femmes qui attendent des bébés, c'est…

– … surprenant ? a demandé une voix amicale.

Une dame rousse venait d'apparaître à nos côtés. Elle nous regardait en souriant.

– Je sais, ça fait trois ans que je donne ce cours et cela me fait toujours le même effet.

Nous sommes restées là un moment, devant toutes ces femmes au ventre rond. Il y avait aussi quelques hommes, les futurs papas certainement.

Deux d'entre eux lisaient attentivement une affiche sur ce qu'il fallait faire et ne pas faire en changeant une couche. La liste était incroyablement longue !

Il y avait aussi quelques bébés avec leurs parents.

– Vous devez être les jeunes filles du club, nous a dit la femme rousse. Je m'appelle Anita. Je suis heureuse de vous accueillir dans ce cours. Toutes les baby-sitters devraient suivre votre exemple.

– Dès que j'en ai entendu parler, j'ai eu envie de venir, a expliqué Mary Anne. Je m'appelle Mary Anne Cook, et voilà ma meilleure amie, Kristy Parker, la présidente du Club des Baby-Sitters.

Je n'en croyais pas mes oreilles. Mary Anne, si timide, avait dit tout ça d'une traite. Le sourire d'Anita, si chaleureux, ne devait pas y être pour rien.

– Les autres membres du club ne devraient plus tarder, ai-je enchaîné. On a toutes hâte de commencer les cours.

En disant cela, je me suis tournée vers la porte d'entrée. Mais au lieu de voir mes amies arriver, j'ai vu une femme avec deux bébés dans les bras.

– C'est Mme Salem, nous a informées Anita. Elle a eu ses jumeaux il y a quelques mois. Ils sont mignons, n'est-ce pas ? Venez, je vais vous présenter.

– Ce cours est aussi destiné aux jeunes parents ? ai-je demandé.

– Tout à fait. En fait, tous ceux qui veulent savoir comment bien s'occuper d'un bébé sont les bienvenus.

Elle nous a présentées à Mme Salem.

– Liz, voici Kristy et Mary Anne. Mesdemoiselles, voici Mme Salem.

La jeune maman nous a fait un grand sourire. Elle semblait très fatiguée. Elle venait de déposer ses bébés dans des transats.

– Bonjour ! Vous avez de très chouettes T-shirts. Vous faites partie d'un club de baby-sitters ?

Ah oui, j'avais oublié de préciser que nous avions décidé de mettre nos T-shirts du club pour le cours.

– Oui, lui ai-je répondu. Plus on en apprendra sur les bébés et mieux on s'en occupera !

Vos jumeaux sont adorables ! Ils s'appellent comment ?

– Voilà Ricky. Dis bonjour aux deux jolies filles, mon amour. C'est le petit coquin de maman. Et je vous présente Rose. Elle est aussi chipie que son frère.

Ils étaient tous les deux a-do-rables. Mary Anne a tendu la main vers Ricky. Il s'est accroché à son doigt et n'a plus voulu le lâcher.

– Il est drôlement costaud.

Mme Salem s'est mise à rire.

– Attends de voir la poigne de Rose !

Nous étions en train de nous extasier devant les bébés quand Lucy, Claudia et Carla sont arrivées.

– Salut, les filles ! Ohhhh ! Ils sont trop mignons !

Ce devait être l'heure, parce qu'Anita a interrompu les discussions en tapant dans ses mains.

– Très bien, tout le monde. Le cours va commencer

Prenez tous un siège, s'il vous plaît. Nous allons d'abord faire les présentations.

Au moment où nous prenions place en demi-cercle autour d'Anita, Mallory et Jessica sont arrivées. Jessica s'est glissée à côté de moi et m'a murmuré :

– On est en retard ?

– Non, c'est bon.

– Tant mieux. Papa est passé me prendre à mon cours de danse et nous sommes restés coincés dans les embouteillages. J'ai cru qu'on n'arriverait jamais.

– Bien, j'aimerais que vous vous présentiez à tour de rôle en donnant votre prénom et en expliquant pourquoi vous êtes ici. En ce qui me concerne, je m'appelle Anita, et je vous présente Don, mon collègue.

Nous avons découvert Don, assis près d'elle. Il était très beau...

Il portait des lunettes et devait être un peu plus jeune que Jim. Je me suis retenue de le fixer lorsqu'il nous a regardés en souriant.

Une femme brune qui avait l'air très gentille a pris la parole.

– Je m'appelle Sue, et voici mon mari, John. J'imagine que vous pouvez tous aisément deviner pourquoi nous sommes ici, a-t-elle dit en souriant et en caressant son énorme ventre. Junior ne va pas tarder à nous rejoindre et nous nous demandons comment nous allons bien pouvoir prendre soin de cette précieuse petite chose. J'ai déjà élevé quantité de chiots, mais j'ai l'impression que ce n'est pas exactement pareil.

Anita a souri.

– Vous avez tout à fait raison. Par exemple, vous n'aurez

pas à craindre que Junior mange votre paire de chaussures préférée.

Nous nous sommes tous mis à rire. La glace était rompue, nous étions tous à l'aise. Les présentations ont continué. J'ai pu constater beaucoup d'intérêt de la part du reste de la salle lorsque nous avons parlé de notre club. Et j'ai alors réalisé que nous étions entourées de clients potentiels. Je n'y avais pas pensé avant. Ce cours risquait d'être doublement enrichissant...

Anita a repris la parole.

– Bienvenue à tous. Nous pouvons nous mettre au travail, maintenant.

Elle s'est tournée vers le tableau noir et a écrit la liste des sujets que nous allions aborder durant la formation :

> le développement de l'enfant, de la naissance à six mois ;

> bien connaître son bébé ;

> la nourriture ;

> les changes ;

> le bain ;

> le sommeil ;

> éveil et jeux.

– Je sais que ça fait beaucoup, mais nous allons faire tout ça petit à petit et, à la fin du stage, vous serez de vrais experts en bébés.

Mary Anne m'a soufflé :

– Les couches, c'est le pire ! Je ne sais vraiment pas comment on peut faire pour ne pas mettre du talc partout, sans parler du reste.

– Il faut juste s'entraîner un peu.

Anita a fait circuler des brochures.

– Je pense que ça devrait bien vous aider. Vous y trouverez de bonnes informations. Maintenant, parlons de ce qui nous réunit tous ici : les bébés. Le nourrisson est totalement dépendant de vous en ce qui concerne son bien-être, et il ne peut pas vous dire ce dont il a besoin. Tout ce qu'il peut faire, c'est pleurer. Alors, c'est à vous de deviner ce qui ne va pas.

Comme si on lui avait donné le signal, Ricky, à moins que ce n'ait été Rose, s'est mis à hurler. Très fort. Mme Salem a pris le bébé dans ses bras, gênée.

– Pas de problème, Liz. Profitons de cet exemple. Que veut le bébé d'après vous ?

– C'est Ricky. Et on dirait bien qu'il a faim. Mais il n'y a qu'une seule chose à faire pour en être sûre.

Elle a sorti un biberon de son sac et l'a présenté à Ricky. Il a tourné la tête en pleurant encore plus fort.

– Ça n'a pas l'air d'être ça, a conclu sa mère. Il est peut-être tout simplement agité. Il aime bien qu'on le promène dans les bras. Il doit en avoir assez d'être dans son siège.

Elle s'est levée en demandant :

– Quelqu'un peut surveiller Rose ?

– Je m'en occupe, me suis-je empressée de répondre.

Elle est partie se promener dans la salle en berçant son bébé et en lui parlant doucement. Mais, visiblement, ce n'était pas la solution.

Ricky continuait à hurler comme je n'aurais jamais imaginé qu'une si petite chose pouvait le faire.

– Je suis vraiment désolée, s'est excusée Mme Salem.

Elle avait l'air très embarrassée.

– Alors, Ricky ? Dis-moi ce qui ne va pas, mon chéri.

Rien ne semblait pouvoir le calmer.

– Ne vous inquiétez pas Liz. Nous allons pouvoir en tirer beaucoup d'enseignements, l'a rassurée Anita. Que peut-il vouloir d'autre ? L'un d'entre vous a-t-il une idée ?

Une femme enceinte a fait une proposition :

– Il veut peut-être son doudou.

– C'est possible. Mais il est encore trop petit pour être attaché à un objet. À cet âge, tout ce qui peut l'intéresser, c'est d'être bercé, de manger et de dormir. Une autre idée ?

Ricky sanglotait toujours.

– Je n'en peux plus ! a glissé Claudia à Lucy. Il va encore pleurer combien de temps comme ça ?

Lucy a pouffé de rire.

– Je n'avais jamais imaginé qu'un bébé pouvait faire autant de bruit.

Don, qui s'était levé pour rejoindre Mme Salem, a demandé :

– Aurait-il des selles liquides en ce moment ?

– Oh, j'espère que non, je n'ai aucune idée de ce qu'il faut faire en pareil cas.

– C'est quoi des « selles liquides » ? a demandé Jessica.

Don lui a répondu :

– Souvent, les bébés ont des problèmes de digestion, ils ont très mal au ventre et ils ont la diarrhée.

– Et que peut-on faire ? a voulu savoir Claudia.

– Pas grand-chose, malheureusement. C'est vraiment dur pour les parents. Le bébé peut pleurer des heures entières et à part le promener en le réconfortant, les parents ne peuvent pas le soulager.

J'espérais ne jamais avoir à garder un bébé avec des « selles liquides ».

Pendant tout ce temps, Ricky n'avait pas cessé de hurler.

Et puis, j'ai eu une idée. J'ai levé la main pour demander la parole.

– Peut-être qu'il faudrait le changer ?

– Très bonne suggestion, Kristy. Qu'en pensez-vous, Liz ?

– C'est possible. Ricky ne supporte pas d'avoir sa couche un peu humide. Par contre, Rose, elle, n'y trouve rien à redire.

– Alors, essayons.

Anita a pris le sac de Mme Salem pour le porter sur une table à langer. Tout le monde s'est rapproché pour observer. Heureusement, j'étais assise assez près pour bien voir l'opération « changement de couches » tout en continuant à surveiller Rose.

– Bien ! Vous utilisez des couches en tissu réutilisables, a constaté Anita. Nous allons apprendre à utiliser les deux sortes de couches, jetables et en tissu. Beaucoup de parents reviennent à celles en tissu en ce moment. C'est plus écologique et ça donne à peine plus de travail.

Anita a changé Ricky tout en nous expliquant ce qu'elle faisait. Une fois que le bébé a été propre et sec, il a cessé de crier, comme par enchantement. Il était tout souriant, faisant des bulles et des petits bruits rigolos.

Je me suis rendu compte que ce cours promettait d'être difficile, mais aussi très amusant.

5

– Voici notre fils, Ethan.

Anita a mis son bras autour de l'épaule d'un charmant petit garçon blond. Il portait un T-shirt avec un gros dinosaure violet.

– Salut, Ethan, lui ai-je dit. Tu as un super T-shirt.

– Dis bonjour à Kristy, Ethan, l'a encouragé Don.

Intimidé, Ethan se cachait derrière les jambes de son père.

– Pas de problème, moi aussi, parfois, je n'ai pas envie de parler aux autres.

Qu'il était mignon ! J'avais compris vers la fin du premier cours qu'Anita et Don étaient mariés. Je n'ai pas pu m'empêcher d'être déçue. J'avoue avoir eu un petit faible pour Don. Et je n'étais pas la seule, tout le club était sous le charme.

C'était la première fois que je rencontrais Ethan. Et ça m'a fait voir Don sous un autre jour. C'était un père comme les autres, quelqu'un qui pouvait m'engager en tant que baby-sitter, qui me dirait où est le disjoncteur au cas où les plombs sauteraient et irait au cinéma avec sa femme. Mon béguin a disparu d'un coup, comme ça. Je le trouvais toujours aussi mignon, mais je n'étais plus « hypnotisée », comme disait Mary Anne.

On était samedi après-midi et pour une fois, je m'étais apprêtée tout spécialement. Au lieu d'enfiler des jeans et un sweat-shirt, j'ai mis une jolie jupe avec un col roulé Pourquoi ? Parce que le stage était terminé et que nous allions recevoir nos « diplômes ». Il s'agissait d'un certificat attestant que nous avions suivi avec succès le cours de puériculture.

Anita et Don nous avaient dit que nous pouvions inviter de la famille ou des amis. La salle était pleine de gens. Les enfants couraient dans tous les sens en criant et les adultes discutaient entre eux.

Maman et Jim n'étaient pas libres, mais Mamie et Sam étaient là. Nos baby-sitters intérimaires, Louisa et Logan, étaient aussi venus, et j'étais contente de voir Mary Anne et Logan discuter ensemble.

Les parents de Claudia étaient là avec Jane, la sœur de Claudia, ainsi que la maman de Lucy. La mère de Carla et le père de Mary Anne étaient assis l'un près de l'autre. Ils souriaient en observant les enfants jouer.

La petite sœur de Jessica, Becca, était le seul membre de la famille Ramsey présent. Ce sont les Pike qui l'avaient amenée. Ils étaient au grand complet

Je me sentais un peu nerveuse, parce que nous avions eu un examen au dernier cours et, même si Anita nous avait dit que nous l'avions tous réussi, nous allions savoir quelles étaient nos notes. Je voulais vraiment être parmi les meilleurs pour montrer à Anita à quel point j'avais apprécié son cours.

– Ces évaluations servent juste à nous assurer que vous avez bien assimilé toutes les informations que nous vous avons données, nous avait expliqué Don.

Mais je prenais quand même tout ça très au sérieux.

Nous avions d'abord eu une évaluation écrite sous forme de questions à choix multiples.

Par exemple :

Vous changez les couches de Rebecca, de six mois. Le téléphone sonne dans la pièce voisine. Que faites-vous ?

A) Vous courez répondre au téléphone. L'appel peut être important et Rebecca est confortablement installée sur la table à langer. Elle peut attendre.

B) Vous attrapez Rebecca et vous courez essayer de décrocher le téléphone. Vous l'aurez peut-être avant qu'il n'arrête de sonner.

C) Vous laissez sonner. Vous ne pouvez pas laisser Rebecca toute seule sur la table à langer.

Cette question était vraiment facile. C, évidemment. Mais il y en avait d'autres, beaucoup plus dures. À la fin de l'examen (enfin... de l'évaluation), j'avais l'impression de l'avoir plutôt bien réussi. Mais une ou deux questions m'avaient posé problème.

Avec Mary Anne, nous avons comparé nos réponses. Elle avait eu plus de mal, sans doute parce qu'elle est fille unique et qu'elle a moins l'habitude des enfants que moi.

La deuxième partie de l'évaluation était, comme Anita l'appelait, une « évaluation pratique ». Nous devions tous montrer que nous avions bien appris certains gestes.

Par exemple, nous avions dû mettre une couche à une poupée, en suivant bien toutes les étapes qu'Anita et Don nous avaient enseignées. Ensuite, il avait fallu laver le « bébé » et l'habiller. Tout ça comme s'il était vivant.

Anita et Don nous observaient attentivement pour voir si on n'oubliait pas un détail, comme de toujours garder une main sur l'enfant parce qu'il peut rouler et tomber de la table.

Nous avions aussi dû montrer trois façons de porter un bébé dans les bras en toute sécurité, et trois techniques pour lui faire faire son rot.

J'étais si nerveuse en mettant la couche à la poupée que je ne savais vraiment pas si j'avais tout bien fait.

On avait dû utiliser des couches en tissu, car c'est plus difficile. Avais-je bien glissé ma main sous la couche lorsque je l'avais attachée avec les épingles à nourrice pour ne pas piquer le bébé ? Avais-je bien plié la couche comme il fallait ?

J'allais bientôt le savoir.

– Pouvons-nous commencer ?

À part moi, je ne suis pas sûre que les autres aient entendu Anita. Il y avait vraiment beaucoup de bruit dans la pièce.

– Votre attention, s'il vous plaît ! est intervenu Don en haussant la voix.

Les conversations se sont tues d'un coup. Anita a encore attendu une petite minute que les gens soient assis.

– Nous sommes très fiers de vous. Vous vous souvenez, au premier cours, lorsque je vous ai dit que vous alliez devenir de véritables experts en bébés? Eh bien, vous y êtes tous arrivés.

– Bravo à tous, a ajouté Don, mais je tiens à féliciter tout particulièrement deux d'entre vous, qui ont réalisé un sans-faute, au questionnaire à choix multiples comme à l'évaluation pratique.

Mon cœur a fait un bond. Se pouvait-il que je fasse partie des deux premiers de la classe? J'ai parcouru la salle du regard. J'ai remarqué une femme qui allait bientôt accoucher, Mme Nielsen. Je me suis souvenue qu'elle avait été vraiment bonne pour changer les couches. Je savais aussi que Carla s'était particulièrement bien débrouillée à l'examen pratique. Je l'avais observée et elle n'avait commis aucune erreur.

– La première personne à avoir tout juste est John Davenport. Venez prendre votre certificat, John.

En voilà une surprise! John est monté sur l'estrade avec un grand sourire.

– Beau travail, John! Vous êtes le premier homme à avoir fait un sans faute.

– Et l'autre personne, a lancé Don, est l'une de nos jeunes élèves...

Carla, j'en étais sûre!

– ... Kristy Parker. Si tu veux bien venir!

Je n'arrivais pas à le croire.

Je me suis levée, encore sous le coup de la surprise, et je suis allée serrer la main de Don. J'ai pris le certificat qu'Anita me tendait. Tout ce que j'ai réussi à bredouiller, c'est « merci ! » Alors que j'allais regagner ma place, un tonnerre d'applaudissements m'a arrêtée.

– Bravo, Kristy !

C'était mon frère, Samuel, debout, qui frappait dans ses mains à tout rompre.

Je ne sais pas comment, mais j'ai réussi à rejoindre mon siège et j'ai suivi le reste de la cérémonie avec un énorme sourire sur les lèvres. J'étais aux anges !

J'ai ensuite vu mes amies recevoir leurs certificats avec beaucoup de plaisir. Puis nous sommes passés dans la pièce voisine où nous attendait un buffet croulant sous les gâteaux et les jus de fruits.

Carla est venue vers moi.

– Toutes mes félicitations, Kristy ! Quand je pense que je n'ai fait qu'une faute. Et bête, en plus ! Je m'en veux tellement.

– Nous avons toutes eu l'examen et c'est ce qui compte. En plus, on s'est bien amusées.

Nous nous sommes mêlées aux autres et avons beaucoup ri en nous rappelant certaines anecdotes de cours.

Cinq futures mamans sont venues me féliciter... et demander le numéro de téléphone du club ! Heureusement, avant de partir, j'avais pensé à prendre des prospectus et j'avais donc quelque chose à leur donner.

Mme Salem est venue nous dire au revoir avec Rose et Ricky.

– Il est tout à fait possible que je vous appelle un de ces jours.

– Bien sûr, lui a répondu Claudia. On adorerait toutes garder ces deux petites merveilles.

Je me suis excusée auprès du groupe pour aller parler à Anita et Don.

– Je voulais vous remercier. Vous avez été des profs fantastiques. Les cours étaient vraiment passionnants.

Ethan a sorti sa tête de sous le T-shirt de sa maman.

– Est-ce que tu viendras me garder un jour ?

– Avec grand plaisir, Ethan. Quand tu veux.

J'étais contente qu'Ethan ait vaincu sa timidité pour me parler. J'ai dit au revoir à Anita et Don et j'ai rejoint mes amis.

Nous avions décidé de faire notre propre fête après la cérémonie. Nous nous sommes donc tous rendus chez Claudia, notre lieu de rendez-vous habituel.

Claudia avait fait des brownies, prévu des gâteaux de régime pour Carla et Lucy, et acheté du Coca Light. Une fois tout le monde servi, nous avons levé nos verres.

– Aux lauréats ! a lancé Claudia.

Nous avons encore parlé de la classe et des autres élèves.

– Vous avez vu comme Mme Nielsen est grosse ? a demandé Lucy. Je ne m'imagine pas avec un ventre aussi énorme.

– Elle va peut-être avoir son bébé aujourd'hui, a dit Mary Anne. Après toutes ces émotions…

Au milieu de nos bavardages, je me suis soudain rappelé que j'avais promis à Mme Prezzioso de l'avertir dès que j'aurais mon diplôme. Je me suis ruée sur le téléphone.

– C'est génial, Kristy ! Tu pourrais commencer dès la semaine prochaine ? J'aurais besoin de toi tous les lundis et jeudis de trois à cinq heures pendant un mois.

– D'accord, j'ai hâte d'être à lundi.

– Jenny aussi. Et je suis sûre que si Andréa pouvait parler, elle dirait la même chose

En raccrochant j'ai entendu les petits gémissements d'Andréa, et j'ai eu une petite angoisse. J'allais devoir m'occuper d'un vrai bébé, plus d'une poupée !

6

Quand l'heure est venue de mon premier baby-sitting avec Jenny et Andréa, j'étais prête. J'avais relu la brochure et toutes les notes que j'avais prises durant les cours d'Anita et Don.

J'étais sûre de pouvoir faire face à tout ce qui pouvait se produire ce jour-là. Après tout, j'avais réussi l'examen haut la main, non ?

Enfin, c'est ce que je me disais avant d'arriver chez les Prezzioso. J'ai dû vite me rendre à l'évidence : s'occuper d'un bébé est une chose, s'occuper d'un bébé et de sa sœur de quatre ans en est une autre.

– Bonjour, Kristy, entre vite !

Mme Prezzioso venait de m'ouvrir la porte. Elle avait parlé très bas et je lui ai envoyé un regard interrogateur.

– Andréa fait une petite sieste, elle devrait se réveiller d'ici une demi-heure.

– KRISTY ! ! !

Jenny avait dévalé l'escalier et s'était jetée sur moi. Je l'ai prise dans mes bras et je l'ai serrée très fort, en lui murmurant :

– Chut, Jenny. Il ne faut pas faire de bruit pour ne pas réveiller Andréa.

– D'accord… on joue à la poupée ?

Mme Prezzioso s'est mise à rire.

– Je t'avais dit qu'elle avait hâte de te voir. Elle adore jouer à la grande sœur avec Andréa, comme tu vas pouvoir le constater. Mais elle a aussi besoin que tu t'occupes d'elle lorsque vous serez toutes les deux.

J'ai tout de suite remarqué que Jenny n'était pas aussi bien habillée que d'habitude. Mme Prezzioso ne devait plus avoir le temps de créer des tenues parfaites pour chaque occasion.

Avant la naissance de sa petite sœur, Jenny était toujours impeccablement apprêtée. Elle portait des robes de petite fille modèle avec les socquettes assorties et des rubans dans les cheveux. Mais, cette fois-ci, elle avait l'air d'une petite fille tout ce qu'il y avait de plus ordinaire.

Mme Prezzioso non plus n'était pas comme d'habitude Pour une fois, elle n'avait pas l'air d'un mannequin sorti tout droit d'un magazine de mode, mais d'une maman ordinaire, prête à aller à une réunion à l'école de sa fille.

J'imagine qu'avec une petite fille de quatre ans et un bébé, elle avait moins de temps pour elle !

Mais au moment du départ, j'ai retrouvé la Mme Prezzioso que je connaissais. Elle m'a fait mille recommandations alors qu'elle enfilait son manteau et cherchait ses clés de voiture.

– Il y a des biberons prêts dans le réfrigérateur. Tu auras juste à en mettre un dans le chauffe-biberon lorsque tu en auras besoin. Les couches sont dans une boîte bleue sous la table à langer. Et si... Oh, c'est pas vrai. Je suis déjà en retard !

– Ne t'inquiète pas, maman, est intervenue Jenny. Je vais aider Kristy. Je sais comment il faut s'occuper d'Andréa.

– C'est vrai, ma puce. Tu es une grande sœur formidable. Papa et moi avons une chance folle de t'avoir pour nous aider. Tu seras gentille avec Kristy, d'accord ?

Jenny a acquiescé en embrassant sa mère très fort.

– Et maintenant, on peut jouer à la poupée ? a-t-elle demandé aussitôt.

J'ai ri.

– D'accord, Jenny. Au revoir, madame Prezzioso. Bonne réunion.

La porte d'entrée à peine refermée, Jenny m'a tirée par la main dans le salon. Elle a sorti toutes ses poupées d'un coffre.

– On les emporte dehors. J'aime bien jouer avec mes poupées sous mon arbre.

– Jenny, ce n'est pas possible. Imagine qu'Andréa se réveille. Il faut que nous restions à l'intérieur pour pouvoir l'entendre.

– Je veux jouer dehors !

Jenny avait son air têtu des mauvais jours, ce qui voulait dire qu'elle insisterait jusqu'à ce qu'elle obtienne ce qu'elle voulait. Je devais être ferme.

– Souviens-toi de ce que ta maman t'a dit. Tu dois m'aider pour que tout se passe bien. J'ai besoin de toi pour veiller sur Andréa. Et pour ça, nous devons rester toutes les deux à l'intérieur.

– D'accord.

Jenny s'est alors assise par terre et elle m'a donné une poupée brune habillée en danseuse. Ouf ! Je ne pensais pas m'en sortir aussi bien.

Au même moment, j'ai cru entendre un bruit venant du premier. Andréa ?

– On joue ! m'a ordonné Jenny.

– Chut ! Écoute ?

J'ai, cette fois-ci, clairement entendu des pleurs.

Andréa était réveillée.

– Super ! Elle a fini sa sieste, on va pouvoir jouer avec elle ! s'est exclamée Jenny.

Nous sommes vite montées au premier. J'étais surprise de la facilité avec laquelle Jenny avait laissé tomber son jeu (à vrai dire, je n'étais pas mécontente d'échapper à la « séance poupées »). Andréa était allongée sur le ventre dans son petit lit. Elle avait la tête levée et observait ce qu'il y avait autour d'elle en poussant de petits cris.

– Bonjour, Andréa, lui ai-je dit doucement.

Puis je me suis tournée vers Jenny.

– Elle est trop mignonne.

– C'est moi qui ai choisi ses vêtements aujourd'hui ! Le rose, c'est ma couleur préférée, et c'est aussi celle d'Andréa.

Elle s'est approchée du lit et a glissé ses mains entre les barreaux pour câliner sa petite sœur.

– Salut-salut, Andréa-lala.

J'ai laissé Andréa découvrir mon visage un moment. Elle avait l'air un peu perturbée. Elle pensait trouver sa maman au-dessus de son berceau, non pas une inconnue. Mais elle ne semblait pas trop s'inquiéter. Et puis, je suis sûre que la présence de Jenny était une bonne chose. Il y avait au moins un visage familier dans la chambre.

Après un moment d'observation, je l'ai prise dans mes bras.

– Alors, est-ce que tu as besoin d'une nouvelle couche ?

Pour toute réponse, elle a fait des gazouillis. J'ai donc mis mon nez là où il fallait pour être fixé.

– Ça ne sent rien.

Je la portais dans mes bras en faisant bien attention de suivre les instructions qu'Anita et Don nous avaient données.

Et voilà qu'elle s'est mise à pleurer d'un seul coup. Ce n'était pas des petits couinements, hein, mais des cris perçants ! Jenny s'est plantée au milieu de la chambre, les mains sur les oreilles en criant :

– Fais-la taire ! Je ne supporte pas quand elle hurle comme ça !

J'ai tenté de bercer Andréa pour la calmer. Je lui parlais tout doucement, mais rien n'y faisait. Elle hurlait de plus en plus fort. Et Jenny aussi.

J'ai parlé le plus fort possible pour couvrir les deux cris.

– Jenny, c'est bon ! Moi non plus, je n'aime pas ça, mais ce n'est pas en criant que les choses vont s'arranger ! Descendons, je pense qu'elle veut son biberon.

– D'accord, je vais te montrer comment le réchauffer.

Je l'ai suivie jusqu'à la cuisine avec Andréa hurlant toujours dans les bras.

Jenny s'est ruée sur le réfrigérateur et j'ai pu constater, alors qu'elle ouvrait la porte, que Mme Prezzioso avait préparé assez de biberons pour une semaine entière. Elle avait sûrement voulu s'assurer qu'Andréa ne manquerait de rien, mais là, elle en avait vraiment fait trop.

Jenny a pris un biberon. En le sortant, elle a renversé un bol de spaghettis qui était à côté.

– Oh non, ai-je grommelé.

Andréa hurlait toujours et Jenny me regardait, tout embêtée.

– J'ai pas fait exprès…

– C'est rien, Jenny. Tu sais quoi ? Tu n'as qu'à mettre le biberon à chauffer, ensuite tu pourras m'aider à nettoyer.

Une fois le chauffe-biberon en route, j'ai commencé à ramasser les bouts de spaghettis, mais ce n'était vraiment pas facile avec un bébé dans les bras. Jenny « m'aidait » mais, comme elle était contrariée, elle n'était pas d'une grande utilité.

J'ai attrapé une éponge et j'en ai profité pour jeter un œil à la pendule. Trois heures et demie. Je n'étais là que depuis une demi-heure ! Comment allais-je tenir jusqu'à cinq heures ?

Quand le biberon a été prêt, je me suis installée sur une chaise dans la meilleure position possible. Andréa pleurait toujours, mais dès que je lui ai mis la tétine dans la bouche, ses cris ont cessé.

Quel soulagement !

Jenny est venue s'asseoir à côté de nous. Elle regardait sa sœur avec beaucoup d'intensité.

– Tu as vu comme ses yeux s'ouvrent et se ferment ? Et tu as vu ses toutes petites mains ?

Elle avait l'air d'adorer sa petite sœur.

Andréa tétait goulûment. J'avais le bras tout engourdi, mais je ne voulais pas la déranger en changeant de position. Jenny commençait à s'agiter. Elle en avait assez.

– Jenny, dès qu'Andréa aura terminé son biberon, je la mettrai dans son siège et elle nous regardera faire des gâteaux, d'accord ?

– Oh oui ! s'est-elle enthousiasmée.

Ce qui a fait sursauter Andréa. Anita nous avait prévenus à propos de ce genre de réaction. Les bébés font ça quand ils entendent un bruit soudain. Elle a arrêté de téter et a ouvert grands les yeux. Pendant une seconde, j'ai cru qu'elle allait se remettre à pleurer, mais elle s'est tout de suite détendue.

Lorsqu'elle a eu fini son biberon, je l'ai mise dans son siège en prenant soin de bien l'attacher. J'ai ensuite sorti des placards les ingrédients nécessaires pour les gâteaux, et Jenny et moi, nous nous sommes mises au travail.

De nouveaux pleurs nous ont assez rapidement interrompues. Andréa gigotait dans tous les sens, et j'ai tout de suite réalisé que j'avais oublié de lui faire faire son rot ! Je me suis empressée de la reprendre dans mes bras. Après un bon rot réglementaire, elle allait mieux. Je l'ai remise dans son siège et je suis retournée à ma recette. Je n'avais pas encore les mains dans la farine qu'elle a recommencé à pleurer. Je l'ai regardée, désespérée.

– Qu'est-ce que c'est, cette fois ?

– Sa couche, a fait Jenny en haussant les épaules.

Elle avait raison. Nous sommes allées dans la chambre pour changer Andréa. Puis, nous sommes redescendues.

Impossible de finir nos gâteaux. Nous avons été interrompues constamment. Jenny était plutôt déçue, mais je n'ai rien pu faire d'autre que de m'excuser. J'ai dû me rendre à l'évidence : il était impossible de s'occuper d'un bébé et de faire la cuisine en même temps.

Que cela me serve de leçon. Je me suis promis de le noter dans le carnet de bord pour en faire profiter tout le monde. Pas la peine d'essayer d'être une super baby-sitter.

Mme Prezzioso est rentrée un peu avant cinq heures. Je n'avais pas fini de nettoyer la cuisine.

– Je suis vraiment désolée pour le bazar, nous voulions...

– Ce n'est pas grave, Kristy.

Je n'en revenais pas. Mme Prezzioso était plutôt du genre ordonné, voire maniaque. Or, elle n'avait vraiment pas l'air embêtée par l'état déplorable de la cuisine. Elle m'a tendu une feuille de papier.

– Regarde, ça a l'air génial, non ?

C'était un formulaire d'inscription pour la fête des enfants.

– Je l'ai eu à l'école de Jenny. Elle est trop âgée pour y participer, mais je meurs d'envie d'y inscrire Andréa. Je ne sais pas encore ce que je vais choisir comme costume et comme décorations pour la poussette, mais j'ai plein d'idées.

– Ça serait chouette, d'ailleurs...

Mais elle ne m'a pas laissée terminer.

– J'avais pensé que tu pourrais m'aider. Je n'ai vraiment pas le temps de m'en occuper, mais je pourrais te payer pour le temps que tu y passerais.

– Euh... oui mais...

J'avais vraiment envie d'y inscrire Emily, et je ne voyais pas comment faire les deux.

– Je ne suis pas sûre d'avoir le temps.

– Je comprends. Tu n'as qu'à y réfléchir.

Tu me donneras ta réponse dans quelques jours.

Je lui ai promis d'y penser et j'ai dit au revoir aux filles avant de m'en aller. Mme Prezzioso avait l'air surexcitée à l'idée de cette fête. Elle n'avait même pas pensé à me demander comment s'était passé l'après-midi !

7

Mercredi

Vous savé, depuis qu'on a suivit se cours sur les bébés, j'ai remarqué qu'en fait, c'était très intérressant, un bébé ! Je croyais que ça ne faisait que dormir et manger, mais maintenant, je sais comment joué avec eux et je devine plus facilement pourquoi ils pleurent... Vraiment, je trouve Lucy Jane Newton a-do-rable !

Claudia avait gardé ce jour-là deux enfants que nous adorons toutes, Simon Newton qui a quatre ans et sa petite sœur, Lucy Jane, qui est encore un bébé. Simon a toujours été un garçon adorable et Lucy Jane est le bébé le plus souriant que j'aie jamais vu. Elle gazouille tout le temps, même au réveil.

– Salut, Claudia ! s'est écrié Simon en ouvrant la porte. Waouh, tes boucles d'oreilles sont vraiment chouettes !

Comme d'habitude, elle portait des boucles très originales qui, bien sûr, étaient assorties à ses vêtements, à savoir un pantalon large noir avec des taches de toutes les couleurs, des tennis bleues (les lacets défaits, je suppose que c'est cool. J'avais marché dessus une bonne dizaine de fois mais Claudia refusait catégoriquement de les nouer) et un grand pull qui lui dégageait une épaule.

Et ses boucles d'oreilles ? C'était des petites palettes de peinture. Simon a tout de suite adoré.

– Je veux me déguiser en citrouille pour Halloween. (Halloween était dans trois millions d'années, mais vous connaissez les enfants. Ils pensent toute l'année à leurs fêtes favorites – anniversaire, Halloween et Noël.) Tu pourras m'aider à faire mon costume ?

– Avec plaisir, Simon.

Mme Newton est arrivée dans l'entrée. Elle avait Lucy Jane dans les bras et essayait en même temps de mettre son manteau.

– Attendez, je vais prendre Lucy Jane, a aussitôt proposé Claudia en tendant les bras vers la petite fille.

Cette dernière s'est d'abord tournée contre sa mère, mais comme Claudia lui faisait des grimaces, elle s'est mise à rire et a finalement accepté de changer de bras.

– Merci, Claudia. J'ai quelques courses à faire, mais je serai de retour avant cinq heures et quart, comme ça, tu ne manqueras pas ta réunion.

– Est-ce que je peux emmener les enfants à la bibliothèque ? Maman m'a dit qu'il y avait un nouveau théâtre de marionnettes dans la section jeunesse.

(La mère de Claudia est la conservatrice de la bibliothèque municipale.)

– Bibiotèque, bibiotèque ! s'est immédiatement mis à scander Simon. On va à la bibiotèque !

Il sautait dans tous les sens.

– Ça m'a l'air d'être une bonne idée, a conclu Mme Newton. Le landau de Lucy Jane est dans la véranda. Oh, j'ai aussi des livres à rapporter à la bibliothèque, tu pourrais le faire pour moi ? Ils sont sur le bureau de Simon. Merci beaucoup, Claudia !

Elle a attrapé son sac à main, embrassé ses enfants et filé.

– On y va, Claudia ? À la bibiotèque !

Simon la tirait par la main. Il avait l'air impatient de découvrir ce nouveau théâtre de marionnettes.

– Oui, mais il faut d'abord vérifier la couche de Lucy Jane et prévoir un biberon à emporter au cas où elle aurait faim.

– Moi, j'ai faim ! On peut manger avant de partir ?

– Pourquoi pas.

Pendant que Simon dévorait un sandwich au beurre de cacahuètes et au miel, Claudia s'est occupée de Lucy Jane et l'a préparée pour la petite expédition. Puis, elle est allée chercher les livres au premier. Ils n'étaient, bien sûr, pas sur le bureau de Simon. Claudia les a trouvés sous une pile de dessins, par terre. Enfin, ils ont pu partir !

La promenade en landau a été très agréable. Lucy Jane est tellement mignonne que tous les passants s'arrêtaient pour lui sourire.

Simon marchait à côté du landau, tout fier de l'attention que Lucy Jane suscitait. Il répondait aux questions des passants sur l'âge de sa petite sœur. Il n'oubliait jamais d'ajouter son âge à lui, en précisant même le jour de son anniversaire.

– Ils vont peut-être m'offrir des cadeaux maintenant qu'ils savent quand c'est.

En entrant dans la section jeunesse de la bibliothèque, Claudia s'est tout de suite demandé s'ils avaient bien fait de venir. Il y avait des enfants partout, qui hurlaient, sautaient dans tous les sens ou se disputaient. Elle a tout de suite pris la main de Simon et a serré Lucy Jane contre elle. (Elle avait laissé le landau à l'entrée.)

– Mais, qu'est-ce qui se passe ? a-t-elle demandé à la bibliothécaire.

– Je suis avec une classe. On a bientôt fini. Je vous laisse le champ libre d'ici quelques minutes.

Claudia a emmené les enfants dans un coin pour regarder les livres en attendant que les élèves s'en aillent. Au bout d'à peine dix minutes, la pièce s'est retrouvée tout à fait calme. Elle a alors pu montrer le théâtre à Simon. Il a vraiment aimé et il a même improvisé une histoire avec les marionnettes, un mélange du Petit Chaperon rouge, des Trois Petits Cochons et… de super-héros ! Claudia et Lucy Jane ont suivi le spectacle avec attention.

– Je vais vous attraper ! a grondé Simon en agitant une marionnette de loup.

– Oh, non ! a-t-il fait d'une voix apeurée en remuant celle du petit cochon.

Lucy Jane hurlait de rire.

Le spectacle s'est terminé par un sauvetage spectaculaire du cochon par Superman et Claudia s'est aperçue qu'elle devait ramener les enfants chez eux immédiatement si elle voulait arriver à l'heure à la réunion.

La réunion a été calme, ce soir-là. Carla en a profité pour nous montrer une carte postale que son frère lui avait envoyée de Californie. Dessus, il y avait un garçon qui faisait du roller avec un équipement pas possible. On aurait dit qu'il était déguisé !

Cela m'a aussitôt fait penser à la fête des enfants.

– Au fait, vous auriez des idées pour le costume d'Emily ?

– Je croyais que tu t'occupais du déguisement d'Andréa, s'est étonnée Mary Anne.

– Oui, j'aimerais quand même inscrire Emily. Je ne sais pas encore comment je vais trouver le temps de m'occuper de tout, mais je ne peux quand même pas dire à Mme Prezzioso que je refuse de l'aider. Elle risquerait d'annuler toutes mes gardes du mois.

– Elle ne te renverrait pas pour ça, quand même ! s'est exclamée Lucy.

– J'espère.

– Tu sais quoi ? a ajouté Claudia. Lucy Jane devrait aussi participer. C'est le plus beau bébé du monde.

– C'est vrai qu'elle est mignonne, a convenu Jessica. P'tit Bout aussi. Je pense même qu'il pourrait gagner un prix.

– Et Laura et Gabbie Perkins ? a demandé Mary Anne. Je suis sûre qu'elles adoreraient participer au défilé.

– Eleanor Marshall aussi, a ajouté Carla. Je l'ai gardée l'autre jour. Elle est tellement chou.

Je sentais que ça venait… J'allais avoir une idée. Sûrement une de mes meilleures idées. Je me suis soudain exclamée :

– Je sais ! Et si nous inscrivions tous ces bébés dans la catégorie des chars ?

J'étais tout excitée par mon idée de génie.

–Imaginez un peu comme on va s'amuser à construire le char !

– Tu sais quoi ? m'a répondu Lucy. Je trouve que c'est une idée formidable !

Tout le club a acquiescé, nous avons donc passé le reste de l'après-midi à appeler les parents des bébés que nous voulions inscrire pour leur demander leur permission. Évidemment, j'ai appelé Mme Prezzioso la première, elle était aux anges lorsque je lui ai dit que j'acceptais de l'aider pour le costume d'Andréa. Cette fête des enfants allait être la plus belle qu'on ait jamais vue à Stonebrook.

8

– Alors, tout le monde est prêt à connaître ma grande idée pour le char ?

J'étais vraiment impatiente de leur faire part de mes plans. J'étais certaine qu'elles allaient adorer.

Nous étions chez Mary Anne et Carla. Il était samedi matin. Nous avions décidé de nous réunir chez elles pour parler de la fête des enfants, car nous étions sûres d'être au calme. (Le père de Mary Anne jardinait et la mère de Carla était sortie faire des courses.)

J'ai regardé mes amies. Personne ne s'était jeté sur moi pour me demander quelle était ma grande idée, mais je ne me suis pas démontée.

– Attention, attention ! On va faire un char sur le thème du... base-ball !

Silence. Je les ai bien observées, mais impossible de deviner leur réaction.

– Nous habillerons les bébés avec de petits uniformes de base-ball et nous décorerons le char en terrain de jeu. Ce sera vraiment génial !

– Tu plaisantes ! a répliqué Carla. C'est la plus mauvaise idée que tu aies jamais eue. Des bébés qui jouent au baseball, n'importe quoi !

J'étais super vexée mais je n'ai même pas pu défendre mon idée parce que Carla a continué à parler.

– Je pense qu'on devrait faire quelque chose d'original, un thème auquel personne n'aurait pensé à Stonebrook. Ça s'appellerait « Sous le soleil de Californie » !

Elle a lancé un sourire conquérant à tout le monde.

– On mettrait des tenues super cool aux bébés, ils seraient sur des planches de surf et le char serait décoré en plage.

J'ai fait la grimace. Je ne voyais pas pourquoi des bébés sauraient mieux surfer que jouer au base-ball ! Mary Anne s'est mise à glousser. Carla lui a lancé un regard furieux.

– Je suis désolée, Carla. C'est juste que je trouve l'idée des bébés surfeurs plutôt idiote. Et si on prenait un thème plus en relation avec les bébés ? On pourrait mettre en scène une comptine, par exemple.

– Ah oui ? Et quoi, comme comptine ? a demandé Carla sèchement.

– La comptine des *Trois Petits Minous*. On déguiserait les bébés en chatons, je pourrais leur tricoter des bonnets avec des oreilles… Et bien sûr, Tigrou pourrait être sur le char aussi.

– En fait, c'est juste un prétexte pour exhiber ton chat, a

grommelé Lucy. C'est tout simplement ridicule ! C'est une parade de bébés, pas un défilé d'animaux.

Mary Anne a baissé la tête, les larmes aux yeux. Elle pleure vraiment facilement.

– Je suis désolée, Mary Anne, s'est excusée Lucy avec douceur. Mais je crois qu'il faudrait quelque chose de plus original pour impressionner les juges.

Mary Anne a reniflé bruyamment.

– D'accord, je t'écoute.

– Quoi ?

– Bah, ta proposition pour le char ! Apparemment, tu penses avoir des idées beaucoup plus intelligentes, alors j'attends !

– Ben…

Lucy a fermé les yeux un moment puis s'est mise à parler très vite, comme si elle avait peur qu'on l'interrompe.

– On pourrait faire un char qui s'appellerait « New York, New York ». On reproduirait les gratte-ciel comme l'Empire State Building. On habillerait les bébés en smoking et en robe du soir.

– Très glamour, ai-je dit en essayant de garder mon sérieux.

Claudia n'a pas pris la peine de retenir son fou rire. Elle a littéralement explosé.

– Lucy, des bébés en smoking ! On serait la risée de tout le monde.

Lucy a croisé les bras sans rien dire, vexée à son tour. Je me suis tournée vers Mallory.

– Et toi, Mal ? Apparemment, nous avons toutes notre idée sur la question.

– En fait, heu…

– Eh bien quoi, Mal ? l'a encouragée Jessica. Allez, tu peux bien nous dire !

– Je pensais qu'on pourrait faire *Le Poney rouge*, a-t-elle dit d'une seule traite.

– QUOI ?

– *Le Poney rouge*, c'est un de mes livres préférés. Je pensais qu'on pourrait le mettre en scène.

– Pardon ? a fait Jessica. Habiller les bébés en poneys !

Elle a levé les yeux au ciel, tandis que les autres se tordaient de rire.

– J-je ne sais pas, a bredouillé Mallory en devant rouge pivoine. Je n'y avais pas vraiment réfléchi.

Je ne sais pas si c'était sa proposition de thème ou la tête qu'elle faisait qui était le plus drôle. Nous étions écroulées de rire.

À chaque fois que nous étions sur le point de reprendre notre sérieux, l'une de nous s'exclamait : « En poneys ! » ou « En surfers ! » et les rires reprenaient de plus belle. Je commençais à avoir mal au ventre et j'avais même les yeux qui pleuraient.

Nous avons finalement réussi à nous calmer, avec beaucoup de mal.

– Claudia, ai-je dit une fois que j'ai eu repris mon souffle. Et toi ? Tu ne nous as pas fait part de ton idée.

– Je sais. Et vous ne la connaîtrez jamais. Elle est aussi idiote que les autres.

– Dis-nous, quand même ! l'a suppliée Lucy. On s'est toutes ridiculisées. Pourquoi serais-tu la seule à y échapper ?

Nous l'avons harcelée jusqu'à ce qu'elle avoue.

– Bon, d'accord. Des bébés venus de l'espace, vous voyez... Non ? On pourrait les déguiser en extraterrestres.

Nous étions trop stupéfaites pour pouvoir rire. C'était de très loin la pire de toutes nos idées !

– Je sais, je sais. Voilà pourquoi je ne voulais pas vous le dire. En réfléchissant bien, je pense que Mary Anne n'a pas tort. C'est une bonne idée de mettre en scène une comptine, mais on n'est pas obligées de choisir cette histoire de chatons.

J'ai jeté un coup d'œil aux autres. Elles hochaient toutes la tête.

– C'est vrai, ai-je convenu. Mais quel genre d'histoire ?

– Une histoire avec beaucoup de personnages, a dit Carla. Autant de personnages que de bébés.

– Attends, lui ai-je dit en vérifiant la liste que nous avions faite. P'tit Bout, Emily, Lucy Jane Newton, Eleanor Marshall et Laura Perkins. Ça fait cinq. Je suppose que Gabbie ne voudra pas participer.

– Bon, réfléchissons, a proposé Lucy.

Nous sommes restées silencieuses pendant quelques minutes. Et puis, quelqu'un a lancé une super idée. Je ne sais plus qui l'a eue (pas moi, en tout cas), mais elle a mis tout le monde d'accord. Sur le moment, on s'est toutes dit que c'était une idée géniale. Mais nous allions vite déchanter...

La Vieille Dame qui vivait dans une chaussure. Voilà notre idée. Je ne sais pas si vous connaissez. C'est une comptine américaine qui raconte l'histoire d'une vieille dame qui vit dans une chaussure avec plein d'enfants.

– Nous aurons besoin de plus de cinq bébés.

Mary Anne avait raison.

– Mais nous ne connaissons pas beaucoup d'autres enfants de moins de trois ans, lui ai-je répondu. Où pourrions-nous trouver d'autres bébés ?

J'ai pensé tout à coup au cours de puériculture. Nous avions rencontré beaucoup de bébés là-bas ! Des parents pouvaient être intéressés par la fête.

– Très bonne idée, a dit Mary Anne. En plus, j'ai noté leurs numéros dans l'agenda. Nous pouvons les appeler immédiatement.

Ça, c'était Mary Anne tout craché, une organisation sans faille !

Nous avons passé quelques coups de téléphone et, en quelques minutes, nous nous sommes retrouvées avec neuf enfants en tout.

– Rassure-moi, m'a demandé Mme Salem. Vous serez sur le char avec les enfants ?

– Bien sûr, voyons.

Restait alors à savoir comment habiller tout ce petit monde.

– Neuf bébés, c'est vraiment plus qu'assez, a dit Lucy. Et comme on devra être sur le char pour s'en occuper, il faudra qu'on se déguise aussi. L'une de nous pourra s'habiller en vieille femme et les autres en enfants. Comme ça, tout le monde respectera le thème.

– On pourra fabriquer le char dans mon jardin, a proposé Claudia. J'ai plein de matériel de déco. J'espère que vous réalisez que ce n'est pas du tout évident de faire un grand char.

– Oh, on y arrivera bien, lui ai-je répondu. Je demanderai à Sam s'il veut bien nous aider. On pourrait aussi lui demander de conduire le char avec son tas de ferraille. Je suis sûre qu'il sera content de nous aider. Il est plutôt bon en bricolage.

– Donc tout est prêt ? a demandé Lucy. Il faut que je rentre chez moi. Avec maman, on doit aller faire des courses.

– Tout est prêt.

Autant vous dire que j'étais loin de la vérité.

9

Le lundi suivant, je suis allée chez les Prezzioso garder les filles. Jenny a ouvert la porte avant même que je ne sonne, elle devait guetter mon arrivée.

– Devine quoi ? Maman a trouvé le costume d'Andréa pour la fête.

– Génial ! J'ai hâte de savoir ce que c'est.

Je pensais qu'elle allait s'empresser de me le dire, mais au lieu de ça, elle a poussé un long soupir.

– J'aimerais tellement faire partie de la parade, et porter un beau costume et tout !

– Je sais, mais tu es une grande fille maintenant et ce n'est que pour les bébés.

Elle m'a regardée tristement.

– Parfois, je voudrais être encore un bébé et pas une grande fille.

Je comprenais. Depuis quelque temps, Andréa était le centre de l'attention générale.

– Mais, tu sais, les grandes filles peuvent faire des choses que ne peuvent pas faire les bébés comme aider à faire la cuisine, et...

Mme Prezzioso a alors fait irruption dans l'entrée.

– Ah, tu es là, Kristy ! Je ne t'ai pas entendue sonner.

– Je sais, Jenny...

– Elle t'a dit pour le costume d'Andréa ? Elle va être tout simplement magnifique !

Elle était très excitée.

– Jenny m'a dit que vous aviez une idée. Mais elle n'a pas eu le temps de me dire quoi.

– Je suis sûre que tu vas adorer, Kristy. J'ai décidé de la déguiser en reine Andréa !

Reine Andréa ?

– Ça... ça a l'air génial !

J'essayais d'avoir l'air enthousiaste, mais pour vous dire la vérité, cette idée me semblait plutôt bizarre.

– On lui fera une couronne et une longue robe avec une traîne ! a ajouté Jenny.

– Tout à fait. Kristy, je vais te montrer ce que j'ai déjà trouvé.

Mme Prezzioso a ouvert la porte du placard de l'entrée.

– Voici la couronne !

Elle a sorti une couronne en plastique doré avec de fausses pierres précieuses tout autour.

– Et elle portera une belle perruque.

Elle m'a montré quelque chose qui ressemblait au vieux chat de mes voisins.

J'en suis restée sans voix.

– Oh, je vais être en retard ! Andréa dort, mais elle ne devrait pas tarder à se réveiller.

Je l'ai suivie jusqu'à la porte. Elle avait tout fait sans moi. Je me demandais en quoi elle voulait que je participe aux préparatifs.

– Je peux faire quelque chose pour vous aider à préparer Andréa pour la fête ?

– Oh oui, c'est vrai ! J'allais oublier. Je voudrais que tu voies comment on pourrait transformer sa poussette en carrosse.

Un carrosse, évidemment.

– Tu peux utiliser tout ce que tu trouveras. C'est moi qui conduirai la poussette durant la parade. Et je veux qu'elle soit fabuleuse pour impressionner les juges. J'aimerais vraiment qu'elle gagne le premier prix dans sa catégorie. Ce serait génial, non ?

– Génial.

J'ai fait un signe de la main à Mme Prezzioso au moment où elle montait dans sa voiture puis j'ai fermé la porte. Elle semblait bien décidée à gagner le premier prix. Bonjour, la pression !

Et si Andréa ne gagnait pas ? Mme Prezzioso en déduirait-elle que j'étais complètement incompétente ? Serait-elle capable de me renvoyer pour ça ? Et quelles seraient les retombées pour la réputation du club ?

Les cris d'Andréa m'ont tirée de mes angoisses.

– Viens, Jenny. Allons chercher la reine Andréa.

Une fois là-haut, j'ai dû constater que Son Altesse avait fait un gros besoin. Il a donc fallu la changer. Puis, Jenny a décidé qu'elle avait faim, nous sommes donc descendues pour le goûter. Alors que je nettoyais la table après notre encas, Andréa s'est mise à pleurer et j'ai réalisé qu'elle aussi devait avoir faim.

Nous nous sommes installées dans le canapé pour le biberon.

Jenny sautait partout dans le salon en chantonnant.

– Regarde-moi !

Elle a fait une galipette un peu bizarre, mais elle s'est relevée très fière d'elle.

– Très bien, Jenny !

– Regarde encore ce que je sais faire !

Elle a exécuté une roue et... s'est cognée au canapé à l'atterrissage.

– Jenny, tout va bien ?

– Très bien ! Je suis douée, hein ? Je pourrais faire des figures de gymastique pendant la parade.

– On dit « gymnastique ». Et tu te débrouilles bien, en effet. Mais, il ne faut pas en faire dans le salon, c'est trop dangereux. Il vaut mieux attendre de faire ça dehors. Quant à la parade, souviens-toi de ce que je t'ai dit tout à l'heure. C'est juste pour les bébés.

Jenny s'est renfrognée, mais cela n'a pas duré. Dès qu'elle a vu que sa sœur avait terminé son biberon, elle s'est exclamée :

– On met son costume à Andréa ? Tu vas voir comme elle est belle avec.

Nous sommes allées chercher le costume dans le placard. À côté de la perruque et de la couronne, il y avait une cape avec de la fausse fourrure et une fraise (vous savez, ces machins en dentelles que l'on se mettait autour du cou au temps des rois et des reines).

Nous avons assis Andréa sur la moquette du salon et nous l'avons habillée. Je peux vous dire qu'elle était vraiment drôle ! La perruque lui tombait sur les yeux, et la couronne ne cessait de glisser. La cape était tellement longue qu'elle aurait sûrement marché dessus si elle avait pu marcher. Et la fraise ? Son cou et la moitié de son visage avaient disparu derrière, il était donc maintenant complètement impossible de voir comme elle était mignonne.

Jenny a pouffé de rire.

– Elle a l'air débile.

J'étais tout à fait d'accord, mais je me suis dit qu'il valait mieux ne pas le dire trop fort. J'ai donc menti.

– Mais non, voyons.

Andréa souriait, ce qui ajoutait au comique de la situation, sauf quand elle a fait un gros « burp ! »

– Oh, non !

Andréa avait rendu son biberon sur la fraise. C'était entièrement de ma faute. J'avais encore oublié de lui faire faire son rot après le biberon. Je lui ai vite enlevé son costume et j'ai nettoyé la collerette comme j'ai pu.

Ensuite, je me suis dit qu'il était temps de réfléchir à la décoration de la poussette.

– Viens Jenny, tu vas m'aider à transformer la poussette en carrosse.

J'ai emmené Andréa avec nous dans la pièce où Mme

Prezzioso avait installé sa machine à coudre et je l'ai mise dans son siège. De cette façon, je pouvais travailler tout en gardant un œil sur elle. Je lui ai donné son hochet et ses clés en plastique pour l'occuper. Puis, j'ai inspecté la pièce pour voir ce que nous pourrions utiliser.

Jenny s'est mise à chanter à tue-tête :

– Tra la la la, la la, la lèreuh…

– Jenny !

Elle ne chantait pas seulement très fort, mais aussi complètement faux.

– La la la, la la, la lèèèèèreuh !

– JENNY ! ! !

– Quoi ? Je veux juste te montrer que je sais chanter. Je pourrais peut-être chanter pendant la parade.

– Jenny, tu ne pourras ni faire de la gymnastique, ni chanter, ni quoi que ce soit. Tout ce que tu pourras faire, c'est regarder. Tu es trop grande !

Jenny a croisé les bras sur sa poitrine, prête à faire une crise. Je lui ai pris la main.

– Regardons un peu ce qu'on peut trouver pour la poussette d'Andréa, d'accord ?

Jenny a acquiescé tristement.

– D'accord.

J'ai déniché quelques rouleaux de tissu dans le placard. L'un d'eux était doré avec plein de paillettes et un autre, couvert de fils en argent.

– On pourrait faire une belle voilure avec ces tissus.

Je les ai posés à côté du siège d'Andréa et j'ai remarqué qu'elle avait jeté tous ses jouets.

– Oh, Andréa !

Je riais en disant cela, mais Jenny l'a pris très au sérieux.

– Tu sais, elle ne l'a pas fait exprès. Maman dit qu'elle n'est pas assez grande pour pouvoir tenir ses jouets dans ses mains longtemps.

– Je sais. Je ne suis pas en colère.

J'ai ramassé les jouets pour les redonner à Andréa.

– Voilà, Votre Altesse.

Elle m'a souri en gazouillant.

– Bon, nous avons les voilages du carrosse en or et argent. Quoi d'autre ?

Jenny ne m'a pas répondu. Elle était trop occupée à faire des pirouettes, comme une ballerine. Elle s'arrêtait régulièrement, faisait quelques pas de claquettes, puis repartait en virevoltant.

– Et qu'est-ce que tu fais, maintenant ?

En fait, j'avais déjà mon idée sur la chose.

– Je danse ! m'a-t-elle répondu, essoufflée. Je pourrais peut-être danser pour la parade.

Je n'en pouvais plus. Ça faisait au moins cinquante fois que je lui expliquais qu'elle ne pouvait pas y participer.

– Jenny, la parade n'est que pour les bébés. Maintenant, sois une grande fille et viens m'aider à décorer la poussette. Ça va être amusant et en plus, lorsqu'Andréa gagnera un prix, eh bien, tu pourras dire que c'est en partie grâce à toi.

C'était risqué. Je promettais à Jenny qu'Andréa allait gagner un prix. Mais j'étais désespérée.

Les yeux de Jenny se sont mis à briller.

– Alors, ça sera comme si j'avais gagné un prix, moi aussi ?

– Eh oui.

– Bon, d'accord, je t'aide.

Nous avons donc passé la fin de l'après-midi à fabriquer le carrosse le plus ridicule qu'on puisse imaginer. Mais, quand Mme Prezzioso l'a vu, elle l'a adoré !

⑩

Mardi,

J'adore les bébés, et pas seulement mon petit frère, P'tit Bout. J'adore tous les bébés. J'adore leurs petits jouets, leur peau toute douce, leurs sourires rigolos. J'adore leur faire des chatouilles et les faire rire. J'adore leur donner le biberon et les regarder s'endormir dans mes bras. J'aime même changer leurs couches. Ils sont tellement contents d'être tout propres, après. Mais aujourd'hui, pour la première fois, alors qu'il y avait un tas de bébés, je me suis dit que ce n'était pas si génial que ça de devoir s'en occuper. Enfin, c'est super... C'est juste que c'est épuisant.

Je crois savoir pourquoi Jessica a écrit ça dans le journal de bord.

Ce jour-là, elle gardait Becca et P'tit Bout, car ses parents étaient tous les deux au travail et sa tante Cecilia était sortie faire des courses. La première demi-heure s'est bien passée. P'tit Bout était totalement captivé par 1, rue Sésame. Son personnage préféré, Elmo, n'apparaît pas souvent, donc P'tit Bout regarde toujours l'émission avec beaucoup d'attention pour ne pas le rater.

Pendant ce temps-là, Jessica montrait pour la mille cinq cent soixante-dixième fois les cinq positions de danse classique à Becca. Cette dernière réussissait bien les trois premières, mais elle avait beaucoup de mal avec la quatrième. À chaque fois, elle finissait par s'écrouler par terre.

Mais ça ne la tracassait pas. En fait, à chaque fois qu'elle tombait, elle poussait un petit cri, haussait les épaules et se relevait pour essayer encore. Au bout d'un moment, elle a quand même fini par se lasser.

– Jessi, on fait autre chose ?

Jessica a jeté un œil à P'tit Bout. Il chantait le générique de l'émission qui se terminait.

– D'accord, Becca. Et si on allait chez Claudia ? Je crois que mes copines commencent à construire le char aujourd'hui.

– Oh oui, super !

Jessica avait expliqué à sa petite sœur qu'avec le club, elle allait participer à la fête des enfants et inscrire P'tit Bout au défilé. Rebecca était tout excitée à cette idée.

– Je pourrais peut-être vous aider pour le char.

Comprenant qu'ils allaient sortir, P'tit Bout a foncé sous

l'escalier prendre sa poussette. Il a grimpé dedans et s'est mis à crier :

– Hu ! Huuu ! Huuuuu !

Il était tout souriant et mastiquait son jouet préféré du moment, un poisson rouge en plastique.

Jessica a laissé Rebecca pousser son frère pendant le trajet. C'est toujours un grand plaisir pour elle. En arrivant dans le jardin de Claudia, Jessica a constaté que Lucy, Mallory et Claudia étaient déjà au travail.

Elle m'a raconté plus tard qu'elle avait été un peu surprise de les voir aussi calmes. Ce n'était pas normal..

– Hé ! Les filles ! Alors, comment ça se passe ?

Personne ne lui a répondu. Elle a sorti P'tit Bout de sa poussette pour le prendre dans ses bras et a rejoint ses amies.

Claudia essayait de donner la forme d'une chaussure à du grillage. Jessica a dit plus tard qu'elle se demandait en voyant ce truc comment les enfants allaient pouvoir tenir dessus. Elle lui a fait une suggestion, mais Claudia l'a ignorée.

Lucy mélangeait des peintures pour décorer le char une fois qu'il serait prêt. Elle essayait de voir ce que ça donnait sur un grand morceau de carton.

Jessica a trouvé qu'elle n'en avait pas préparé assez – la chaussure de Claudia était énorme ! – mais elle s'est contentée de dire :

– J'adore cette nuance d'orange.

Lucy a levé la tête pour la remercier d'un grand sourire. Elle avait de la peinture jaune sur le nez.

Mallory, de son côté, dessinait les costumes des bébés. Jessica a regardé les croquis.

– Ils sont vraiment bien, et ils ont l'air faciles à réaliser.

– C'était ce que je voulais. Et regarde le tissu que j'ai trouvé. Il est super, non ? En plus, il n'était vraiment pas cher.

– Il est chouette, vraiment très chouette !

Le tissu que Mallory avait sorti d'un grand sac était d'un rose vif, et Jessica a frissonné en imaginant ces costumes roses avec le char orange. Mais elle n'a rien dit. Elles travaillaient toutes si dur. Qui était-elle pour les critiquer ? Elle regrettait cependant qu'il n'y ait pas eu de concertation avant ! Mais chacune semblait avoir une idée bien arrêtée, et aucune n'avait l'air intéressée par l'opinion de ses amies.

Comme Rebecca s'amusait bien dans le jardin, Jessica s'est dit qu'elle pouvait rester là un moment. Elle est allée proposer son aide à Mallory, mais celle-ci lui a tout de suite répondu .

– T'inquiète, je contrôle ! Merci quand même.

Donc Jessica s'est assise par terre pour regarder avec P'tit Bout.

– Alors, comment ça se passe ?

Carla venait d'arriver avec Simon et Lucy Jane Newton. Elle a fait son petit tour comme Jessica pour voir les progrès réalisés par ses amies.

– Ça m'a l'air pas mal du tout ! (Ça, c'était pour Claudia.)

– Beau travail, Lucy !

– J'adore tes costumes, Mal !

Carla a ensuite rejoint Jessica. Elle avait Lucy Jane dans les bras. Simon était parti jouer avec Rebecca.

– Tu as vu ce que j'ai vu ? a-t-elle murmuré à Jessica. Tu crois qu'elles se rendent compte de ce qu'elles font ?

– Chuut ! Elles travaillent toutes si dur…

– Je sais. De toute façon, je suis sûre que le char sera réussi, mais…

P'tit Bout et Lucy Jane n'arrêtaient pas de se sourire. P'tit Bout faisait de grands bonjours en agitant son poisson rouge.

– Regarde, Carla. Je crois que c'est le début d'un grand amour. En fait, je viens de réaliser que c'est une bonne chose qu'ils puissent faire connaissance avant de se retrouver ensemble sur le char.

– Tu as tout à fait raison. Mademoiselle Lucy Jane Newton, j'aimerais vous présenter monsieur John Philip Ramsey Junior.

Carla avait pris une voix pincée pour faire très femme du monde.

Jessica a pouffé de rire.

– Très heureux de faire votre connaissance, a-t-elle répondu à la place de P'tit Bout d'une voix tout aussi guindée.

– Enchantée, a fait Carla pour Lucy Jane.

– Qu'est-ce que vous fabriquez ?

C'était Mary Anne. Elle venait d'arriver avec Laura Perkins dans les bras. Gabbie et Myriam la suivaient.

Carla s'est mise à rire et lui a expliqué ce qu'elles faisaient.

– Oh, dans ce cas, puis-je me permettre de vous présenter mademoiselle Laura Elizabeth Perkins ?

Laura a fait un signe vers Lucy Jane comme si elle voulait lui serrer la main. Jessica, Carla et Mary Anne ont éclaté de rire.

C'est à ce moment précis que je suis arrivée avec Jenny et Andréa. Jenny est allée jouer avec les « grands ». Je me suis assise avec mes amies et j'ai présenté Andréa aux autres bébés. Nous étions donc réunies avec tous ces bébés. C'était plutôt impressionnant.

Je n'avais pas encore prêté attention à ce que faisaient Claudia, Lucy et Mallory. Les autres m'ont donc mise au courant. Je me suis dit que je devais aller leur parler, mais Mary Anne m'a convaincue de ne rien en faire.

– Laissons-les travailler. Le char sera peut-être un peu bizarre, mais je suis sûre que tout se passera bien.

– Et puis, a ajouté Carla, nous devons surveiller ces petits bambins.

– Ils sont vraiment adorables, pas vrai ? a fait Jessica en admirant P'tit Bout et Lucy Jane.

Ils étaient assis l'un à côté de l'autre, ils ne jouaient pas vraiment, mais semblaient passer un bon moment.

– J'adore les bébés, a dit Carla. Cette fête va être fabuleuse !

Lucy Jane a alors attrapé le poisson de P'tit Bout. Elle le fixait depuis un bon moment et ça devait bien arriver à un moment ou à un autre.

P'tit Bout a laissé échapper un cri strident.

Lucy Jane souriait béatement et a mis le poisson dans sa bouche.

– Lucy Jane, ma chérie, a fait Carla. Rends son poisson à P'tit Bout.

Lucy Jane l'a royalement ignorée.

P'tit Bout a crié encore plus fort.

Laura Perkins s'est alors mise elle aussi à pleurer.

– Qu'est-ce qu'il y a, ma puce ? lui a demandé Mary Anne.

Elle l'a prise dans ses bras pour la calmer.

Carla a finalement réussi à récupérer le poisson des mains

de Lucy Jane pour le rendre à P'tit Bout, mais la petite était furieuse. Pour la distraire, Carla l'a prise dans ses bras pour la rapprocher d'Andréa, qui était assise sur mes genoux.

– Regarde Andréa. Elle aussi va participer à la parade. Mais elle, elle sera dans sa poussette.

Évidemment, Lucy Jane ne pouvait pas comprendre, mais ses pleurs ont finalement cessé.

Laura, de son côté, gémissait toujours. Mary Anne a donc décidé de vérifier sa couche.

Andréa, elle, commençait à s'agiter. J'ai donc essayé le système de Carla pour la distraire.

– C'est Lucy Jane, regarde. Pendant la parade, elle sera sur un grand, grand char.

Andréa a esquissé un sourire… avant de vomir sur Lucy Jane !

Au même instant, P'tit Bout, qui avait jeté son poisson, pleurait, car il n'arrivait plus à l'attraper.

Laura hurlait toujours.

Claudia a levé la tête de sa sculpture en grillage.

– Vous ne pouvez pas les faire taire ! Il y en a qui essaient de travailler, ici.

J'allais lui sauter dessus quand Mary Anne m'a lancé un regard dissuasif. Elle avait raison, je le savais bien. Mieux valait ne pas perdre de temps en discussion inutile.

Je ne sais pas comment, mais nous avons fini par calmer tous les bébés. Mais, comme Jessica l'a dit dans le journal de bord, ce qui s'est passé cet après-midi-là dans le jardin de Claudia nous a fait sérieusement réfléchir… Franchement, les bébés, c'est fatigant !

11

Jeudi

Vous devez toutes penser que je devrais m'excuser pour le comportement que j'ai eu dans le jardin de Claudia, aujourd'hui.

Mais moi, je ne crois pas. J'ai été honnête, c'est tout. En plus, c'est normal que je veuille qu'Eleanor soit à son avantage sur le char, je suis sa baby-sitter, après tout. Ah, là, là ! Je n'arrive pas à réaliser que la fête est dans deux jours !

Carla avait peut-être eu l'impression d'être honnête, il n'empêche qu'elle aurait quand même dû nous présenter des excuses. Ou, au moins, s'excuser auprès de Mallory. Mais je vais trop vite. Je dois d'abord vous raconter toute l'histoire.

Carla gardait Nina et Eleanor Marshall. Nina a quatre ans et elle est vraiment très drôle. Elle tient de véritables conversations d'adulte, et parfois elle s'engage dans des discussions vraiment étonnantes pour son âge. C'est plutôt drôle.

Carla a raconté qu'une fois elle lui avait parlé d'un de ses copains de la maternelle. Il s'appelait Jimmytony d'après elle. C'était son « petit ami », et il lui téléphonait tout le temps. Plus tard, Carla avait réalisé que Jimmytony était un ami imaginaire. Mme Marshall lui avait expliqué que Nina l'avait sorti de son imagination.

Eleanor a deux ans, et elle est incroyablement mignonne. Elle a les cheveux blonds ondulés avec une grande mèche qui lui tombe sur le front, et des yeux bleus gigantesques.

Elle commence tout juste à faire des phrases. Par exemple, si elle joue à la poupée avec Nina et qu'elles l'habillent avec une grande robe de soirée, Eleanor dira :

– Poupée… habille… danser.

Eleanor copie tout le temps sa grande sœur, elle essaie de dire et de faire tout ce qu'elle dit et fait, ce qui n'est pas toujours facile pour Nina.

Carla gardait donc les filles Marshall ce jeudi après-midi. Elle avait parlé à leur mère du char que nous fabriquions pour la fête, et Mme Marshall était très enthousiaste.

– C'est vraiment bête que Nina soit trop grande pour participer au défilé.

Carla a acquiescé.

– Oui, mais je suis sûre que Nina s'amusera quand même bien à regarder sa sœur. Pas vrai, Nina ?

Nina a hoché la tête et a tout de suite changé de sujet.

– On peut jouer à cache-cache ?

Sa mère a éclaté de rire.

– Eh bien, j'ai l'impression que ça ne l'embête pas tant que ça de ne pas faire partie de la parade. Bon, j'y vais. Je vous laisse jouer.

Dès que la porte s'est refermée, Carla s'est retrouvée avec Nina qui la tirait par un bras, et Eleanor par l'autre.

– Cache-cache ! hurlait Nina.

– Casse-casse ! hurlait Eleanor.

– D'accord, mais qu'est-ce qu'il faut faire d'abord ? a demandé Carla pour vérifier qu'elles savaient jouer.

Nina s'est empressée de lui répondre :

– Tu fermes les yeux et tu comptes jusqu'à dix pendant qu'on se cache.

– Trouve ! a ajouté Eleanor.

– Et quand tu as fini de compter, tu dis : « Prêts ou pas, me voilà ! » et tu nous trouves.

– Exactement. Bravo. Mais on ne joue que dans cette pièce, d'accord ?

Elles étaient dans le salon et Carla se disait qu'il valait mieux ne pas se disperser. Elle ne voulait pas courir après les filles dans toute la maison.

Comme elle l'a vite constaté, elle s'était inquiétée pour rien. Les filles Marshall avaient leur propre vision du jeu. Carla n'avait pas encore fini de compter qu'elles ont commencé à pouffer de rire dans leurs cachettes. Elles n'étaient pas très bien cachées de toute façon. Nina se tenait derrière une lampe plus petite qu'elle, et Eleanor s'était tout simplement tournée contre le mur dans un coin du salon, ayant conclu que si elle ne pouvait pas voir Carla, alors Carla ne pourrait pas la voir.

– Prêts ou pas, me voilà !

Carla a fait mine de chercher partout en se demandant à haute voix comment elle allait bien pouvoir faire pour trouver les filles.

– Où peuvent-elles bien être ? Où ont-elles pu se cacher ?

Les filles ont fini par éclater de rire, elles sont sorties de leurs cachettes en courant et se sont jetées sur Carla.

– Je vous ai trouvées ! s'est-elle exclamée en rigolant.

Elles ont fait cinq parties et, chaque fois, les filles se cachaient au même endroit et Carla les trouvait tout aussi vite. Ce n'était pas tout à fait le jeu que Carla connaissait, mais Nina et Eleanor s'amusaient bien.

Ensuite, Carla a proposé aux filles d'aller chez Claudia voir si le char était bien avancé.

– Il devrait être pratiquement terminé, maintenant.

Mais, en arrivant dans le jardin de Claudia, Carla s'est dit que ce n'était pas une si bonne idée que ça finalement d'être passées.

Le char se dressait au milieu du jardin. Il ne ressemblait à pas grand-chose, en tout cas, pas à une chaussure ! C'était une sorte de gros tas plein de bosses, orange zébrée de rouge. Claudia avait du talent, mais peut-être qu'un char n'était pas aussi évident à construire que nous le pensions.

– Lucy, pourquoi tu n'as pas préparé plus de peinture ? reprochait-elle. Normal que ce char ait l'air moche.

– Je ne pense pas que la peinture y soit pour quoi que ce soit, Claudia. Regarde l'allure de ce machin. Qui pourrait deviner que c'est une chaussure ?

Lucy s'est tournée vers Carla.

– Et toi ? À quoi ça te fait penser ?

– Je... je ne sais pas trop. (Carla ne voulait pas entrer

dans la polémique.) Ce n'est pas trop mal, mais où vont s'asseoir les bébés ?

C'est alors que je suis intervenue. Je venais juste d'arriver avec Emily Michelle et j'avais entendu leur discussion.

– Ne t'inquiète pas. J'ai quelques idées pour ça.

– Ah oui, vraiment ? m'a toisée Claudia, les mains sur les hanches. C'est moi qui construis ce char. J'ai essayé de tenir compte de toutes vos suggestions, mais ça n'a rien arrangé, bien au contraire. Alors, maintenant, je fais à mon idée. C'est tout !

– D'accord, et c'est quoi, ton idée ?

– Eh bien...

Il était évident, en tout cas pour moi, qu'elle n'avait pas le début du commencement d'une idée.

Jessica est alors arrivée avec P'tit Bout, et Mary Anne avec Laura Perkins. Je savais que Mallory gardait Simon et Lucy Jane Newton ce jour-là. Il était fort probable qu'ils ne tarderaient pas à nous rejoindre.

– Moi, je propose qu'on fasse une répétition en costumes. On mettrait leurs déguisements aux bébés qui sont là et on verrait de quoi ils ont l'air sur le char.

Comme tout le monde était tombé d'accord, j'ai couru dans la chambre de Claudia pour téléphoner à Mallory chez les Newton.

– Tu peux ramener les costumes, Mal ?

– Bien sûr, ils ne sont pas tout à fait terminés, mais on aura déjà une bonne idée de ce qu'ils donnent.

Lorsqu'elle est arrivée dans le jardin de Claudia, Mallory portait Lucy Jane calée sur sa hanche et elle avait un gros sac marron à la main.

– Les voilà !

Houlà ! Le tissu était d'une couleur plus vive que dans mon souvenir. On aurait dit des déguisements de clown, mais sur les bébés, ce n'était pas si mal.

J'ai installé Emily en haut du char. Carla a assis Eleanor à côté d'elle. Nous avons toutes les deux constaté une évidence : la couleur du char n'allait pas du tout avec celle des costumes, mais aucune de nous n'a bronché. Nous nous sommes juste regardées avec une grimace dépitée. Lucy n'a pas eu la même délicatesse :

– Ah ben, bravo, Mal ! Tu aurais pu choisir une couleur qui aille avec le char, quand même

Mallory a rougi.

– Je... je trouvais que ce tissu était joli. Le tissu était en solde. Et puis, toi non plus, tu ne m'as pas demandé mon avis quand tu as choisi la couleur de la peinture !

Oh, la, la, je sentais que les choses allaient tourner au vinaigre. J'ai décidé d'intervenir.

– Vous n'allez pas vous disputer pour ça ! Les costumes flashent un peu. Bon, et alors ? Ce n'est pas si grave. Mais, Mallory, où sont nos costumes ?

Mallory s'est tournée vers moi, interdite.

– On sera sur aussi le char, lui ai-je rappelé. Que va-t-on porter ?

– Oooh ! J'ai complètement oublié. Mais, je ne pourrai jamais faire sept costumes en deux jours. Je n'ai même pas terminé ceux-là ! Chacune de nous devra faire son propre costume, c'est la seule solution.

– Génial, ai-je soupiré. Comme si on avait le temps de.

Lucy ne m'a pas laissée finir ma phrase.

– Oh, on peut mettre n'importe quoi, de toute façon, on sera ridicules sur ce truc qui ne ressemble même pas à une chaussure !

– Attends un peu ! s'est indignée Claudia. Ça aurait plus eu l'air d'une chaussure si on m'avait laissée faire comme je voulais. Je n'aurais jamais dû écouter toutes vos brillantes idées !

Eleanor s'est alors mise à hurler. P'tit Bout l'a aussitôt imitée. Avant même qu'on ne s'en rende compte, tous les bébés pleuraient en même temps.

Carla a murmuré à Mary Anne :

– J'imagine qu'ils pleurent parce qu'ils se trouvent trop ridicules avec ces costumes.

– Ridicules ? a hoqueté Mallory. J'aimerais bien voir ce que tu aurais fait, toi !

Puis, elle a éclaté en sanglots. Jessica a essayé de la réconforter, mais elle l'a repoussée.

– Tu dois penser la même chose. Allez, dis-le que tu trouves mes costumes moches !

– C'est toi qui l'as dit, pas moi.

Une chose en entraînant une autre, nous nous sommes toutes retrouvées à nous insulter. Le jardin était plein de bébés en pleurs et de baby-sitters déchaînées. Carla a décidé de partir. Elle en avait assez de la fête des enfants alors qu'elle n'avait pas encore eu lieu.

De retour chez les Marshall, elle a passé le reste de la journée à essayer de faire un nouveau costume à Eleanor. Elle a déniché une robe bleue qui avait appartenu à Nina et des chaussures vernies bleues. Puis, elle lui a attaché les cheveux avec de gros rubans multicolores.

– Voilà. Maintenant, tu as l'air d'une petite fille qui vivrait dans une chaussure. Dans l'autre costume, tu avais l'air d'un clown !

Eleanor lui a souri en répétant :

– Clown !

Lorsque Mme Marshall est rentrée ce soir-là, Carla lui a dit qu'Eleanor devrait porter cette tenue samedi, pour la fête.

12

En me réveillant, le samedi matin, je me suis précipitée à la fenêtre pour voir le temps qu'il faisait. Ciel bleu et grand soleil, parfait pour la fête des enfants.

Pour être tout à fait honnête, je redoutais le moment de la parade. Je savais bien que notre char ne ressemblait à rien, et je me demandais comment nous allions faire pour surveiller autant de bébés en même temps. Bien sûr, je m'inquiétais aussi pour le costume d'Andréa et le beau carrosse que je lui avais fait.

Comment réagirait Mme Prezzioso si sa fille ne gagnait aucun prix ?

Pendant le petit déjeuner, ma famille m'a bombardée de questions… Comme si je ne m'en posais pas assez !

– Où crois-tu qu'on devrait se mettre pour avoir la meilleure vue, Kristy ? m'a demandé maman.

J'ai suggéré un endroit en hauteur.

– C'est vrai que Slim Peabody va mener la parade ? a demandé Jim. C'était mon idole quand j'étais enfant. J'adorais ses chansons de cow-boys.

La ville de Stonebrook avait voulu inviter une star, mais en vérité, plus personne (à part Jim) ne se souvenait de lui. Ils auraient dû prendre quelqu'un comme Robert Pattison pour animer la parade ! Mais je me suis retenue de tout commentaire et j'ai juste confirmé :

– Tout à fait, Slim va mener la parade.

– J'ai entendu dire que les Jeannettes avaient fait un char vraiment impressionnant, a dit Charlie. Elles ont choisi « Sauvez les animaux » comme thème, et les bébés seront déguisés en espèces menacées.

– Super... ai-je marmonné.

J'avais pris sur moi pour répondre à toutes leurs questions, mais je peux vous dire que j'étais bien contente quand on est sortis de table.

J'ai aidé ma mère à débarrasser, puis j'ai demandé à mon frère :

– Sam, tu peux m'emmener chez les Prezzioso tout de suite ? Je dois préparer Andréa pour la parade.

– Mon tas de ferraille et moi, nous sommes à ta disposition. Chauffeur, tireur de char et homme à tout faire. Le tout à un prix vraiment imbattable !

Il a pouffé de rire et m'a tendu la main.

– On paie d'abord !

Je lui ai donné la somme prévue et prélevée sur notre

trésorerie. Ce n'était pas grand-chose. En fait, Sam aimait bien nous rendre service.

Quand nous sommes arrivés chez les Prezzioso, la mère d'Andréa était, comme on pouvait le prévoir, en pleine panique. Le bébé n'était pas encore habillé, mais Mme Prezzioso si ! J'ai dû toussoter pour masquer mon fou rire. Elle était déguisée en garde de la reine d'Angleterre. Elle portait un uniforme rouge (qu'elle avait dû louer dans un magasin de déguisements) avec de grosses bottes noires et un chapeau en fourrure noire super haut. Elle avait épinglé de fausses médailles sur sa poitrine.

J'ai pris soin de ne pas me retourner vers Sam, qui m'attendait dans la voiture. Je savais qu'il la voyait d'où il était et que, si nous nous regardions, nous allions éclater de rire.

Pendant que Mme Prezzioso finissait de se préparer au premier étage, j'ai enfilé son déguisement à Andréa.

– Et voilà, Votre Altesse !

Puis, j'ai demandé à Mme Prezzioso où était le carrosse.

– Dans la véranda, m'a-t-elle répondu de sa chambre. Mais je voudrais te demander quelque chose avant. (Elle a descendu les escaliers.) Que penses-tu de mon maquillage ?

Ce que j'en pensais ? On aurait dit que Jenny s'était chargée de la maquiller ! Mais je ne pouvais pas lui dire ça, alors, je lui ai lancé, en essayant d'avoir l'air convaincant :

– Il est fantastique !

– Merci, Jenny m'a beaucoup aidée.

Tiens donc...

Je suis allée chercher la poussette que j'avais décorée pour Andréa. Dès que je l'ai vue, j'ai su que là encore, Jenny avait ajouté sa touche personnelle. J'avais découpé des roues dorées en carton, attaché un cheval en carton sur le devant, et recouvert le siège d'un voile or et argent qui lui donnait une allure vraiment royale. Jenny avait cependant cru bon d'ajouter des autocollants de Pokémon un peu partout...

– Il est beau, hein ?

Elle se tenait derrière moi, les yeux pétillants, le sourire aux lèvres.

Que pouvais-je dire ?

– Magnifique.

Je ne pouvais pas lui en vouloir. Et puis, elle avait l'air tellement fière de son travail, que je ne voulais pas la décevoir. Avec un peu de chance, les juges ne distingueraient pas les autocollants depuis leur tribune.

– Amenons le carrosse de la reine devant l'entrée, damoiselle Jenny.

Jenny m'a aidée à sortir la poussette. L'une des roues en carton s'est un peu tordue, mais je lui ai vite redonné sa forme initiale. L'une des oreilles du cheval était un peu déchirée, mais j'espérais que personne ne s'en apercevrait.

J'ai jeté un œil à Sam qui était toujours assis au volant de sa voiture. Il avait l'air de s'impatienter. Il fallait de toute façon que je retourne à la maison. Je devais me trouver un costume et habiller Emily avec le sien. J'ai appelé Mme Prezzioso du bas de l'escalier.

– Je pense que tout est prêt, madame Prezzioso.

Elle est arrivée sur le palier du premier étage pour me dire au revoir. Elle était en train de se faire des boucles avec un fer à friser. Pourquoi ? Je n'en avais aucune idée, vu que ses cheveux seraient cachés sous cet énorme chapeau.

– Merci pour tout, Kristy. Souhaite-nous bonne chance !

– Bonne chance ! ai-je crié. (Elles allaient en avoir besoin.) On se voit tout à l'heure à la fête, Jenny.

Jenny devait assister à la parade avec Becca, Simon et quelques autres enfants trop âgés pour défiler. Louisa et Logan, nos deux baby-sitters intérimaires, étaient chargés de les surveiller.

De retour à la maison, je me suis ruée dans ma chambre pour essayer de trouver quelque chose à me mettre. Il avait été décidé que je serais la vieille dame. Ne me demandez pas pourquoi, car je n'en ai aucune idée. Je pense que personne d'autre ne voulait tenir ce rôle.

J'ai enfilé une chemise à fleurs qui me donnait l'air d'une bonne femme mal fagotée et une longue jupe de maman J'ai ajouté un vieux tablier.

Ensuite, je me suis dessiné des rides sur le visage avec un crayon à sourcils. Je me suis regardée dans le miroir.

– Pas mal pour un costume fait en cinq minutes.

J'ai enfilé son costume de clown rose à Emily. Elle n'avait pas vraiment l'air ravie. En fait, elle s'est mise à pleurer dès qu'elle l'a vu. J'ai quand même réussi à l'habiller avec.

– Ta-daaa ! ai-je fait en entrant dans le salon avec la petite sœur dans les bras.

Un long silence nous a accueillies.

C'est maman, qui la première, a retrouvé sa voix.

– Très joli, Kristy. Mais pourquoi Emily est-elle déguisée en clown ?

J'ai haussé les épaules.

– Ce n'est pas à moi qu'il faut le demander. Ce n'était pas mon idée. (Je me suis tournée vers Samuel.) Prêt à emporter une vieille dame et un clown chez Claudia ?

– Prêt.

Maman et Jim nous ont chaleureusement encouragées avant d'aller eux-mêmes se préparer à partir pour être sûrs de trouver un bon poste d'observation. Jim emportait son caméscope. (Malheureusement.)

Une fois Emily attachée dans son siège auto, Samuel a démarré, direction la maison des Koshi. Quand nous sommes arrivés, il a klaxonné et Claudia est sortie en courant. Elle portait une robe à fleurs qui avait appartenu à sa grand-mère. J'imagine que c'était son costume.

– Je suis prête et le char aussi.

Elle a ouvert la porte du garage..

– Waouh ! s'est exclamé Sam en le voyant. Vous voulez rire ! Je suis supposé tirer ce... ce truc avec ma voiture ?

Claudia a mis ses poings sur ses hanches.

– Il n'est pas si moche que ça, Sam. Et puis, de toute façon, on t'a payé pour le faire.

– Oh, pardon, je ne voulais pas te vexer...

– O.K., ai-je dit en sautant de la voiture. C'est pas tout ça, mais il faut l'attacher. Allez, Sam, aide-moi.

Le char était encore plus laid que dans mon souvenir. C'était un tas rouge-orangé informe avec deux grands serpents qui pendaient sur les côtés.

– C'est quoi, ces trucs-là ? a demandé Sam.

– Des lacets de chaussures, a répondu Claudia avec fermeté.

– Oh.

Il fallait se rendre à l'évidence : c'était un désastre.

– Tu penses qu'il est trop tard pour...

– Pour appeler les parents et annuler ? Kristy, tu es folle

ou quoi ? Évidemment qu'il est trop tard. Nous allons faire de notre mieux, c'est tout.

Sam, pendant ce temps-là, farfouillait dans le coffre de sa voiture.

– Qu'est-ce que tu cherches ?

– Ça.

Il a sorti un vieux bob qu'il portait de temps en temps quand il allait pêcher avec Charlie. Il l'a mis sur la tête. Il a ensuite fermé le coffre et a contourné la voiture pour retourner à la place du chauffeur. Finalement, il s'est penché pour fouiller dans la boîte à gants.

– Et maintenant, qu'est-ce que tu cherches encore ?

– Ça, m'a-t-il répondu en mettant des lunettes noires. Maintenant, je suis prêt, a-t-il dit en ricanant. Impossible que l'on me reconnaisse comme ça.

Claudia et moi, nous avons hurlé en même temps :

– Sam !

Nous avons dû rouler tout doucement, parce que le char faisait des slaloms derrière la voiture et manquait de se décrocher à chaque tournant. Les autres membres du club nous attendaient au départ de la parade, comme prévu. Tous les bébés étaient arrivés et quelques parents étaient restés dans les parages, l'air assez inquiets.

Les costumes des membres du club n'avaient rien en commun. (Évidemment.) Carla était habillée comme un mécanicien, Mary Anne ressemblait à une clocharde (elle avait recyclé son vieux costume d'Halloween) et Jessica était en ballerine. Lucy avait un vieux sweat qui disait : « NEW YORK – THE BIG APPLE » et Mallory était habillée comme d'habitude.

Les bébés n’avaient pas fière allure dans leurs costumes idiots, mais au moins, ils étaient assortis… À part Eleanor, qui portait sa robe bleue.

Notre char était un véritable désastre, et chacune de nous pensait que c’était la faute des autres. On ne se parlait plus.

Quel gâchis !

13

J'observais Carla du coin de l'œil. J'étais furieuse. Pourquoi avait-elle habillé Eleanor différemment des autres bébés ? Non, mais pour qui elle se prenait !

Carla fixait Claudia d'un air furieux – je suppose que c'était à cause du char. Claudia, elle, avait l'air d'en vouloir à Lucy.

Bref, tout le monde était en colère. Mais la parade allait commencer, et nous en faisions partie, que ça nous plaise ou non.

J'ai fait passer la crème solaire que j'avais apportée, pendant que Mallory attachait les bonnets aux bébés. D'accord, on ne s'adressait plus la parole. D'accord, le char avait l'air d'un dinosaure venu d'une autre planète, mais il fallait tout de même s'occuper des enfants.

–Tous en selle et en avant ! a braillé le présentateur.

Oh, quel idiot, ce Slim Peabody. Enfin, Jessica et Mallory étaient en extase devant lui. Déguisé en cow-boy, il était assis sur un grand cheval blanc à la tête de la parade, à une centaine de mètres devant nous.

– Waouh ! a soufflé Jessica en voyant le cheval. Regardez ce bel animal.

Mallory a hoché la tête.

– Il est magnifique !

Soudain, elles se sont rappelé qu'elles ne se parlaient plus. Elles se sont tout de suite tues.

Nous avons rapidement installé les bébés sur des couvertures, tout autour de la chaussure. Je les avais plutôt imaginés dans la chaussure, mais je savais que ce n'était pas le moment de dire quoi que ce soit. De toute façon, je ne parlais plus à Claudia, alors...

Claudia s'était finalement rendu compte que nous avions besoin de quelque chose pour que les bébés ne tombent pas. Elle avait ajouté une petite barrière de sécurité tout autour du char. Je me suis installée derrière celle-ci, Emily dans les bras. J'avais promis à Mme Salem de prendre soin de Rose et de Ricky, alors ils étaient installés tout près de moi.

Quand le char qui était juste devant nous s'est mis à bouger, j'ai donné le signal à Sam. C'était parti.

Avant le départ, j'étais trop occupée pour angoisser. Mais, une fois que le char s'est mis en marche, mon estomac s'est noué. Je me suis demandé de quoi la « reine Andréa » avait l'air, et si elle allait gagner ce prix auquel Mme Prezzioso tenait tant. J'avais aussi peur que notre char tombe en morceaux avant la fin de la parade. Je me disais surtout que des dizaines de personnes nous regardaient passer dans cet affreux machin, et je n'étais pas fière !

Maman et Jim étaient quelque part en train de filmer l'événement pour la postérité. Voilà une vidéo que j'étais sûre de ne jamais regarder.

Alors que nous roulions tranquillement, j'ai jeté un œil aux spectateurs. Ils applaudissaient et encourageaient les chars qui nous précédaient, mais avaient l'air un peu surpris en voyant le nôtre. Je ne pouvais pas leur en vouloir. Le fait est que, sans les grandes banderoles que Claudia avait accrochées tout autour du char, je suis sûre que personne n'aurait jamais pu deviner de quoi il s'agissait.

C'était une bonne idée, mais elle avait dû les faire à la dernière minute, sans nous consulter. Or, Claudia et l'orthographe, ça fait deux !

On pouvait lire d'un côté :

IL ÉTAIS UNE FOIS UNE VIELLE DAMME QUI VIVAIS DANS UNE CHOSSURE.

Et de l'autre :

IL ÉTÉ UNE FOI UNE VIEILE DAME QUI VIVAI DANS UNE CHAUSURE.

Aucune de nous n'avait eu le temps de vérifier ce que Claudia avait écrit.

Des rires ont fusé dans la foule, mais j'ai essayé de ne pas y prendre garde et j'ai fixé la route. Au moins, les bébés se portaient bien. Ils ne pleuraient pas – pour l'instant. Et, même si on ne se parlait pas, au moins, on ne se disputait pas.

Ça aurait pu être pire.

J'ai essayé de me détendre. J'étais coincée sur ce char jusqu'à la fin de la parade, autant en prendre mon parti. Je me suis redressée un peu pour voir comment les autres chars étaient décorés.

Celui qui était juste devant nous avait une allure très « pro ». C'était un manège grandeur nature ! Des adolescents assis sur des petits chevaux portaient les bébés dans leurs bras. Chaque petit était déguisé en un animal différent. Ils étaient super. Et le manège tournait au rythme d'une musique qui sortait d'un haut-parleur au centre du char.

Les spectateurs ont adoré.

Le char dont avait entendu parler Charlie, celui des Jeannettes, était juste derrière nous. Il représentait une forêt tropicale et chaque bébé était censé être un animal en voie de disparition.

À l'avant, il y avait une grande banderole

SAUVEZ LES ANIMAUX !

Le char était chouette, mais les bébés n'avaient pas l'air très heureux. Certains pleuraient derrière leurs masques d'animaux.

En tendant le cou, j'ai pu voir le début du défilé en catégorie poussette. Je savais que Mme Prezzioso était par là avec Andréa, mais je n'ai pas réussi à les repérer. Je me demandais si les autres poussettes étaient aussi bizarres que la leur. J'avais l'impression qu'elle était allée un peu trop loin avec son idée de reine Andréa.

Quand nous avons rejoint la route principale, les musiciens se sont mis à jouer des airs entraînants. J'entendais un groupe de banjo derrière nous, et je savais qu'une grande fanfare menait le défilé.

La malchance était décidément de notre côté. Devinez ce qu'il y avait comme instruments juste à notre hauteur ? Des cornemuses.

Je hais les cornemuses. Peut-être avez-vous la chance de n'en avoir jamais entendu, je vais donc tenter de vous décrire l'effet sonore de ces engins. Imaginez vingt énormes chats qui se battent pour le même morceau de poisson. C'est pas joli-joli, hein ?

J'ai lancé un regard à Mary Anne. Elle aussi déteste les cornemuses. J'ai esquissé un sourire complice, mais elle m'a snobée. Elle avait les mains sur les oreilles.

– Hé, Parker ! Qu'est-ce que c'est que ça ? On dirait un Chamallow géant !

Oh, non ! Un ami de mon frère l'avait reconnu malgré son déguisement. Tout un groupe de garçons sur le trottoir pointaient du doigt notre char en rigolant. Je suppose qu'ils avaient reconnu le tas de ferraille de mon frère. (Samuel s'est enfoncé dans son siège en faisant mine de n'avoir rien entendu.) Un autre copain à lui a cru bon d'en rajouter.

– Hé, Parker ! Tu comptes faire quoi avec l'argent du premier prix ?

Ah, vraiment très drôle ! Je lui aurais volontiers tordu le cou à cet abruti. Sam devait penser la même chose. Je pouvais presque voir la fumée sortir des oreilles de mon frère. J'allais en entendre parler pendant un sacré bout de temps ! J'essayais de deviner combien de soirs j'allais devoir sortir les poubelles à sa place pour me faire pardonner.

Alors même que je croyais que rien de pire ne pouvait arriver, le pire du pire est arrivé. Les copains de mon frère n'étaient pas seuls. Des filles les accompagnaient. Elles ricanaient et chuchotaient des commentaires qu'on pouvait imaginer peu flatteurs. Même de là où j'étais, je pouvais voir les joues de mon frère tourner au rouge vif.

Heureusement, la parade tirait à sa fin. Le cortège commençait à ralentir. Nous sommes arrivés à la hauteur de maman et de Jim. Ils nous ont fait de grands signes. Nous avons ensuite dépassé Louisa et Logan avec les enfants. Ils nous ont aussi encouragés.

Après tout ce temps, les bébés ont commencé à en avoir assez. P'tit Bout s'était mis à pleurer lorsque les cornemuses avaient entamé leur tintamarre. Elles s'étaient arrêtées, pas lui. Rose et Ricky braillaient aussi.

Carla était occupée avec Eleanor qui essayait constamment de s'échapper du char (ce qu'on ne pouvait lui reprocher). Sa robe bleue était couverte de peinture rouge (il faut croire qu'elle n'avait pas eu le temps de bien sécher !), et elle avait perdu ses rubans.

Les bébés rampaient partout sur le char. Aucun d'eux ne voulait rester tranquille. Dès que Lucy ou Claudia en avait réinstallé un, un autre prenait la fuite.

Ensuite, Emily s'est mise à se plaindre : elle avait mal au cœur. Elle ne supporte pas les trajets en voiture et, visiblement, pas en char non plus !

Au moment où nous sommes passés devant la tribune des juges, je n'ai même pas été capable de leur sourire ou de leur faire un signe. Je ne pensais plus aux prix. Tout ce que je voulais, c'était que la parade se termine le plus vite possible.

14

Quel n'a pas été mon soulagement quand la ligne d'arrivée, près du centre commercial, a été en vue ! Plus de visages ricanants à supporter. Plus de signes de la main à faire.

Mais la journée était loin d'être finie.

Tout d'abord, il fallait attendre que le reste du cortège soit arrivé. Ensuite, il fallait attendre l'annonce des gagnants par les juges.

De toute évidence, nous n'allions gagner aucun prix, à moins qu'il n'y ait un prix du « Pire Char ».

– Je dois y aller ! a lancé Samuel dès que la voiture a été à l'arrêt.

– Mais, Sam…

Je voulais m'assurer qu'il allait revenir. Un jour.

– Pas de « mais », Kristy ! Je ne veux plus rien avoir à faire avec cette parade. Je reviendrai une fois que tout sera fini.

Inutile de discuter.

– D'accord, à plus tard.

Je me suis retournée pour voir ce que faisaient les autres. Mes amies étaient toujours sur le char. Les bébés s'étaient calmés et même endormis pour certains. Chaque baby-sitter en tenait un dans ses bras. Cependant, personne ne semblait prêt pour une réconciliation, et je n'allais sûrement pas faire le premier pas.

Nous sommes donc restées là sans rien dire à regarder la fin de la parade. Si certains chars étaient impressionnants, d'autres étaient vraiment moches (enfin, pas autant que le nôtre). En temps habituel, mes amies et moi n'aurions pas manqué d'en rire. Mais, là, nous nous ignorions superbement, nous contentant de parler au bébé que nous avions dans les bras.

– Regarde, Emily !

Je venais juste de remarquer un char sur le thème de La Guerre des étoiles. Il était en forme de vaisseau spatial, avec quatre bébés à bord. Il y avait une Princesse Leia avec les cheveux en macarons, un Luke Skywalker avec une épée en plastique plus grande que lui, un Han Solo qui avait l'air d'un vrai baroudeur et, bien sûr, un Chewbacca chevelu.

– Drôle ! a dit Emily en gloussant.

Elle venait tout juste d'apprendre ce mot.

J'ai aussi montré le char à Rose et à Ricky, mais ils n'ont pas eu l'air impressionnés. Ricky a juste bâillé et Rose a eu un renvoi. Ils étaient trop petits pour apprécier.

– Hé, P'tit Bout, a dit Jessi. Regarde !

J'ai jeté un rapide coup d'œil au char que Jessica montrait du doigt.

– Do'hy ! a joyeusement dit P'tit Bout.

– C'était effectivement Dorothy et tous ses amis du Magicien d'Oz : le lion poltron, l'épouvantail et l'homme en fer-blanc.

C'était un char magnifique. Quelqu'un avait dû passer énormément de temps à réaliser les costumes pour ces bébés. Je me suis sentie encore plus embarrassée qu'avant en repensant à la rapidité avec laquelle j'avais fait mon costume de vieille dame.

Après les chars, ont commencé à arriver les poussettes, les wagonnets et les chariots. Beaucoup d'enfants s'étaient endormis, mais on pouvait quand même se faire une idée de leurs costumes.

Je me suis sentie vraiment ridicule. Dire que je m'étais demandé si la poussette d'Andréa n'était pas trop voyante ! Les gens avaient dû dévaliser les merceries ! Je n'avais jamais vu autant de rubans, de nœuds et de paillettes. Maintenant, je me demandais si mon carrosse n'était pas trop sobre !

Carla a rompu le silence :

– Waouh ! Regarde ça, Eleanor.

J'ai suivi son regard et j'ai aperçu une femme tirant un wagonnet qui était décoré dans l'esprit d'un de mes livres préférés : *Bonsoir, Lune*. (C'est un livre pour aider les enfants à s'endormir, il faut dire bonne nuit à tous les objets de la chambre. Les enfants l'adorent, et c'est un bon moyen de les mettre au lit.)

Le wagonnet était composé d'un petit lit à roulettes et le

garçon qui était à l'intérieur devait avoir à peu près deux ans et demi. Il avait ses jouets préférés autour de lui.

C'était trop mignon !

Au bout d'une demi-heure, au moment où l'idée de rester une minute de plus sur ce char m'a semblé intolérable, Slim Peabody est monté sur l'estrade dressée pour l'occasion, micro en main.

– Un, deux, un, deux… Je teste juste le micro, cow-boys !

Oh, pitié ! Pas de blagues idiotes.

– On est plus que contents de vous voir aussi nombreux. Buster et moi, on est fiers d'avoir participé à c'te p'tite fête.

Buster ? Ah oui, ce devait être le nom du cheval. Suis-je bête.

– Et si on applaudissait bien fort les dames et les gentlemen qui ont participé à cette belle parade ?

Il y a eu un tonnerre d'applaudissements.

Je me suis dit qu'il devait y avoir à peu près six personnes qui nous applaudissaient nous, et c'était bien parce qu'ils nous connaissaient.

– J'suis sûr que tout l'monde est plutôt pressé d'savoir qui a gagné le concours.

Oui, qu'on en finisse, ai-je pensé, à l'agonie. Je désespérais de pouvoir descendre de ce char et d'enlever mon costume ridicule.

– Mais, pauv'gens, va falloir attendre qu'les juges discutaillent un peu, et j'suis là pour vous faire passer l'temps.

Oh, non. Tout sauf…

Slim a pris sa guitare. Il s'est mis, pardonnez-moi l'expression, à beugler une de ses chansons de cow-boy.

Peut-être qu'au temps où Jim était un de ses fans, Slim

savait pousser la chansonnette. Mais je peux vous assurer que ce temps-là était révolu depuis belle lurette. La torture a duré un bon quart d'heure. À notre plus grand soulagement, un juge a fini par monter sur la scène.

– Merci infiniment, monsieur Peabody.

– Je vous en prie, appelez-moi Slim.

– Montrons à Slim qui sont les gens de Stonebrook en l'applaudissant du mieux possible.

Je pense que tout le monde a applaudi avec beaucoup d'enthousiasme dans l'espoir qu'il s'en aille. En tout cas, je sais que c'est la raison pour laquelle j'applaudissais de toutes mes forces.

– Et si j'vous f'sais encore une p'tite chanson ?

J'ai retenu ma respiration.

– Je pense que toutes ces personnes sont pressées d'entendre les noms des gagnants, monsieur… Slim.

Slim a salué son public de la main et a quitté la scène.

– Et maintenant, il est grand temps de vous révéler quels sont les gagnants de la fête des enfants de cette année !

J'aurais voulu disparaître sous terre. Nous n'allions pas avoir de prix, et Andréa rentrerait bredouille. Cette parade était un désastre complet. J'ai cherché Sam des yeux. Si seulement il pouvait réapparaître et me ramener à la maison.

Mais il était introuvable.

Le juge a commencé à annoncer les noms des gagnants.

– Dans la catégorie des chariots, le troisième prix revient à Kevin Davis pour sa représentation de Rambo !

Kevin a reçu beaucoup d'applaudissements. J'avais raté son chariot et, pour vous dire la vérité, je n'en avais rien à faire.

Le juge a continué d'annoncer les gagnants dans chaque

catégorie. Puis nous sommes enfin arrivés à celle des chars. J'ai retenu mon souffle. Et si j'avais eu tort et que nous gagnions un prix, le troisième, par exemple ? Je devrais monter sur scène pour recevoir le prix accoutrée en vieille bonne femme !

– Le troisième prix revient au..

J'ai fermé les yeux.

– ... char du Magicien d'Oz ! Toutes mes félicitations à la famille Morse.

La cérémonie a continué. Le char-manège a gagné le premier prix, ce qui n'était que justice, car il était vraiment réussi.

Finalement, le juge a annoncé la catégorie des poussettes. J'ai croisé les doigts, les orteils et les bras pour qu'Andréa ait un prix. Troisième place... Pas d'Andréa. Deuxième place... Pas d'Andréa.

– Et la première place revient à... la reine Andréa !

J'ai fait un grand signe à Mme Prezzioso et à Andréa alors qu'elles montaient l'estrade pour recevoir leur prix. Je garderais donc mon job... même si le Club des Baby-Sitters se dissolvait le lendemain, ce qui était tout à fait possible.

Après la remise des prix, les parents sont venus récupérer leurs enfants. Ils semblaient rassurés de les retrouver en un seul morceau. Je pense qu'aucun d'eux n'avait espéré gagner un prix. Ils n'étaient donc pas vraiment déçus.

Mme Prezzioso s'est ruée vers moi, toute souriante.

– Merci, Kristy, merci beaucoup ! N'est-ce pas merveilleux ?

Elle m'a montré le prix. Andréa dormait dans sa poussette (pardon, dans son carrosse). Jenny tenait la main de sa mère.

– On a gagné, Kristy ! Tu avais raison.

Quelle chance pour moi !

Au moment où les parents du dernier bébé arrivaient, Samuel est revenu. Mes ex-amies et moi, nous nous sommes serrées dans le tas de ferraille, et nous sommes partis, le char toujours accroché à l'arrière. Inutile de dire qu'aucun mot n'a été prononcé durant le trajet.

Finalement, il n'est plus resté qu'Emily, Samuel et moi dans la voiture.

– On fait quoi du char ? m'a demandé Sam.

– Emmène-le à la décharge, s'il te plaît.

15

En arrivant devant la maison, j'ai retiré Emily de son siège auto pour la sortir de la voiture. Sam est resté au volant.

– Tu veux vraiment que je l'emmène à la décharge ?

– Oh oui !

Je ne voulais plus jamais voir cette horreur.

Mon frère a marmonné un vague O. K. et il a redémarré.

– Et assure-toi qu'il soit tout de suite réduit en poussière ! lui ai-je crié.

Je suis rentrée avec Emily. La maison était calme. Maman devait être allée faire des courses et Jim était dans son bureau. Mamie lisait dans le salon.

– Comment ça s'est passé, ma puce ?

– Heureusement que tu avais un tournoi de bowling, c'était un désastre ! Enfin, en ce qui concerne notre char. Le reste de la parade était plutôt chouette.

Mamie m'a souri.

– Donne-moi Emily. Tu as l'air épuisée.

– Merci. Je vais juste lui retirer son costume et, ensuite, je te la ramène.

En rhabillant ma petite sœur, je me suis dit qu'elle avait été vraiment adorable pendant le défilé. Je l'ai embrassée sur le nez pour la remercier.

– Tu es ma petite sœur préférée, Emily.

Elle a rigolé et m'a embrassée à son tour.

Je lui ai mis une robe d'été. Elle semblait heureuse de quitter son déguisement de clown, que j'ai jeté dans le panier à linge sale, en me disant qu'on pourrait peut-être le recycler pour Halloween. J'ai ensuite ramené Emily à Mamie dans le salon.

– Dans mes bras, petite crevette.

Emily s'est précipitée vers elle en riant.

– C'est bon, Kristy. Tu es libre, maintenant.

Libre de faire ce qui me taraudait depuis un moment : aller dans ma chambre pour réfléchir. D'abord, j'ai retiré cet horrible costume. Ensuite, je me suis écroulée sur mon lit. Je voulais comprendre pourquoi les choses avaient si mal tourné. D'habitude, les projets du club se passaient plutôt bien, mais celui-ci avait été un désastre.

J'ai très vite compris ce qui s'était passé. Nous n'avions pas uni nos efforts. Nous avions toutes fait notre petit truc dans notre coin. Personne n'avait jugé bon d'écouter les autres. Résultat des courses ? Nous étions toutes fâchées.

Pas question de bouder chacune dans son coin, à présent, ai-je pensé. J'ai décidé d'appeler Mary Anne pour m'excuser. Comme c'est ma meilleure amie, je voulais être sûre de me réconcilier avec elle.

J'ai pris le téléphone de l'entrée pour l'appeler. Elle a décroché dès la première sonnerie.

– Allô ?

– Mary Anne, c'est Kristy. Je voulais m'excuser. On ne peut pas rester fâchées plus longtemps.

– C'est bizarre. J'avais la main sur le téléphone pour t'appeler lorsqu'il a sonné.

– Vraiment ?

– Vraiment. Carla et moi, nous nous sommes parlé dès que nous sommes rentrées à la maison. Je déteste quand on se dispute. Surtout pour un truc aussi idiot que ce char ! Et tu sais quoi ? Carla et moi, nous avons réalisé que nous n'étions pas vraiment fâchées l'une contre l'autre. Nous étions plutôt embarrassées... à cause du char.

– Je vois très bien ce que tu veux dire. C'était la honte, hein ?

J'ai éclaté de rire et Mary Anne aussi. Nous n'arrivions plus à nous arrêter.

– J'ai bien cru mourir quand Slim Peabody s'est mis à chanter, ai-je réussi à articuler entre deux gloussements.

– Oh, oui. Et les cornemuses !

Et voilà... notre dispute était déjà oubliée.

Après avoir raccroché avec Mary Anne, j'ai passé un moment à appeler les autres membres du club. Cela n'a pas été difficile de nous réconcilier, car aucune de nous n'en voulait vraiment aux autres.

– On devrait en parler lundi, à la réunion, m'a dit Lucy lorsque je l'ai appelée. Ça pourrait nous être utile.

– Très bonne idée.

Pendant le dîner, ce soir-là, maman et Jim ont voulu discuter de la fête.

– Ce char en forme de manège était vraiment merveilleux, m'a dit maman.

– Tout à fait, lui ai-je répondu. Imaginez l'effet qu'on produisait juste derrière eux !

Jim m'a souri.

– Oh, allez, Kristy ! Votre char n'était pas si mal.

– Bien sûr que si ! s'est écrié le pauvre Sam. Mais j'ai vu cette chaussure se faire réduire à l'état de miettes. Et je peux vous dire que ça a été le meilleur moment de ma journée.

– Je suis vraiment désolée qu'on t'ait reconnu pendant la parade.

– Laisse tomber. J'ai oublié. Mais ne me demande plus jamais de tirer un des chars de ton club !

– Ne t'inquiète pas. Je pense que nous n'allons pas participer à une parade avant un bon bout de temps.

Lundi, la parade n'était plus qu'un mauvais souvenir. J'ai passé la première partie de l'après-midi à garder Jenny et Andréa. J'avais maintenant l'habitude et nous passions de bons moments ensemble.

Le premier prix d'Andréa était accroché au-dessus de son lit. Mme Prezzioso est partie en retard, car elle voulait me montrer les photos de la fête. Elle m'a remerciée encore et encore de l'avoir aidée.

– Ça m'a fait plaisir, vous savez.

Je ne mentais pas. J'avais vraiment aimé décorer la poussette. Je ne suis pas aussi douée que Claudia, mais j'avais fait du bon travail.

Après mon baby-sitting chez les Prezzioso, je suis allée chez Claudia pour la réunion. Comme d'habitude, j'étais en avance, mais les autres n'ont pas tardé à arriver les unes après les autres.

Mallory et Jessica sont arrivées ensemble. Jessica avait apporté un magazine, et Mallory et elle étaient en train de tirer les languettes des publicités de parfums pour les sentir.

– J'aime beaucoup celui-ci, tu en penses quoi ? m'a demandé Mallory en me tendant le journal.

– Pas mal... Mais il est un peu fort, non ?

– Je le trouve très original, a dit Jessica. Je verrais bien ce parfum sur une fille de Beverly Hills.

Claudia était en train de fouiller sous son oreiller. J'étais sûre de savoir ce qu'elle cherchait.

– J'ai gardé ça pour la réunion, a-t-elle marmonné en sortant un sachet de bonbons. Qui en veut ? Et j'ai aussi quelque chose pour les obsédées de la santé...

Elle a plongé le nez sous son lit.

– Crackers sans sel !

L'horloge a alors affiché dix-sept heures trente.

– Silence, s'il vous plaît, ai-je déclaré.

Jessica et Mallory ont rangé leur magazine. La réunion pouvait commencer.

Comme nous étions lundi, la première chose à faire était de collecter les cotisations.

– Allez, on sort ses sous ! a dit Lucy tout heureuse, en passant l'enveloppe.

Elle aime vraiment ça !

J'ai demandé combien il y avait dans la caisse. Lucy a fait les comptes en un temps record. Je ne sais pas comment elle fait.

– Eh bien… Nous avons assez pour une soirée pizza. Mais pas assez pour les desserts. Je crois que l'argent des brownies a été englouti par vous-savez-quoi.

– Le char ? ai-je demandé. Tu peux prononcer le mot maintenant. C'est du passé.

–Quel désastre ! a fait Claudia. Vous savez, j'ai réalisé quelque chose, on ne peut pas réussir un si gros projet en restant chacune dans son coin.

– Tu as raison, lui a répondu Carla. Il faut savoir faire des concessions.

– Et communiquer ! a ajouté Mary Anne.

– Et travailler ensemble, ont dit d'une seule voix Jessica et Mallory.

– Bon, ai-je conclu. La parade nous aura au moins appris quelque chose.

Le téléphone a alors sonné. C'était Mme Salem. Elle avait besoin d'une baby-sitter pour Rose et Ricky. Et, quelques minutes après, nous avons reçu un autre appel. Mme Gold, une autre maman du cours, voulait nous engager pour garder sa petite fille de deux mois.

– Je pense finalement que la parade nous a apporté trois bonnes choses. Une leçon et deux nouveaux clients !

À propos de l'auteur

ANN M. MARTIN

Ann Matthews Martin est née le 12 août 1955. Elle a grandi à Princeton, aux États-Unis, avec ses parents et sa jeune sœur, Jane.

Elle a été enseignante, puis éditrice de livres pour enfants, avant de se consacrer à la littérature. Pour écrire, elle s'inspire d'expériences personnelles, mais aussi de sa connaissance du monde de l'enfance et de l'adolescence.

Tous ses personnages, même les membres du Club des Baby-Sitters, sont des personnages imaginaires (ainsi que la ville de Stonebrook). Mais beaucoup d'entre eux ressemblent à des gens qu'Ann M. Martin connaît.

Ann M. Martin vit actuellement à New York et ses passe-temps favoris sont la lecture et la couture – elle aime particulièrement réaliser des habits pour les enfants.

Sa série *Le Club des Baby-Sitters* s'est vendue à plusieurs millions d'exemplaires et a été traduite dans plusieurs dizaines de pays.

Retrouvez

LE CLUB DES BABY-SITTERS

dans treize volumes hors série :

Nos plus belles histoires de cœur

Mary Anne et les garçons
En vacances au bord de la mer, Mary Anne rencontre un garçon formidable. Le problème, c'est qu'elle a déjà un petit ami. Et elle ne sait lequel choisir…

Kristy, je t'aime !
Kristy, la présidente du Club, reçoit de mystérieuses lettres anonymes. Qui peut bien être son admirateur secret ?

Carla perd la tête
Pour plaire à son petit copain, Carla a décidé de changer… et de devenir une nouvelle Carla. Mais ses copines du club ne sont pas vraiment d'accord !

Nos passions et nos rêves

Le rêve de Jessica
Jessi a décroché le premier rôle de son spectacle de danse, mais elle commence à recevoir d'étranges menaces. Malgré la jalousie, elle est prête à aller jusqu'au bout de son rêve…

Claudia et le petit génie
Claudia garde une enfant prodige qui chante, danse, joue du violon… mais elle aimerait elle aussi avoir du temps pour se consacrer à sa passion : la peinture.

Un cheval pour Mallory
Mallory va prendre son premier cours d'équitation, quelle aventure ! Elle a beaucoup de choses à apprendre et à découvrir, même si ce n'est pas toujours facile.

Nos dossiers TOP-SECRET

Carla est en danger
C'est la panique au Club. Les événements bizarres se multiplient : coups de fil et lettres anonymes... Les filles sont très inquiètes. Il faut agir vite et démasquer le coupable !

Lucy détective
Lucy et la petite fille qu'elle garde, Charlotte, sont témoins de phénomènes étranges dans une maison abandonnée. Quel secret abritent ses tourelles biscornues ? Serait-ce une maison hantée ?

Mallory mène l'enquête
Mallory entend un miaulement à vous glacer les sangs... dans une maison où, normalement, il n'y a pas de chat ! Les filles partent à la recherche du chat fantôme...

Nos joies et nos peines

Félicitations, Mary Anne
Le père de Mary Anne va épouser la mère de Carla ! Il faut préparer le mariage, déménager... Que de bouleversements en perspective... mais aussi tant de joies !

Pauvre Mallory
Le père de Mallory se retrouve brusquement au chômage. Heureusement, Mallory a plein d'idées pour faire vivre sa grande famille.

Lucy aux urgences
Lucy ne se sent pas bien du tout : elle n'arrive plus à contrôler son diabète et doit aller à l'hôpital. Mais ses parents et ses amies sont là pour la soutenir.

Quelle famille !

Une nouvelle sœur pour Carla
Mary Anne est devenue la demi-sœur de Carla ! Mais depuis que tout le monde habite sous le même toit, les deux amies se disputent souvent. Pas si facile de former une nouvelle famille !

D'où viens-tu, Claudia ?
Claudia se sent vraiment différente du reste de la famille. Et si elle était une enfant adoptée ? Pour en savoir plus sur ses origines, Claudia décide de mener l'enquête.

Mallory fait la grève
Entre les cours, les baby-sittings et ses sept frères et sœurs, Mallory n'a pas une minute à elle. Il ne reste plus qu'une solution : faire la grève !

Amies pour toujours

Pas de panique, Mary Anne !
Ça ne va vraiment plus au Club. Depuis que Mary Anne, Kristy, Claudia et Lucy se sont disputées, elles ne se parlent plus. Mary Anne va essayer d'arranger les choses.

La revanche de Carla
C'est le concours des mini-Miss Stonebrook ! Carla espère faire gagner ses protégées, mais les filles du Club ont eu la même idée… La compétition s'annonce acharnée !

La meilleure amie de Lucy
Laine, la meilleure amie de Lucy, vient passer une semaine à Stonebrook ! Mais quand elle arrive, rien ne se passe comme prévu..

Nos plus grands défis

Le langage secret de Jessica
Jessica fait la rencontre de Matthew, un jeune garçon sourd-muet. Elle décide d'apprendre la langue des signes pour communiquer avec lui.

Le défi de Kristy
Susan est une petite fille autiste qui vit enfermée dans son monde. Kristy voudrait qu'elle ait la même vie que les autres enfants, mais ce n'est pas facile…

Carla à la rescousse
Les enfants de Stonebrook sont sous le choc : le village de leurs correspondants a brûlé ! Carla organise une grande opération de solidarité.

Nos plus belles vacances

Lucy est amoureuse
Mary Anne et Lucy gardent les petits Pike au bord de la mer. Lorsque Lucy rencontre un garçon dont elle tombe amoureuse, Mary Anne n'est pas très contente, c'est elle qui doit faire tout le travail !

Le Club à New York
Les filles du Club vont enfin se retrouver ! Lucy a invité ses amies à passer le week-end à New York. Mais rien ne se passe comme prévu…

Les vacances de Carla
Carla est ravie de retourner en Californie pour les vacances. Entre la plage, les amies, les retrouvailles avec son père et son frère, elle ne sait plus où donner de la tête ! Et si elle restait ?

Chats, chiens et compagnie

Les nouveaux voisins de Kristy

Kristy a emménagé dans un quartier très chic. Ses voisins sont des snobs, fiers de leurs animaux de race. Elle préfère son vieux chien Foxy, même s'il n'est plus très en forme...

Les malheurs de Jessica

Jessica doit s'occuper d'animaux pendant une semaine. Que de travail : il faut promener les chiens, changer les litières et même... nourrir un serpent !

Mary Anne cherche son chat

Quand son petit chat disparaît, Mary Anne est très inquiète : et s'il était arrivé quelque chose à Tigrou ?

Les meilleures copines du monde

La nouvelle amie de Claudia

Une nouvelle élève vient d'arriver : elle s'appelle Cynthia et elle adore l'art. Claudia devient rapidement amie avec elle, mais Cynthia lui conseille de laisser tomber le Club...

Mallory entre en scène

Lorsque les filles du Club proposent à Mallory de devenir membre, elle est ravie ! Sauf qu'elle doit d'abord passer un test et cela ne se passe pas très bien.

Le retour de Lucy

Les parents de Lucy divorcent ! Et elle doit choisir entre rester avec son père à New York ou revenir à Stonebrook avec sa mère. Pas facile de faire un choix !

Une année formidable

Claudia et le visiteur fantôme
Il y a un voleur à Stonebrook ! Et le Club reçoit des appels anonymes. Claudia commence à paniquer…

Un grand jour pour Kristy
Kristy va être demoiselle d'honneur, quelle joie ! Sauf que le mariage a lieu très bientôt et qu'il faut garder les quatorze enfants des invités.

Logan aime Mary Anne
Le jour de la rentrée, Mary Anne rencontre un garçon très craquant : Logan, un nouvel élève. Mais comment lui parler quand on est timide ?

La fondation du club

La fondation du Club
Depuis quelque temps, Claudia ne s'intéresse plus qu'aux garçons et à la mode. Kristy et Mary Anne s'interrogent : est-ce la fin de leur amitié ?

L'idée géniale de Kristy
En voyant sa mère passer un temps fou à chercher une garde pour son petit frère, Kristy a une idée géniale : fonder un club de baby-sitting avec ses amies !

Nos plus grandes histoires d'amour

Kristy et les champions

Kristy a décidé d'entraîner de jeunes enfants au base-ball. Ils sont en rivalité avec une autre équipe dont l'entraîneur est un garçon vraiment charmant.

Le grand amour de Carla

Carla est tombée amoureuse d'un garçon plus âgé qu'elle. Il est sympa, lui fait des cadeaux, mais quand il essaie de transformer leur amie, les filles du Club s'inquiètent.

Reviens, Logan !

Plusieurs mois auparavant, Mary Anne s'est séparée de son petit ami Logan. Sauf qu'il lui manque et qu'une autre fille s'intéresse à lui… Comment le reconquérir ?

Maquette : David Alazraki

Loi n°49-956
du 16 juillet 1949
sur les publications
destinées à la jeunesse

ISBN 978-2-07-065371-3
Numéro d'édition : 252266
Numéro d'impression : 117546
Imprimé en France
par CPI Firmin-Didot
Dépôt légal : avril 2013